琼 瑶

作品大合集

浪花

琼瑶 著

作家出版社

琼瑶，本名陈喆，作家、编剧、作词人、影视制作人。原籍湖南衡阳，1938年生于四川成都，1949年随父母由大陆赴台生活。16岁时以笔名心如发表小说《云影》，25岁时出版首部长篇小说《窗外》。多年来笔耕不辍，代表作包括《烟雨蒙蒙》《几度夕阳红》《彩云飞》《海鸥飞处》《心有千千结》《一帘幽梦》《在水一方》《我是一片云》《庭院深深》等。

多部作品先后改编成为电影及电视剧，琼瑶也因此步入影视产业。《六个梦》系列、《梅花三弄》系列、《还珠格格》系列等，影响至深，成为几代读者与观众共同的记忆。

琼瑶以流畅优美的文笔，编织了众多曲折动人的故事。其作品以对于梦的憧憬和爱的执着，与大众流行文化紧密结合，风靡半个多世纪，成为华文世界中极重要的文学经典。

我为爱而生，我为爱而写
文字里度过多少春夏秋冬
文字里留下多少青春浪漫
人世间虽然没有天长地久
故事里火花燃烧爱也依旧

　　　　　　　　　复禄

第一章

三月的黄昏。

夕阳斜斜地从玻璃门外射了进来,在蓝色的地毯上投下一道淡淡的光带。"云涛画廊"的咖啡座上几乎都坐满了人,空气中弥漫着浓郁而香醇的咖啡味。夕阳在窗外闪烁,似乎并不影响这儿的客人们喁喁细语或高谈阔论,墙上挂满的油画也照旧吸引着人们的注意和批评。看样子,春天并不完全属于郊外的花季,也属于室内的温馨。贺俊之半隐在柜台的后面,斜倚在一张舒适的软椅中,带着份难以描述的、近乎落寞的感觉;望着大厅里的人群,望着卡座上的情侣,望着那端盘端碗、川流不息的服务小姐们。他奇怪着,似乎人人兴高采烈,而他却独自消沉。事实上,他可能是最不该消沉的一个,不是吗?

"如果不能成为一个画家,最起码可以成为一个画商!如果不能成为一个艺术家,最起码可以成为一个鉴赏家!"

这是他多年以前就对自己说过的话。艺术家要靠天才,不能完全靠狂热。年轻的时候,他就发现自己只有狂热而缺乏天才,他用了很长久的时间才强迫自己承认这一点。然后面对现实地去赚钱、经商,终于开了这家"云涛画廊",不只卖画,也附带卖咖啡和西点,这是生意经。人类喜欢自命为骚人雅士,在一个画廊里喝咖啡,比在咖啡馆中喝咖啡更有情调。何况"云涛"确实布置得雅致而别出心裁,又不像一般咖啡馆那样黑茫茫暗沉沉。于是,自从去年开幕以来,这儿就门庭若市,成为上流社会的聚集之所,不但咖啡座的生意好,画的生意也好,不论一张画标价多高,总是有人买。于是,画家们以在这儿卖画为荣,有钱的人以在这儿买画为乐。

"云涛那儿卖的画嘛,总是第一流的!"这是很多人挂在嘴边的话。贺俊之,他没有成为画家,也没有成为艺术家,却成了一个很成功的,他自己所说的那个"最起码"!

"云涛"是成功了,钱也越赚越多,可是,这份"成功"却治疗不了贺俊之的孤寂和寥落。在内心深处,他感到自己越来越空泛,越来越虚浮,像一个氢气球,虚飘飘地悬在半空,那样不着边际地浮荡着,氢气球只有两种命运,一是破裂,一是泄气。他呢?将面临哪一种命运?他不知道。只依稀恍惚地感到,他那么迫切地想抓住什么,或被什么所抓住。

气球下面总该有根绳子,绳子的尽头应该被抓得紧紧的。可是,有什么力量能抓住他呢?云涛?金钱?虚浮的成功?自己的"最起码"?还是那跟他生儿育女、同甘共苦了二十年的婉琳，或是年轻的子健与雨柔？不，不，这一切都抓不住他，他仍然在虚空里飘荡，将不知飘到何时何处为止。

这种感觉是难言的，也没有人能了解。事实上，他觉得现代的人，有"感觉"的已经很少了，求"了解"更是荒谬！朋友们会说他："贺俊之！你别贪得无厌吧！你还有什么不满足？成功的事业，贤惠的太太，优秀的儿女，你应有尽有！你已经占尽了人间的福气，你还想怎么样？如果连你都不满足，全世界就没有该满足的人了！"

是的，他应该满足。可是，"应该"是一回事，内心的感触却是另外一回事。"感觉"是一种抽象的东西，它不会和你讲道理。反正，现在，他的人虽然坐在热闹的"云涛"里，他的精神却像个断了线的氢气球，在虚空中不着边际地飘荡。

电动门开了，又有新的客人进来了。他下意识地望着门口，忽然觉得眼前一亮。一个年轻的女人正走了进来，夕阳像一道探照灯，把她整个笼罩住。她穿着件深蓝色的套头毛衣，一条绣了小花的牛仔裤，披着一肩长发，满身的洒脱劲儿。那落日的余晖在她的发际镶了一条金边，当玻璃门阖上的一刹那，无数反射的光点像雨珠般从她肩上坠落——好一幅动人的画面！贺俊之深吸了口气！如果他是个画家，他会捉住这一刹那。但是，他只是一个"最起码"！

那女人径直对着柜台走过来了，她用手指轻敲着台面，对那正在煮咖啡的小李说："喂喂，你们的经理呢？"

"经理？"小李怔了一下，"哪一位经理？张经理吗？"

"不是，是叫贺俊之的那个！"

3

哦,贺俊之一愣,不自禁地从他那个半隐藏的角落里站了起来,望着面前这个女人:完全陌生的一张脸。一对闪亮的眼睛,挺直的鼻梁,和一张小巧嘴。并不怎么美,只是,那眼底眉梢,有那么一股飘逸的韵味,使她整张脸都显得生动而明媚。应该是夕阳帮了她的忙,沐浴在金色的阳光下,她确实像个闪亮的发光体。

贺俊之走了过去。

"请问你有什么事?"他问,微笑着,"我就是贺俊之。"

"哦!"那女人扬了扬眉毛,有点儿惊讶。然后,她那对闪烁的眸子就毫无顾忌地对他从头到脚地掠了那么一眼。这一眼顶多只有两三秒钟,但是,贺俊之却感到了一阵灼灼逼人的力量,觉得这对眼光足以衡量出他的轻重。"很好,"她说,"我就怕扑一个空。"

"贵姓?"他礼貌地问。

"我姓秦。"她笑了,嘴角向上一弯,竟有点儿嘲弄的味道,"你不会认得我。"她很快地说,"有人告诉我,你懂得画,也卖画。"

"我卖画是真的,懂得就不敢说了。"他说。

她紧紧地盯了他一眼,嘴角边的嘲弄更深了。

"你不懂得画,如何卖画?"她咄咄逼人地问。

"卖画并不一定需要懂得呀!"他失笑地说,对这女人有了一分好奇。

"那么,你如何去估价一幅画呢?"她再问。

"我不估价。"他微笑着摇摇头,"只有画家本人能对自己的画估价。"

她望着他,嘴边的嘲弄消失了。她的眼光深不可测。

"你这儿的画都是寄售的?"她扫了墙上的画一眼。

"是的,"他凝视她,"你想买画?"

她扬了扬眉毛,嘴角往上弯,嘲弄的意味又来了。

"正相反!"她说,"我想卖画!"

"哦!"他好惊奇,"画呢?"

"就在门外边!"她说,"如果你肯找一个人帮我搬一搬,你马上就可以看到了!"

"哦!"他更惊奇了。"小李!"他叫,"你去帮秦小姐把画搬进来!"他转向那女人:"请你到后面的一间小客厅里来,好吗?"

她跟着他,绕过柜台,走进后面的一间客厅里。这是间光线明亮、布置简单的房间,米色的地毯,棕色的沙发,和大大的落地长窗,垂着鹅黄色的窗帘。平时,贺俊之都在这房里会客、谈公事,和观赏画家们的新作。

小李捧了一大沓油画进来了,都只有画架和画布,没有配框子,大约有十张之多,大小尺寸都不一样。那位"秦小姐"望着画堆在桌上,她似乎忽然有些不安和犹豫,她抬起睫毛,看了看贺俊之,然后,她大踏步地走到桌边,拿起第一张画,下决心似的,把画竖在贺俊之的面前。

"贺先生,"她说,"不管你懂画还是不懂画,你只需要告诉我,你接不接受这样的画,在你的画廊里寄售。"

贺俊之站在那幅画的前面,顿时间,他呆住了。

那是一幅巨幅的画,整个画面,是一片浩瀚的海景图,用的是深蓝的色调,海浪在汹涌翻滚,卷着浪花,浪花的尽头接着天空,天空是灰暗的,堆积着暗淡的云层,没有阳光,没有飞鸟,海边,露着一点儿沙滩,沙滩上,有一段枯木,一段又老又朽又笨拙的枯木,好萧索、好寂寞、好孤独地躺在那儿,海浪半淹着它。可是,那枯木的枝丫间,竟嵌着一枝鲜艳欲滴的红玫瑰。那花瓣含苞半吐,带着一份动人心弦的艳丽。使那暗淡的画面,平添了一种难言的力量,一种属于生命的,属于灵魂的,属于感情的力量。这个画家显然在捕捉一些东西,一些并不属于画,而属于生命的东西。"它"是一件令人震撼的作品!贺俊之紧紧地盯着这幅画,好久好久,他不能动,也不能说话,而陷在一种奇异的、感动的情绪里。

半晌,他才在那画布角落上,看到一个签名:"雨秋"。

雨秋!这名字一落进他的眼帘,立即唤起他一个强烈的记忆。好几年前,他曾看过这个名字,在一幅也是让他难忘的画上。他沉吟地咬住嘴唇,是了,那是在杜峰的家里,他家墙上挂着一幅画,画面是个很老很老的乡下老太婆,额上堆满了层层叠叠的皱纹,面颊干瘪,牙齿脱落,背上背着很沉重的一个菜篮,压得她似乎已站不直身子。可是,她却在微笑,很幸福很幸福地微笑着,眼光爱怜地看着她的脚下,在她脚下,是个好小好小的孩子,面孔胖嘟嘟的、红润润的,用小手牵着她的衣襟。这幅画的角落上,就是"雨秋"两个字。

当时，他也曾震撼过，也曾询问杜峰："谁是雨秋？"

"雨秋？"杜峰不经心地看了那幅画一眼，"是一个朋友的太太。怎样？画得很好吗？"

"画的本身倒也罢了，"他沉吟地望着那幅画，"我喜欢它的意境，这画家并不单纯在用她的笔来画，她似乎在用她的思想和感情来画。"

"雨秋吗？"杜峰笑笑，"她并不是一个画家。"

谈话仿佛到此就为止了，那天杜家的客人很多，没有第二个人注意过那张画。后来，他也没有再听杜峰谈过这个雨秋。事实上，杜峰在墙上挂张画是为了时髦，他自己根本不懂得画。没多久，杜峰家里那张画就不见了，换上了一张工笔花卉。当贺俊之问起的时候，杜峰说："大家都认为我在客厅挂一张丑老太婆的画是件很滑稽的事，所以我换了一张国画。你看这国画如何？"

贺俊之没有答话，他怀念那个丑老太婆，那些皱纹，和那个微笑。

而现在，"雨秋"这个名字又在他面前出现了。另一张画，另一张令人心灵悸动的作品。他慢慢地抬起眼睛来，望着那扶着画的女人，她正注视着他，他们的眼光接触了。那女人的黑眼珠深邃而沉着，她低声说："这幅画叫《浪花》。"

"浪花？"他喃喃地重复了一句，再看看画，"是浪花，也是'浪'和'花'，这名字题得好，有双关的意味。"他凝视那"秦小姐"：光洁的面颊，纤柔的下巴，好年轻，她当然不是"雨秋"。"朋友的太太"应该和他一样，是个中年人了，也只有中年人,才画得出这样的画,并不是指功力,而是指那种领悟力。"雨秋是谁?"他问,"你的朋友?母亲?"

她的睫毛闪了闪,一抹诧异掠过了她的面庞,然后,她微笑了起来。

"我就是雨秋,"她静静地说,"秦雨秋,本名本姓,本人。"

他瞪着她。

"怎么?"她不解地扬扬眉,"我不像会画画吗?"

"我只是——很意外。"他说,"我以为雨秋是个中年人,你——太年轻。"

"年轻?"她爽然一笑,坦率地看着他,"你错了,贺先生,我并不年轻,不——"她侧了侧头,一绺长发飘坠在胸前,她把画放了下来,"不很年轻,我已经三十岁了,不折不扣,上个月才过的生日。"

他再瞪着她。奇异的女人!奇异的个性!奇异的天分!他从不知道也有女性这样坦白自己的年龄,但是,她看来只像个大学生,一个年轻而随便的大学生!她不该画出"浪花"这样的画,她不应该有那样深刻的感受。可是,当他再接触到那对静静的、深邃的眸子时,他知道了,她就是雨秋!一个奇异的、多变的、灵慧的女人!一个"不折不扣"的艺术家。

"你知道——"他说,"这并不是我第一次看到你的画。"

"我知道。"她凝视着他,"你在杜峰家里,看过我的一幅《微笑》。听说,你认为那幅画还有点味道,所以,我敢把画带到你这儿来!怎么?"她紧盯着他,目光依旧灼灼逼人。

"你愿意卖这些画吗?我必须告诉你,这是我第一次卖画，我从没想过要以卖画为生，这只是我的娱乐和兴趣。但是，现在我需要钱用，画画是我唯一的技能，如果——"她又自嘲地微笑，"这能算是技能的话。所以，我决心卖画了。"她更深地望着他，低声地加了几句："我自视很高，标价不会便宜，所以，接受它以前，你最好考虑一下。"咬咬嘴唇，她很快地加了两句："但是，拒绝它以前，你最好也考虑一下，因为——我不大受得了被拒绝。"

贺俊之望着这个"雨秋"，他那样惊奇、那样意外、那样错愕……然后，一股失笑的感觉就从他心中油然生起，和这股感觉同时发生的，是一种叹赏、一种惊服、一种欣喜。这个雨秋，她率直得出人意料！

"让我再看看你其他的画好吗？"他说。站在桌边，他一张张地翻阅着那些作品。雨秋斜倚在沙发上，沉吟地研究着他的表情。他仔细地看那些画，一张衰荷，在一片枯萎的荷田里，漂荡着残枝败叶及枯萍，却有一个嫩秧秧的小花苞在风中飘荡，标题竟是《生趣》。另一张寒云满天，一只小小的鸟在翱翔着，标题是《自由》。再一张街头夜景，一条好长好长的长街，一排路灯，亮着昏黄的光线，没有街车，没有路人，只在街的尽头，有个小孩子在踽踽独行，标题是《路》。他一张张翻下去，越看越惊奇，越看越激动。他发现了，雨秋迫切想抓住的，竟是"生命"本身，放下了画，他慢慢地抬起头来，深深地看着雨秋。

"我接受了它们！"他说。

她深思地看着他。

"是因为你喜欢这些画呢，还是因为我受不了拒绝？"她问。

"是因为我喜欢你的画，"他清晰地说，"也是因为你受不了拒绝！"

"哈！"她笑了起来，这笑容一漾开，她那张多变化的脸就顿时显得开朗而明快。"你很有趣，"她热烈地说，"杜峰应该早些介绍我认识你！"

"原来是杜峰介绍你来的，为什么不早说？"

"你并不是买杜峰的面子而接受我这些画的，是吗？"

"当然。"

"那么，"她笑容可掬，"提他干吗？"

"哈，"这回轮到他笑了，"你很有趣，"他故意重复她的话，"杜峰真应该早些介绍我认识你！"

她大笑了起来，毫无拘束、毫无羞涩、毫无造作地笑，这使他也不由自主地跟着笑。这样一笑，一层和谐的、亲切的感觉就在两人之间漾开，贺俊之竟感到，他们像是认识了已经很多年很多年了。

笑完了，贺俊之望着她。

"你必须了解，卖画并不是一件很简单的事，你的画能不能受欢迎，是谁也无法预卜的事。"

"我了解。"她说，斜倚在沙发里，用手指绕着垂在胸前的长发。她的脸色一下子郑重了起来："可是，如果你能欣赏这些画，别人也能！"

"你很有信心。"他说。

"我说过,我很自傲。"她抬起眼睛来,望着他,"我是靠信心和自傲来活着的,但是,信心和自傲不能换得生活的必需品,现实比什么都可怕,没有面包,仅有信心和自傲是没有用的,所以,我的画就成了商品。"

"我记得——"他沉吟着,"你应该有人供养你的生活,我是指——""我的丈夫?"她接口说,"那已经是过去式了,我离婚了,一个独身的女人,要生活是很难的,你知道。"

"抱歉,我不知道你已经离婚。"

"没有什么好抱歉的,"她洒脱地耸耸肩,"错误地结合,耽误两个人的青春,有什么意义?我丈夫要一个贤妻良母,能持家、能下厨房的妻子,我拿他的衬衫擦了画笔,又用洗笔的松节油炒菜给他吃,差点儿没把他毒死,他说在我莫名其妙地把他弄死之前,还是离我远远的好些,我完全同意。不怪他,我实在不是个好妻子。"

他笑了。

"你夸大其词,"他说,"你不会那样糊涂。"

她也笑了。

"我确实夸大其词。"她坦白地承认,"我既没有用他的衬衫擦画笔,也没有用松节油毒他,但是,我不是个好妻子却是真的,我太沉迷于梦想、自由和绘画,他实在受不了我,因此,他离我而去,解脱了他,也解脱了我。他说,他是劫难已满。"她笑笑,手指继续绕着头发,她的手指纤细、灵巧而修长:"你瞧,我把我的事情都告诉了你!"

"你的父母呢?"他忍不住往下探索,"他们不会忍心让你生活困难的吧?""父母?"她蹙蹙眉头,"他们说我是怪物、是叛逆、是精神病,当我要结婚的时候,父母都反对,他们说,如果我嫁给那个浑球,他们就和我断绝关系,我说恋爱自由,婚姻自主,我嫁定了浑球。结婚后,父母又都接受了那个浑球,而且颇为喜欢他。等我要离婚的时候,他们又说,如果我和这个优秀青年离婚,他们就和我断绝关系。我说我和这个优秀青年生活在一起,等于慢性自杀,于是,我离了婚。所以,父母和我断绝了两次关系。我不懂……"她颦眉深思,"到底是我有问题,还是父母有问题?而且,我到现在也没闹清楚,我那个丈夫,到底是浑球,还是优秀青年!"

他再一次失笑。

"你的故事都很特别。"他说。

"真特别吗?"她问,深沉地看着他,"你不觉得,这就是人类的故事吗?人有两种,一种随波逐流,平平稳稳地活下去就够了,于是,他是正常的,正常的婚姻、正常的职业、正常的生活、正常的老、正常的死。另一种人,是命运的挑战者,永远和自己的命运作对,追求灵魂深处的真与美,于是,他就一切反常,爱的时候爱得要死,不爱的时候不肯装模作样,他忠于自己,而成了与众不同。"她顿了顿,眼睛闪着光,盯着他:"你是第一种人,我是第二种。可是,第一种人并不是真正幸福的人!"

他一震,蹙起眉头,他迎视着她的目光,这是怎样的一个女人,她已经看穿了他,一直看进他灵魂深处里去了。深吸了一口气,他说:"你或许对,但是,第二种人,也并不是真正幸福的人!"

她愣了愣,惊愕而感动。

"是的,"她低声地说,"你很对。我们谁都不知道,人类真正的幸福在什么地方,也都不知道,哪一种人是真正幸福的。因为,心灵的空虚——好像是永无止境的。"她忽然跳了起来,把长发往脑后用力一甩,大声说:"天知道,我怎么会和你谈了这么多,我要走了!"

"慢一点!"他喊,"留下你的住址、电话,还有,你的画——你还没有标价。"

"我的画,"她怔了片刻,"它们对我而言,都是无价之宝,既然成了商品,随你标价吧!"她飘然欲去。

"慢一点,你的地址呢?"

她停住,留下了住址和电话。

"卖掉了,马上通知我,"她微笑着说,"卖不掉,让它挂着,如果结蜘蛛网了,我会自动把它搬回去的!"她又转身欲去。

"慢一点。"他再喊。

"怎么?还有什么手续要办吗?"她问。

"是的,"他咬咬嘴唇,"我要开收据给你!"

"免了吧!"她潇洒地一转身,"完全不需要,我信任你!"

"慢一点。"他又喊。

她站着,深思地看着他。

"我能不能——"他嗫嚅着,"请你吃晚饭?"

她望了他好一会儿,然后,她折回来,坐回沙发上。

"牛排?"她扬着眉问,"小统一的牛排,我闻名已久,只是吃不起。"

"牛排!"他热烈地笑着,"小统一的牛排,我马上打电话订位。在吃牛排以前,你应该享受一下云涛著名的咖啡。"

她微笑着,深靠进沙发里。窗外的暮色已经很浓很浓了,是一个美好的、春天的黄昏。

这天早上,"云涛"刚刚卷起了铁栅,开始营业,就有一个少女直冲了进来。云涛早上的生意一向清淡,九点半钟开门,常常到十点多钟才有两三个客人,因此,这少女的出现是颇引人注目的。子健正在一个角落的卡座上念他的"心理学"。一早跑到云涛来念书是他最近的习惯,躲开母亲善意的唠叨,躲开张妈那份过分的"营养早餐"。而安闲地坐在云涛里,喝一杯咖啡,吃两个煎蛋和一片吐司,够了。清晨的云涛静谧而清幽,即使不看书,坐在那儿沉思都是好的。他佩服父亲有这种灵感,来开设"云涛"。父亲不是个平凡的商人,正像他不是个平凡的父亲一样。他沉坐在那儿,研究着人类"心理"的奥秘,这少女的出现打断了他的阅读及沉思。

一件红色的紧身毛衣,裹着一个纤小而成熟的身子。一条黑色的、短短的迷你裙,露出两条修长的腿,宽腰带拦腰而系,腰带是红橙黄绿蓝靛紫各色都有,系在那儿像一条彩虹,使那小小的腰肢显得更加不盈一握。脚上,一双红色的长筒靴,两边饰着一排亮扣子。说不出的洒脱,说不出的青春，她直冲进来，眼光四面八方地巡视着。子健情不自已，一声口哨就冲口而出，那女孩迅速地掉头望着他，子健一阵发昏，只觉得两道如电炬、如火焰般的眼光，对他直射过来，看得他心中怦然乱跳。那女孩撇了撇嘴，不屑地把头转向一边，自言自语地说："小太保！"

小太保？子健心里的反感一下子冒了起来，生平还没被人骂过是小太保，今天算开了张了。小太保！他瞪着那女孩，看她那身打扮，那份目中无人的样子，她才是个小太妹呢！于是，他用手托着下巴，立即接了一句："小太妹！"

那女孩一愣，立刻，她像阵旋风般卷到他的面前，在他桌前一站，她大声说："你在骂谁？"

"你在骂谁？"他反问。

"我自言自语，关你什么事？"她挑着眉，瞪着眼，小鼻头翘翘的，小嘴巴也翘翘的。天哪，原来一个漂亮的女孩子，连生起气来都是美丽的。子健不自禁地软化在她那澄澈的眼光下，他微笑了起来。

"我也是自言自语呀！怎么，只许你自言自语，不许我自言自语？"

她瞪着他，然后，她紧绷着的脸就有些绷不住了，接着，她的神情一松，扑哧一声就笑了起来，她这一笑，像是一阵春风掠过，像朝阳初射的那第一道光芒，明亮、和煦，而动人。子健按捺不住，也跟着笑了起来。友谊，在年轻人之间，似乎是极容易建立的。女孩笑完了，打量着他，说："我叫戴晓妍，你呢？"

他拿起桌上的一张纸，写下自己的名字"贺子健"，推到她的面前，微笑地说："戴小研？大小的小？研究的研？你父母一定希望你做一个小研究家。"

"胡说！"她坐下来，提起笔，也写下自己的名字"戴晓妍"，推到他的面前。他注视着那名字，说："清晓最妍丽的颜色，你是一朵早上的花！"

"算了，算了，算了！"她一迭连声地说，"什么早上的花，麻死了！我是早晨天空的颜色，如果你看过早晨天空的颜色的话，你就知道为什么用这个妍字了。"

"太阳出来之前？"他问，"天空的颜色会像你那条腰带，五颜六色，而且灿烂夺目。"

"你很会说话。"她伸手取过他正看着的书，对封面望了望，她翻了翻白眼，"天！普通心理学！你准是T大的，只有T大的学生，又骄傲，又调皮，偏又爱念书！"她扬起眉毛："T大心理系，对吗？"

"错了！"他说，"T大经济系！"

"学经济？"她把眼睛眉毛都挤到一堆去了，"那么，你看心理学干吗？"

"小研一下。"他说。

"什么？"她问，"你叫我的名字干吗？"

"我没叫你的名字，我说我在小小地研究一下。"

"哼！"她打鼻子里哼了一声，斜睨着他，"标准的T大型，就会卖弄小聪明。"

"大聪明。"他说。

"什么?"

"我说我有大聪明,还来不及卖弄呢!"他笑着说,伸手叫来服务小姐,"戴晓妍,我请你喝杯咖啡,不反对吧?"

"反对!"她很快地说,"我自己请我自己。"她翻弄着手中的一本册子,子健这才发现她手里拿着一本琴谱。她翻了半天琴谱,好不容易从中间找出一张十元的钞票,她有些犹疑地说:"喂,贺子健,你知不知道这儿的咖啡是多少钱一杯呀?我这十块钱还要派别的用场呢,算了!"她跳起来,"我不喝了!就顾着和你胡说八道,连正事都没有办,我又不是来喝咖啡的!"

"那么,你是来做什么的?"

"我来看画的,这儿是画廊,不是吗?"她四面张望,忽然欢呼了一声,"是了!在这儿!"她直奔向墙边去。对墙上的一排画仔细地观赏着。子健相当的诧异,站起身来,他跟过去,发现戴晓妍正仰着头,满脸绽放着光彩,对那些画发痴一般地注视着。她眼睛里那种崇拜的、热烈的光芒使他不自禁地也去看那些画,原来那是昨天才挂上去,一个名叫"雨秋"的新画家的画。

"怎么?"子健不解地说,"你喜欢这些画?"

"喜欢?"戴晓妍深抽了一口气,夸张地喊,"岂止是喜欢!我崇拜它们!"她望着画下的标价纸。"五千元!"她用手小心地摸摸那标签,又摸摸那画框,低声地说,"不知道有没有人买。"

"不知道。"子健摇摇头,"这些画是新挂上去的。还不晓得反应呢！"

晓妍看了他一眼。

"你对这儿很熟悉啊！"她说，"你又吃了那么多东西，在这种地方吃东西！"她摇摇头，咂咂嘴："你一定是有钱人家的纨绔子弟！"

子健皱皱眉头，一时间，颇有点儿不是滋味和啼笑皆非。

他不知道该不该向这个新认识的女孩解释自己和"云涛"的关系。可是，晓妍已经不再对这问题发生兴趣，她全副精神又都集中到画上去了，她一张一张地看那些画，直到把雨秋的画都看完了，她才深深地、赞叹地、近乎感动地叹出一口气来。看她对艺术如此狂热，子健推荐地说："这半边还有别的画家的画，我陪你慢慢地看吧！"

"别的画家！"晓妍瞪大眼睛，"谁要看别的画家的画？那些画怎能和这些画相比！"

"怎么？"子健是更糊涂了，他仔细地看看雨秋的画，难道这个雨秋已经如此出名了？怪不得父亲一下子挂出一整排她的画，倒像是在开个人画展一般。"我觉得别的画家也有好画，你如果爱艺术，不应该这样迷信个人。"他坦白地说。

"管他应该不应该！"晓妍的眉毛抬得好高，"别的画家又不是我的姨妈！""什么？"子健喊了一句，瞪大了眼睛，"原来……原来这个雨秋是你的姨妈？""是呀！"晓妍天真地仰着头，望着他，眼睛里闪烁着骄傲的光彩，"我姨妈会成为世界上最伟大的画家，你信吗？"她注视他，慢慢地摇摇头："我知道你不信，可是……即使她成不了世界上最伟大的画家……"

"她也一定是世界上最伟大的姨妈!"子健接口说。

"哈哈!"晓妍开心地笑了起来,"你这个T大的纨绔子弟似乎已经把心理学读通了!"

子健对她微笑了一下,实在不知道这句话对他是赞美还是讽刺。可是,晓妍的笑容那样动人,眼光那样清澈,浑身带着那样不可抗拒的少女青春气息,竟使他迷惑了起来。在T大,女同学多得很,美丽的也不在少数,他却从没有像现在这样动心过。事实上,这个晓妍并不能算什么绝世美人,只是,她浑身都是"劲儿",满脸都是表情,而又丝毫都不做作。

对了,他发现了,她有那么一股"真"与"纯",又有那么一股"调皮"和"狂热",她是个具有强烈的影响力的女孩!

"云涛"的客人慢慢上座了。小李煮的咖啡好香好香,整个空气里都弥漫着咖啡香,以及西点、蛋糕的香味,晓妍深深地吸了吸鼻子,忽然说:"贺子健,我想你从没缺过钱用吧?"

"哦?"子健看着她,那小妮子眼珠乱转,他不知道她有什么花招,"是的,没缺过。"

"那么——"她伸舌尖润了润嘴唇,"我记得,刚刚你想请我喝咖啡。"

哦,原来如此。子健的眼珠也转了转。

"是的,可是已经被人拒绝了。"他说。

晓妍满不在乎地耸耸肩。

"现在,我可以接受它了。因为——"她望着他,那眼光又坦率又真诚,"这香味太诱惑我了,我生平就无法抵制食物的诱惑,我姨妈说,这准是受她的影响,她也是这样的。我接受了你的咖啡,而且,如果你请得起的话,再来一块蛋糕更好。因为——我还没有吃早饭。"

子健笑了,他不能不笑,晓妍那种认真的样子,那坦白的供认,和那股已经垂涎欲滴的样子都让他想笑,而最使他发笑的,是她把这项"吃"的本能,也归之于姨妈的影响,那个雨秋,是人?还是神?他的笑使晓妍不安了,她蹙起了眉头。

"你笑什么?"她问,"我接受你请客,只因为觉得和你一见如故,并不是我不害羞,随便肯接受男孩子的请客,不信你问我姨妈……哦,对了,你不认得我姨妈。不行,"她拼命摇头,"你一定要认识我姨妈,她是世界上最最可爱的女人!"

"绝不是最最可爱的!"他说。

"你不知道……"

"我知道!"他笑着,"最最可爱的已经在我面前了,她顶多只能排第二!"晓妍又扑哧一声笑了。

"不要给我乱戴高帽子,"她笑着说,"因为……"

"因为你不喜欢这一套!"他又接了口。

"哈哈!"她大笑,"你错了。因为我会把所有的高帽子都照单全收!我是最虚荣的。"

子健惊奇地望着她,不信任似的摇头微笑。

"你是我所遇到的最坦白的女孩子!"他说,"来吧,戴晓妍,你不该不吃早餐到处跑!"

他们折回到座位上。子健招手叫来了一位服务员小姐,低低地吩咐了几句话,片刻之后,一杯滚热的咖啡送了过来,同时,一个托盘里,放了四五块精致的西点和蛋糕,花样之别致,香味之扑鼻,使晓妍瞪大了眼睛。

"怎么这么多?"她问。

"每种一块,这都是云涛著名的点心,栗子蛋糕、草莓派、杏仁卷、椰子酥、核桃枣泥糕,你每样都该尝尝,吃不完,我帮你吃!"他用小刀把每块一切为二,"每块吃一半,成了吧!"

晓妍把身子俯近他,悄声问:"贵不贵?"

他失笑了。

"反正已经叫了,你别管价钱好吗?"他说,真挚地看着她,"这是我第一次请你吃东西,你别客气,下一次,我只请你吃牛肉面!"

"唔——"晓妍含了一口蛋糕,立刻口齿不清地嚷了起来,"我最爱吃牛肉面,还有牛肉细粉,加一点辣椒,四川话叫作——"她用四川话说,"轻红!"

她的活泼、她的娇媚、她的妙语连珠、她的笑靥迎人,子健是真的眩惑了。抓住了机会,他说:"明天晚上,我请你去吃牛肉面!"

"哦——"她沉吟了一下,"明天不行,我要陪我姨妈去办事,这样吧——"她考虑了一会儿,"后天晚上,怎么样?"

"一言为定!"他说,"你住什么地方?我去接你!"他把刚刚他们互写名字的纸条推到她面前:"给我你的地址和电话。"

她衔着蛋糕,不假思索地写下了地址和电话。

"这是我姨妈的家,我跟我姨妈一起住。"她说,"这样吧,后天晚上六点钟,我们在云涛见面,好不好?反正我会到这儿来——我要看看我姨妈的画有没有人买!"

"你很关心你姨妈?"他问,"你怎么住在姨妈家?你父母呢?"

她的脸色一下子沉了下去。

"贺子健!"她板着脸说,"我并没有调查你的家庭,对不对?请你也不要查我的户口!"

"好吧!"子健瞪着她。后悔问了这一句,她准有难言之隐,可能是个孤儿。于是,他赔笑地说:"别板脸,行不行?"

"我就是这样子,"她边吃边说,"我要笑就笑,要哭就哭,要生气就生气,我妈说,都是姨妈带坏了我!"

"哦,"他不假思索地说,"原来你有妈。"

"什么话!"晓妍直问到他脸上来,"我没妈,我是石头里变出来的呀!我又不是孙猴子!"

"噢,又说错了!"子健失笑地说,"当然你有妈,我道歉。"

"不用道歉。"她又嫣然而笑,"其实……"她侧着头想了想,忽然笑不可抑。"真的,我可能是石头里变出来的,我妈的思想,就和石头一样,走也走不通,搬也搬不动,一块好大好大的石头!我爸爸,哈!"她更笑得喘不过气来了,"他更妙了,他根本是一座石山!"

从没有听人这样批评自己的父母,而且,态度又那样轻浮。子健蹙蹙眉,心中微微漾起一阵反感,对父母,无论如何应该保持一份尊敬。他的蹙眉并没有逃过晓妍的注意,她收住了笑,脸色逐渐地沉重了起来。推开盘子,她垂下了眼睑,用手指拨弄着桌上的菜单,好半天,她一语不发。子健觉得有点不对劲,他不解地问:"怎么了?"

晓妍很快地抬起眼睛来看了他一眼,她眼中竟蓄满了泪水,而且已盈盈欲坠。这使子健大吃一惊,他慌忙拿了一块干净的餐巾递给她,急急地说:"怎么了?怎么了?不是谈得好好的吗?你——"他手足无措,不知该怎么办才好,如果他曾经交过女朋友,他或者知道该如何应付,偏偏他从没和女孩子深交过。而且,即使交往过几个女孩,也没有一个像她这样,第一次见面,就说哭就哭、说笑就笑的。他不知所措,心慌意乱了。"你别哭,好吗?"他求饶似的说,"如果是我说错了话,请你原谅,但是别哭,好吗?"

她用餐巾蒙住了脸,一语不发,他只看到她肩头微微地耸动。片刻,她把餐巾放下来,面颊是湿润的,眼睛里泪光犹存。可是,她唇边已恢复了笑容,不再是刚刚那种喜悦的笑,而是一个无可奈何的、可怜兮兮的笑。

"别理我,"她轻声说,"我是有一点儿疯的,马上我就没事了。"她抬眼凝视他,那眼光在一瞬间变得好深沉、好难测。

她在仔细地研究他。"你一定是个好青年,"她说,"孝顺父母，努力念书，用功、向上、不乱交朋友，你一定是个模范生。"

她叹口气，站起身来："我要走了。后天，我也不来了。"

"喂！戴晓妍！"他着急地喊，"为什么？我们不是已经认识了，是朋友了吗？你答应了的约会，怎能出尔反尔？"

她对他默默地摇摇头。

"和我交朋友是件危险的事，"她说，"我会把你带坏，我不愿意影响你。而且，我不习惯和模范生做朋友，因为我又疯又野，又不懂规矩。"

"我不是模范生，"他急急地说，自己也不了解为什么那样急迫，"我也不认为和你交朋友有什么危险，你又善良又真纯，又率直又坦白，你是我认识过的女孩子里最可爱的一个！"

他冲口而出地说了一大串。

她盯着他，眼睛里闪着光。

"你真的认为我这么好？"她问。

"完全真的。"他急促地说。

她的脸发亮。

"所以，我更不能来了。"

"怎么？"

"我要保留我给你的这份好印象。"她说，抓起自己的琴谱，转身就向外走。"喂喂，戴晓妍！"他喊，追了过去，客人都转头望着他们，服务小姐们也都在悄悄议论和发笑了，他顾不得这些，一直追到大门口，她已经走到街对面了，她的脚步可真快，他对着街对面喊："不管你来不来，我反正在这儿等你!"

她头也没有回,那纤小的影子,很快地消失在街道的转角处了。

画纸上是一个长发披肩,双目含愁的女人,消瘦,略带苍白,绿色是整个画面的主调,绿色的头发、绿色的眼睛,绿色的脸庞、绿色的毛衣,一片绿。这是一个带着几分忧郁、几分惆怅、几分温柔,又几分落寞的绿色女郎。唯一打破这片绿的,是在那女人手中,握着一枝细茎的、柔弱的、可怜兮兮的小雏菊,那菊花是黄色的。雨秋握着画笔,对那画纸仔细凝视,再抬头看看旁边桌上的一面大镜子,她对着镜中的自己微笑,又对着画纸上的自己皱眉,然后,提起笔来,她蘸了一笔浓浓的绿色颜料,在画纸右上方的空白处,打破西画传统地题了两句话:"莫道不销魂,帘卷西风,人比黄花瘦。"

题完了,她又在画的左下方题上:"雨秋自画像,戏绘于一九七一年春"。画完了,她丢下画笔,伸了一个懒腰,画了一整天的画,到现在才觉得累。看看窗外,暮色很浓了。她走到墙角,打开了一盏低垂的、有彩色灯罩的吊灯。拉起了窗纱,她斜倚在沙发中,对那幅水彩画开始出神地凝思。

第二章

电话铃蓦然地响了起来,今天,电话铃一直响个不停,她伸手接过话筒。

"喂!"她说,"哪一位?"

"对不起!我找戴晓妍听电话!"又是那年轻的男孩子,他起码打了十个电话来找晓妍了。

"哦,晓妍还没回家呢!你过一会儿再打来好吗?"她温柔地说。

"噢!好的!"那男孩有点犹豫,雨秋正想挂断电话,那男孩忽然急急地开了口:"喂喂,请问你是晓妍的姨妈吗?"

"是呀!"她有些惊奇,"你是哪一位?"

"请您转告晓妍,"那男孩坚定地说,"我是那个T大的小太保,告诉她,别想逃避我,因为她逃不掉的!"电话挂断了。

雨秋拿着听筒,对那听筒扬了扬眉毛,然后挂上了电话。

T大的小太保！应该很合晓妍的胃口，不是吗？一整天，她听这个声音的电话几乎都听熟了，偏偏晓妍一早就出去了，到现在还没回来。她看看手表，六点半，应该弄点东西吃了，这么一想，她才觉得肚子里一阵叽里咕噜地乱叫，怎会饿成这样子？是了，从中午就没吃东西，不，是从早上就没吃东西，因为中午才起床。最后一餐是昨晚吃的，怎能不饿？她跳起来，走到冰箱旁边，看看能弄些什么吃吧！打开冰箱，她就愣住了，除了那股扑面而来的冷气之外，冰箱里空无一物，连个菜叶子都没有！她摇摇头，把冰箱关上，几天没买菜了？谁知道呢？

大门在响，钥匙声，关门声，是晓妍回来了。

"姨妈！姨妈！你在家吗？"

人没进来，声音已在玄关处扬了起来。

"在呀！"她喊，"干吗？"

晓妍"跳"了进来，她是很少用"走"的。她手里抱着一大包东西，雨秋惊奇地问："是什么？"

晓妍把纸包往桌上一放，打开来，她取出一条吐司面包、一瓶果酱、一包牛油和一袋鸡蛋，还有一小包切好片的洋火腿。她笑着，得意地看着雨秋。

"我们来做三明治吃！"她说，"家里什么吃的都没有了，如果我不买回来，你画画出了神，准会饿死！"

"你怎么知道家里什么吃的都没有了？而且，你从什么地方弄来的钱？"雨秋笑着问。

"我早上起床的时候，你还在睡觉，"晓妍笑嘻嘻的，"是我把冰箱里最后的一瓶牛奶和半包苏打饼干都吃掉了,我当然知道家里没东西吃了!至于钱嘛,我翻你的每一件衣服口袋,发现你或多或少都有一些零钱在口袋里,这样,我居然收集了五十多块钱。有了这种意外之财,我们岂不该好好享受一番?所以呀,我就买了一大堆东西回来了。"

"好极了。"雨秋拿起一片面包,先往嘴里塞,晓妍一把按住面包说:"不行不行,等我摊好蛋皮,抹了牛油,夹了火腿再吃,否则你破坏了我的计划!"

"好!你还有计划!"雨秋笑着,拿起鸡蛋来,"我来做蛋皮吧,你别把手烫了。"

"好姨妈,"晓妍用手按着她,"你烫手的次数比我多得多,你别说嘴了!""可是,"雨秋忍不住笑,"你会偷吃,你一面做一面吃,等你把蛋皮做完,你也把它吃完了。"

"哎呀,"晓妍用手掠了掠满头乱糟糟的短发,"叫我不偷吃,那我是做不到的!"

"所以,还是我来做吧!"雨秋满屋子乱绕,"我的围裙呢?"

"被我当抹布用掉了。"

雨秋扑哧一笑。

"晓妍,我们两个这样子过日子啊,总有一天,家都被我们拆光了。不过……"她在沙发上坐下来,抱着膝,突然出起神来,"没关系,晓妍,你不要怕,我们没钱用,现在苦一点,将来总有出头之日。等我赚了钱,第一件事就是给你买一套漂亮衣服,你心心念念的那套钉亮扣子的牛仔衣,然后,如果我赚了大钱，我就给你买一架电子琴。哦！对了，你今天去学琴了吗？"

"去了，老师夸我呢，她说我很有才气，而且，她说，学费晚一个月缴没关系。"

"你去告诉你老师，等我赚了钱……"

雨秋的话没说完，电话铃又响了。雨秋忽然想起那个男孩来，她指着晓妍："你的电话，你去接，一个T大的小太保，打了几百个电话来，他要我转告你，他不会放过你！"

晓妍的脸色倏然变白了，她猛烈地摇头：

"不不，姨妈，你去接，你告诉他，我不在家！"

"不行！"雨秋摇头，"我不能骗人家，你有难题，你自己去应付，如果要不理人家，为什么要留电话号码给人家呢？"

"我留电话号码给他的时候，是准备和他做朋友的！"晓妍焦灼地解释。

"那么，有什么理由要不和他做朋友呢？因为他是一个小太保吗？"

"不是！就因为他不是小太保！"晓妍急得跺脚，"姨妈，你不知道……"她求救似的看着雨秋，那铃声仍然在不断地响着。"他是T大的，他是个好学生。"雨秋紧盯着晓妍，"那么，你更该和他做朋友了！"

"姨妈！"晓妍哀声喊，祈求地望着雨秋，低声说，"你明知道我……"

"我知道你是世界上最好的女孩子！"雨秋大声地、坚决地、斩钉截铁地说。"我不是！我不是！"晓妍拼命摇头，泪

29

水蒙上了眼睛。

"姨妈,我不是!我不是好女孩……"

电话铃停止了。晓妍也愕然地住了口。一时间,室内显得好静好静,晓妍睁着她那对黑白分明的大眼睛,瞪视着雨秋。雨秋也静静地瞅着她,半晌,雨秋把手臂张开,那孩子立即投进了雨秋的怀里。她们两个差不多一样高,晓妍把头埋进了雨秋肩上的长发里,紧紧地闭上了眼睛。雨秋用手抚摸着她的背脊,在她耳边,温柔地、低声地、一个字一个字地说:"晓妍,你美丽,你纯真,你是一个好女孩!你一定要相信这一点,要认识你自己,过去的事早已过去了,别让那个阴影永远存在你心里,你是个好女孩!晓妍,记住!你是个好女孩!"

"姨妈,"晓妍轻声说,"世界上只有你一个人这样认为的!"

"胡说!"雨秋抚摸她的头发,"你是个人见人爱的女孩子。"

"只是外表。"

"内心更好!"

晓妍抬起头来,不信任地望着雨秋。雨秋的眼光充满了坚定的信赖与热烈的宠爱,因此,那孩子的面色渐渐地开朗了。她扬了扬眉,询问的。雨秋眨了眨眼睛,答复的。她摇了摇头,怀疑的。雨秋点了点头,坚定的。于是,晓妍笑了。

"姨妈,"她说,"你才是世界上最好的人!"

"可能也只有你这样认为哦!"雨秋故意地说,"在一般人心目中，我好吗？就拿你母亲来说吧，她是我的亲姐姐，告诉我，她怎么说我的？"

"疯狂、任性、不负责任、胡闹、倔强、自掘坟墓！……"晓妍一连串地背下去。

"够了，够了，"雨秋笑着阻止她，"你瞧，晓妍，我们只能让了解我们的人喜欢我们，对不对？那些不了解我们的人，我们也不必苛求他们。最重要的，是我们要认清楚自己的分量，不要受外界的左右。懂吗？"

晓妍点点头。

电话铃再一次响了起来。这回，雨秋只对晓妍看了一眼，晓妍就乖乖地走到电话机旁边，伸手拿起了听筒。雨秋不想听他们的谈话内容，就乘机拿起桌上的鸡蛋，走到厨房里去，刚刚把蛋放下来，就听到晓妍那如释重负的、轻快的声音，高高地扬起来："秦——雨——秋——小——姐——电——话！"

雨秋折回到客厅里来，晓妍满脸的笑，用手盖在话筒上，她对雨秋说："男人打来的，准是你的男朋友！"

雨秋瞪了晓妍一眼，接过听筒。

"喂？哪一位？"她问。

"秦——雨秋？"对方有些犹豫地问。

"是的，我就是。"

"我是贺俊之。刚刚怎么没人接电话？"

"哦，贺先生。"她笑应着，"不知道是你。"

听到了一个"贺"字，晓妍惊觉地回过头来看着雨秋，雨秋丝毫没注意到晓妍的表情,她正倾听着对方充满了愉快和喜悦的声音。

"我必须恭喜你,秦小姐,你已经卖掉了两张画,一张是《浪花》,另一张是《路》。"

"真的?"她惊喜交集,"居然有人要它们!"

"你吃过晚饭吗?"贺俊之问。

"还没有。"

"是不是值得出来庆祝一下?"贺俊之说,似乎怕她拒绝,他很快地又加了一句,"你有一万元的进账,你应该请我吃饭,对不对?"

"哈!"她笑着,"看样子我非出来不可!"

"我马上来接你!"

"不用了,"她说,"你在云涛吗?"

"是的。"

"我过来吧!我也想看看那些画,而且,我很怀念云涛的咖啡!"

"那么,我等你,尽快!"

挂断了电话,她欢呼了一声,回过身子来,她一把抓住晓妍的肩膀,一阵乱摇乱晃,她喊着说:"晓妍,你姨妈发财了!一万元!你知道一万元有多少吗?它相当于一本书的厚度!晓妍,你知道吗?你姨妈是一个画家!她的画才挂出来几天,就卖掉了两张!以这样的进展,十张画一个月就卖光了!好了,晓妍,你的电子琴有希望了,还有那套亮扣子的牛仔衣……"她忽然住了口,歉然地看着晓妍,"哎呀,我忘了,我们要吃三明治的,这一下,我又破坏了你的计划了……"

"姨妈!"晓妍的脸孔发光,眼睛发亮,她大吼着说,"去他的三明治!你该去喝香槟酒!假若你不是陪男朋友出去,我就要跟你去了。"

"说真的,"雨秋的眼珠转了转,"你就跟我一起去吧!"

"算了,我才不做电灯泡呢!"晓妍笑着说,"你尽管去吧!我帮你看家!不过……"她顿了顿,忽然怀疑地问,"姨妈,姓贺的人很多吗?"

"哦,"雨秋不解地说,"怎么?"

晓妍摇摇头。

"没有什么,"她推着雨秋,"快去快去!别让男朋友等你!"

"小鬼头!"雨秋笑骂着,"不要左一句男朋友,右一句男朋友的,那人并不是我的男朋友!"

"哦?"晓妍的眼珠乱转,"原来那是一个女人!这女人的声音未免太粗了!"

雨秋用手里的手提包在晓妍的屁股上重重地挥了一下,骂了一句"小坏蛋"。然后,她停在刚刚完成的那张自画像前面,对那画像颦眉凝视,低低地说:"明天,我要重画一个你!"

她往门口走去,刚走到玄关,门铃响了,是谁?她可不希望这时间来客!她伸手打开门,出乎意外的,门外竟是一个陌生的年轻男人!他站在那儿,高高的身材,穿着件咖啡色的绒外套,黑衬衫,黑长裤,敞着衣领,很挺拔、很潇洒、很年轻。浓浓的眉,乌黑的眼珠,挺直的鼻梁,很男性、很帅、很有味道。她心中暗暗喝彩,一面问:"找谁?"

"戴晓妍。"他简短地回答。

哦！雨秋打量着他。

"T大的？"她问。

"T大的。"他回答。

"小太保？"她问。

"小太保。"他回答。

"很好，"她说，"你进去，里面有个女孩子，她计划要吃三明治，她的姨妈必须出去，不能陪她，你正好和她一起吃三明治，只是，她做蛋皮的时候，你最好站在厨房里监视她，她很好吃——这是她姨妈的影响——""姨妈！"一个声音打断了雨秋的话头，她回过头去，晓妍不知何时已站在那儿，斜靠在墙上，眼睛望着那个男孩子。

雨秋耸了耸肩，让开身子，她对那"小太保"说："你不进去，站在门口干吗？"

"谢谢你，姨妈，"那男孩子微笑了起来，很礼貌、很机灵、很文雅，"我除了小太保以外，还有另外一个名字，我叫贺子健。"

贺子健？怎么？姓贺的人很多吗？雨秋有些愕然，可是，没时间给她去研究这问题了，子健已经走进了玄关。雨秋出了门，把房门关上，把那两个年轻人关进了房里。好了，最起码，晓妍不会过一个寂寞的晚上了。T大的？小太保？贺子健？她摇摇头，有点迷糊，有点清楚，那张年轻的脸，似曾相识，贺子健，姓贺的人很多吗？晓妍在哪儿认识他的？但是，管他呢？一个好学生，晓妍说的，他能唤起晓妍的自卑感，应该也可以治好晓妍的自卑感。让他们去吧！不会有任何问题的，她甩甩头，走下了公寓的楼梯。

这儿，晓妍仍然靠在墙上，斜睨着子健。

"谁许你来的？"她冷冷地问。

"不许我来，就不该留地址给我。"他说。

"哼！"她哼了一声，"我说过不要理你！"

"那么，你就不要理我吧！"他说，径自走进客厅，他四面打量着，然后，目光落在那幅画像上，"没想到你姨妈这样年轻，这样漂亮，又这样善解人意。本来，我以为我要面对一个母夜叉型的丑老太婆。"

"胡说八道！"晓妍嚷，"我姨妈是天下最可爱的人，怎么会是母夜叉型的丑老太婆？"

子健倏然回过头去，眼睛奕奕有神。

"你不是不理我吗？"他笑嘻嘻地问。

"哼！"晓妍发现上了当，就更重地哼了一声，嘴里又叽里咕噜地、自言自语地说了一大串不知道什么话，就赌气跑到墙角的一张沙发上去坐着。用手托着下巴，眼睛向上翻，望着天花板发愣。

子健看了她一眼，也不再去理她。他四面张望，这房子实在小得可怜，一目了然的格局，整个大概不到六十六平方米的面积，里面是卧房，客厅已经兼了画室和餐厅两项用途。但是，毕竟是个艺术家的家，虽然小，却布置得十分雅致，简单的沙发，屋角垂下的彩色吊灯，灯下是张小巧玲珑的玻璃茶几，室内所有的桌子都是玻璃的，连餐桌也是张圆形的玻璃桌，四周放着几把白色镂花的靠背椅。由于白色和玻璃的透明感，房间就显得相当宽敞。子健打量完了屋子，走到餐桌边，他发现了那些食物。

"哦，"他自言自语地说，"我饿得吃得下一只牛！"

晓妍悄眼看了看他，又去望天花板。

子健自顾自地满屋散步，一会儿，他就走进了厨房里。立刻，他大叫了起来："哈，有鸡蛋，我来炒鸡蛋吃！"

晓妍侧耳倾听。什么？他真的打起蛋来了，男孩子会炒什么蛋？而且，她是要摊了蛋皮做三明治的！她跳了起来，冲进厨房，大声叫："你敢动那些鸡蛋！"

"别小气，"子健冲着她笑，"我快饿死了！"

"什么？"她大叫，"你把蛋都打了吗？"

"别嚷别嚷，"子健说，"我知道你要做蛋皮，我也会做，读中学的时候，我是童子军队长，每次烹饪比赛，我这组都得第一名！"

"骗人！"晓妍不信任地看着他，"凭你这个纨绔子弟，还会烧饭？"

"你试试看吧！"他找着火柴，燃起了煤气炉，把菜锅放上去，倒了油，趁油没有烧热的时间，他捣蛋，放盐，再用锅铲把油往全锅一铺满，把蛋倒进去一点点，拎起锅柄一阵旋绕，一块蛋皮已整整齐齐地铺在锅中。他再用锅铲把蛋翻了一面，稍烘片刻，就拿了起来，盛在盘子中。再去放油，捣蛋，旋锅……晓妍瞪大眼睛，看得眼花缭乱。只一会儿，一盘蛋皮已经做好了。子健熄了火，收了锅，丢了蛋壳，收拾妥当，晓妍还在那儿瞪着眼睛发愣。子健也不管她，就把蛋端到餐桌上，自顾自地拿面包、抹牛油、夹火腿、夹蛋，接着就不住口地在说："唔，唔，唔，美味！美味！"

晓妍追进客厅里来。

"你管不管我呀？"她气势汹汹地问，瞪着那三明治，一连咽了好几口口水。"不是我不管你，是你不理我。"子健微笑着说，把一块夹好了的三明治送到她面前。她伸手去接，他却迅速地用另一只手握住了她的手，他的眼睛深沉地盯着她："到底我什么地方得罪了你，能不能告诉我？"

她望着他，那样明亮的眼睛、那样诚恳的神情、那样真挚的语气……她悄然地垂下眼睑，我完了！她心里迅速地想着。一种畏怯的、要退缩的情绪紧抓住了她。她入定一般地站在那儿，不动也不说话。

他低叹了一声，放开了她的手。

"我并不可怕，晓妍，我也不见得很可恶吧？"

她悄悄地看了他一眼，他那样温和，那样亲切。她的畏怯消失了，恐惧飞走了，欢愉的情绪不自禁地布满了她的胸怀，她笑了，大声说："你现在很可恶，等我吃饱了，你就会比较可爱了。"于是，她开始大口大口地吃了起来。

早上，贺俊之坐在早餐桌上，习惯性地对满桌子扫了一眼，又没有子健，这孩子不知道在忙些什么，常常从早到晚不见人影。或者，不能怪孩子，他看多了这类的家庭，父亲的事业越成功，和子女接近的时间越少。往往，这是父亲的过失，如果他不走进儿女的世界里，他就无法了解儿女，许多父母希望儿女走入他们的世界，那根本是苛求，年轻人有太多的梦、有太多的狂想、有太多的热情（中年人应该也有，不是吗？只是，大部分的中年人，都被现实磨损得无光也无热了。要命，这句话是雨秋说的）。年轻人没有耐性来了解父母，他们太忙了。忙于去捕捉、去寻找、去开拓。他注视着雨柔，这孩子最近也很沉默。十九岁的女孩子，应该是天真活泼的啊！不过，雨柔一向就是个安安静静的小姑娘。

"雨柔！"他温和地喊。

"嗯？"雨柔抬起一对迷迷糊糊的眼睛来。

"功课很忙吗？"他纯粹是没话找话讲。

"不太忙。"雨柔简短地回答。

"你那个朋友呢？那个叫——徐——徐什么的？好久没看到他了。"

"徐中豪？"雨柔说，睫毛闪了闪，"早就闹翻了，他是个公子哥儿，我受不了他。"

闹翻了，怪不得这孩子近来好苍白、好沉静。他深思地望着雨柔。还来不及说话，婉琳就开了口："什么？雨柔，你和徐中豪闹翻了吗？你昏了头了！那孩子又漂亮，又懂事，家庭环境又好，和我们家才是门当户对呢……"

"妈，"雨柔微微蹙起眉头，打断了母亲的话，"我和徐中豪从来没有认真过，我们只是同学，只是普通朋友，你不要这么起劲好不好？要不然以后我永远不敢带男同学到我们家里来玩，因为每一个你都要盘问人家的祖宗八代，弄得我难堪！"

"哎呀！"婉琳生气了，"听听！这是你对母亲说话呢！我盘问人家，还不是为了你好。交男朋友，总要交一个正正经经，家世拿得出去的人……"

"妈！"雨柔又打断了母亲的话，"你不要为我这样操心好不好？我还小呢！我还不急着出嫁呢！"

"哟！"婉琳叫着说，"你以为我不知道你，三天两天地换男朋友，你们这一代的孩子，什么道德观念都没有，不急着出嫁，却急着交男朋友，今天换一个，明天换一个，你们以为你们是思想开明，根本就是胡闹！"

"妈妈！"雨柔的脸色发白了，"你对我了解多少？你知不知道，像徐中豪那种人，我们学校里车载斗量，要多少个都有！我如果真交男朋友，绝不是你想象中的人！"

"你要交怎么样的男朋友，你说！你说！"婉琳气呼呼地问。

"说不定是个逃犯！"雨柔低声而稳定地说了出来。

"哎哟！俊之，你听听，你听听！"婉琳涨红了脸，转向俊之，"听听你女儿说些什么？你再不管管她，她说不定会和什么杀人犯私奔了呢！"

"婉琳，"俊之皱着眉，静静地说，"你放心，雨柔绝不会和杀人犯私奔，你少说两句，少管一点。孩子们有他们自己的世界。真和一个逃犯恋爱的话……"他微笑地瞅着雨柔。

"倒是件很刺激的事呢！那逃犯说不定正巧是法网恢恢里的康理查！"

雨柔忍不住笑了出来，那张本来布满乌云的小脸上顿时充满了阳光。她用热烈的眸子回报她父亲的凝视。婉琳却气得发抖:"俊之!你护着她!从孩子们小时候起,你就护着他们,把他们惯得无法无天!子健从早到晚不在家,已经等于失踪了,你也不过问……"

"妈!"雨柔插嘴说,"哥哥就是因为你总是唠叨他,他才躲出去的。他并没有失踪,他每天早上都在云涛吃早饭,念书。他最近比较忙一点,因为他新交了一个很可爱的女朋友,他不愿把女朋友带回家来,因为怕你去盘问人家的祖宗八代!现在,我已经把哥哥所有的资料都告诉了你们,他活得很好,很快乐,他自己说,他在最近才发现生命的意义。所以,妈,你最好不要去管他!"

婉琳睁大了眼睛,愕然地望着雨柔。忽然觉得伤感了起来。

"儿子女儿我都管不着了,我还能管什么呢?"

"管爸爸吧!"雨柔说,"根据心理学家的报道,四十几岁的中年男子最容易有外遇!"

"雨柔!"俊之笑叱着,"你信口胡说吧,你妈可会认真的。"

婉琳狐疑地看看雨柔,又悄悄地看看俊之。

"你们父女两个,是不是有什么事在瞒着我呢?"她小心翼翼地问。

俊之跳了起来,不明所以地红了脸。

"我不和你们胡扯了,云涛那儿,还有一大堆工作要做呢,我走了!"

"我也要上学去了。今天十点钟有一节逻辑学的课。"雨柔说,也跳了起来。

"我开车送你去学校吧!"俊之说。

"不用,只要送我到公共汽车站。"雨柔说,冲进屋里去拿了书本。

父女两个走出家门,上了车,俊之发动了马达,两人都如释重负地松了口气。俊之望望雨柔,忍不住相视一笑。车子滑行在热闹的街道上,一路上,两人都很沉默,似乎都在想着什么心事。半晌,俊之看了雨柔一眼:"雨柔,有什么事想告诉我吗?"

"是的。"雨柔说,"真有一个康理查。"

俊之的车子差点撞到前面的车上去。

"你说什么?"他问。

"哦,我在开玩笑呢!"雨柔慌忙说。很不安、很苦恼。

"你真怕我有个康理查,是不是?为什么吓成这样子?假若我真有个康理查,你怎么办?接受?还是反对?"她紧盯了父亲一眼,指指街角,"好了,我就在那个转角下车。"

俊之把车开到转角,停下来,他转头望着雨柔。

"不要开玩笑,雨柔,"他深思地说,"是不是真有个神秘人物?"

雨柔下了车,回过头来,她凝视着父亲,终于,她笑了笑:

"算了,爸爸,别胡思乱想吧!无论如何,这世界上根本没有康理查,是不是?好了!爸爸!你快去办你的事吧!"

俊之不解地皱皱眉头,这孩子准有心事!但是,这街角却不是停车谈天的地方,他摇摇头,发动了车子,雨柔却又高声地喊出了下一句:"爸爸!离那个女画家远一点,她是个危险人物!"

俊之刚发动了车子,听了这句话,他立即刹住。可是,雨柔已经转身而去。俊之摇摇头,现在的孩子,你再也不能小看他们了。他沉吟地开着车,忽然觉得心里沉甸甸的,像压着一块好大好大的石头。那个女画家!他眼前模糊了起来,玻璃窗外,不再是街道和街车,而是雨秋那对灵慧的、深沉的、充满了无尽的奥秘的眸子。

车子停在云涛的停车场,他神思恍惚地下了车,走进云涛的时候,他依然心神不属。张经理迎了过来:平日,云涛的许多业务,都是张经理在管。他望着张经理,后者笑得很高兴,一定是生意很好!

"贺先生,"张经理笑着说,"您应该通知一下秦小姐,她的画我们可以大量批购,今天一早,就卖出了两张!最近,只有她的画有销路!"

"是吗?"他的精神一振,那份恍惚感全消失了,"我们还有几幅她的画?""只剩三幅。"

"好的,我来办这件事。"

走进了自己的会客室,他迫不及待地拨了雨秋的电话号码,雨柔的警告已经无影无踪,那份曾有过的、一刹那的不安和警觉心也都飞走了。他有理由,有百分之百的理由和雨秋联系,哪一个画廊的主人能不认识画家?

铃响了很久,然后是雨秋睡梦蒙眬的声音:"哪一位?"

"雨秋，"他急促地说，"我请你吃午饭！"

对方沉默着。他忽然紧张起来，不不，请不要拒绝，请不要拒绝！他咬住嘴唇，心中陡然翻滚着一股按捺不住的浪潮，在这一瞬间，渴望见到她的念头竟像是他生命中唯一追求的目标。不要拒绝！不要拒绝！他握紧了听筒，手心中沁出了汗珠。

"听着，雨秋，"他迫切地说，"你又卖掉了两张画。"

"我猜到了。"雨秋安静的声音，"每卖掉一次画，你就请我吃一顿饭，是不是？"

哦！他心里一阵紧缩。是的，这是件滑稽的事情，这是个滑稽的借口，而且是很不高明的！他沉默了，抓着那听筒，他不知道该说什么。只觉得自己又笨拙又木讷，今天，今天是怎么了？

"这样吧，"雨秋开了口，"我刚刚从床上爬起来，我中午也很少吃东西，我的外甥女儿和她的男朋友出去玩了，我只有一个人在家里。"她顿了顿："你从没有来过我家，愿不愿意来坐坐？带一点云涛著名的点心来，我们泡两杯好茶，随便谈谈，不是比在饭馆里又吵又闹的好得多？说坦白话，你的目的并不是吃饭吧？"噢！雨秋，雨秋，雨秋！你是天使、你是精灵、你是个古怪的小妖魔，你对人性看得太透彻，没有人能在你面前遁形。他深吸了口气，觉得自己的声音竟不争气地带着点儿颤抖："我马上来！"

半小时后，他置身在雨秋的客厅里了。

雨秋穿着一件印尼布的长袍，胸前下摆都是橘色的、怪异的图案，那长袍又宽又大，还有大大的袖子。她举手投足间，那长袍飘飘荡荡，加上她那长发飘垂、悠然自得的神态，她看来又雅致、又飘逸、又随便……而且，浑身上下，都带着股令人难以抗拒的、浪漫的气息。

她伸手接过了他手里的大纸盒，打开看了看："你大概把云涛整个搬来了。"她笑着说，"坐吧，我家很小，不过很温暖。"

他坐了下去，一眼看到墙上挂着一幅雨秋的自画像，绿色调子，忧郁的，含愁的，若有所思的。上面题着："莫道不销魂，帘卷西风，人比黄花瘦。"

他凝视着那幅画，看呆了。

雨秋倒了一杯热茶过来。

"怎么了？"她问，"你今天有心事？"

他掉转头来望着她，又望了望屋子。

"你经常这样一个人在家里吗？"他问。

"并不，"她说，"我常常不在家，满街乱跑，背着画架出去写生，完全待在家里的时间并不多。但是……"她凝视他，"如果你的意思是问我是不是很寂寞，我可以坦白回答你，是的，我常常寂寞，并不是因为只有一个人，而是因为……"她沉吟了。

"举世滔滔，竟无知音者！"他不自禁地、喃喃地念出两句话，不是为她，而是自己内心深处常念的两句话。是属于"自己"的感触。

她震动了一下，盯着他。

"那么，你也有这种感觉了？"她说，"我想，这是与生俱来的。上帝造人，造得并不公平，有许多人，一辈子不知道什么叫寂寞。他们，活得比我们快乐得多。"

他深深地凝视着她。

"当你寂寞时，你怎么办？"他问。

"画画。"她说，"或者，什么都不做，只是静静地品尝寂寞。许多时候，寂寞是一种无可奈何的感觉。"她忽然扬了一下眉毛，笑了起来。"发神经！"她说，"我们为什么要谈这么严肃的题目？让我告诉你吧，生命本身对人就是一种挑战，寂寞、悲哀、痛苦、空虚……这些感觉是常常会像细菌一样来侵蚀你的，唯一的办法，是和它作战！如果你胜不了它，你就会被它吃掉！那么，"她摊摊手，大袖子在空中掠过一道优美的弧线，"你去悲观吧！消极吧！自杀吧！有什么用呢？没有人会同情你！"

"这就是你的画。"他说。

"什么？"她没听懂。

"你这种思想，就是你的画。"他点点头说，"第一次看你的画，我就被震动过，但是，我不知道为什么被震动。看多了你的画，再接触你的人，我懂了。你一直在灰色里找明朗，在绝望里找生机。你的每幅画，都是对生命的挑战。你不甘于被那些细菌所侵蚀，但是，你也知道这些细菌并非不存在。所以，灰暗的海浪吞噬着一切，朽木中仍然嵌着鲜艳的花朵。你的画，与其说是在画画，不如说是在画思想。"

她坐在他对面的沙发里，她的面颊红润，眼睛里闪着光彩,那对眼睛,像黑暗中的两盏小灯。他瞪视着她,在一种近乎惊悸的情绪中,抓住了她眼底的某种深刻的柔情。

"你说得太多了。"她低语,"我记得,你告诉过我,你不懂得画。"

"我是不懂得画。"他迎视着这目光,"我懂得的是你。"

"完全的吗?"她问。

"不完全的,但是,已经够多。"

"逃避还来得及,"她的声音像耳语,却依然清晰稳定,"我是一个危险的人物!"

他一震,雨柔说过的话。

"我生平没有逃避过什么。"他坚定地说。

她死死地盯着他。

"你是第一种人,我说过的那种,你应该有平静的生活、成功的事业、美满的婚姻。你应该是湖水,平静无波的湖水。"

"如果我是平静无波的湖水,"他哑声说,"你为什么要交给我一张《浪花》呢?"

她摇头。

"明天我可以再交给你一张《湖水》。"她说。

他也摇头:

"老实说,我从来不是湖水,只是暂时无风的海面,巨浪是隐在海底深处的,你来了,风也来了,浪也来了。你再也收不回那张《浪花》,你也变不出《湖水》,你生命里没有湖水,我生命里也没有。"

她盯着他的眼睛,呼吸急促。然后,她跳了起来。

"我们出去吃饭吧！"她仓促地说，"我饿了。"

"我们不出去吃饭，"他说，"你并不饿，如果你饿，可以吃点心。"

"你……"她挣扎着说，"饶了我吧！"

他望着她，然后，他一把握住了她的手。握得紧紧的，握得她发痛。

"你求饶吗？"他问，"你的个性里有'求饶'两个字吗？假若你真认为我的出现很多余，你不要求饶，你只需要命令，命令我走，我会乖乖地走，决不困扰你，但是，你不用求饶，你敢于对你的生命挑战，你怎会对我求饶？所以，你命令我好了！你命令吧！立刻！"

她的眼睛瞪得大大的，里面有惊惶、有犹豫、有挣扎、有苦恼、有怀疑，还有一种令人心碎的柔情。这是世界上最复杂的眼光，在述说着几百种思想。然后，她的睫毛垂了下来，迅速地盖住了那一对太会说话的眼珠。张开嘴来，她嗫嚅着："好……好吧！我……我……"

他忽然惊惧起来，这种冒险是不必须的，如果她真命令他走呢！不不，他已经等了四十几年，等一个能与他思想交流、灵魂相通的人物！他已经找寻了四十几年，追求了四十几年，以前种种，都已幻化为灰烬，只是这一刹那，他要保存，他要抓住，哪怕他会抓住一把火焰，他也宁愿被烧灼！于是，他很快地说："请你忠于你自己，你说过，你是那种忠于自己，追求灵魂深处的真与美的人！"

"我说过吗？"她低声问，不肯抬起眼睛来。

"你说过!"
"可是,灵魂深处的真与美到底是什么?"
"是真实。"
"你敢要这份真实?"
"我敢。"

她抬起睫毛来了,那对眼睛重新面对着他,那眼珠乌黑而清亮,眼神坚定而沉着。他望着她,试着从她眼里去读出她的思想,可是,他读不出来,这眼光太深沉,太深沉,太深沉……像不见底的潭水,你探测不出潭水的底层有些什么。

他再度感到那股惊惧的情绪,不不,不要再做一个飘荡的氢气球,不要再在虚空中做无边无际的飘浮,他心中在呐喊,嘴里却吐不出丝毫的声音,他凝视她,不自觉地带着种恻然的、哀求的神情。于是,逐渐地,他发现那对清亮的眼睛里浮上了一层水汽,那水汽越聚越浓,终于悄然坠落。他心中一阵强烈地抽搐,心脏就痉挛般地绞扭起来,疼痛,酸楚,不不,是喜悦与狂欢!他拉着她的手,把她轻轻地拉过来,好轻好轻,她衣袂飘飘,翩然若梦,像一只蛱蝶,轻扑着翅膀,缓慢地飞翔……她投进了他的怀里。

他紧拥着她,抚摸着她柔软的发丝,感到她瘦小的身子的轻颤,他吻着她的鬓角、她的耳垂,嗅着她发际的幽香。他不敢说话,怕惊走了梦,不敢松手,怕放走了梦。好半晌,他抬起眼睛,墙上有个绿色的女郎,半含忧郁半含愁,默默地瞅着他:莫道不销魂,帘卷西风,人比黄花瘦!他心痛地闭上眼睛,用嘴唇滑过她光滑的面颊,落在她柔软的唇上。

下了课,雨柔抱着书本,沿着新生南路向前走,她不想搭公共汽车,也不想叫出租车,她只是缓缓地走着。夏日的黄昏,天气燠热,太阳依旧带着炙人的压力,对人烧灼着。她低垂着头,额上微微沁着汗珠,她一步步地迈着步子,这条路,她已走得那样熟悉,熟悉得背得出什么地方有树木,什么地方有巨石,什么地方有坑洼。走到和平东路,她习惯性地向右转,"家"不在这个方向,呼唤的力量,却在这个方向!

她的康理查!她陡然加快了步子,向前急速地走着。

转进一条窄窄的小巷,再转进一条更窄的小弄,她停在一间木板房前面。从那半开的窗口看进去,小屋零乱,阒无人影,看看表,六点十分!他可能还没有做完工,从口袋里掏出一把钥匙,她打开了房门。

走进去,房里好乱,床上堆着未折叠的棉被,换下来的衬衫、袜子、长裤,还有报纸、书本、圆珠笔……天!一个单身汉永远无法照顾自己。那张小小的木板钉成的书桌上,堆满了乱七八糟的稿纸,未洗的茶杯、牛奶杯。烟灰缸里的烟蒂盛满了,所以,满地也是香烟头了,房里弥漫着香烟味、汗味,和一股强烈的汽油味。她走到桌边,把书本放下,窗子打开,再把窗帘拉上。然后,她习惯性地开始着手来收拾这房间。可是,刚把稿纸整理了一下,她就看到台灯上贴着一张纸条,伸手取下纸条,上面写着:"雨柔:三天没有看到你,一秒钟一个相思,请你细心地算算,一共累积了多少相思？雨柔：抽一支烟，想一百遍你，请数数桌上地下，共有多少烟蒂？雨柔：我在写稿，稿纸上却只有你的脸，我不能成为作家，唯你是问！看看，我写坏了多少稿纸？雨柔：我不能永远被动地等待，明天你不来，我将闯进你家里！雨柔：早知如此费思量，当初何必曾相遇！"

她握着纸条，泪水爬满了一脸，她伫立片刻，然后把纸条小心地折叠起来，放进衣服口袋里。含着眼泪，桌上的一切变得好模糊，好半晌，她才回过神来。看看稿纸，页数是散乱的，她细心地找到第一页，再一页页收集起来，一共十八页，没有写完，最后一页只写了两行，字迹零乱而潦草，编辑先生看得懂才怪！她非帮他重抄一遍不可。她想着，手下却没有停止工作，把书籍一本本地收起来，床上也是书，地下也是书，她抱着书，走到墙边，那儿，有一个"书架"。是用两个砖头，上面架一块木板，木板两端，再放两个砖头，上面再架一块木板。这样，架了五块木板，每块木板上都放满了书。她把手里的书也加入书架，码整齐了。再走向床边。

用最快的速度，铺床、叠被，把换洗衣服丢进屋角的洗衣篮里，拉开壁橱，找到干净的枕头套和被单，把床单和枕套彻底换过。到洗手间拿来扫把和畚箕，扫去烟蒂，扫去纸屑，扶着归把，下意识地去数了数烟蒂，再把烟灰缸里的烟蒂倒进畚箕。老天！那么多支烟，他不害肺癌才怪！扫完地，擦桌子，洗茶杯，一切弄干净，快七点了。扭亮台灯，把电风扇开开，她在书桌前坐下来，开始帮他抄稿，刚写下一个题目"地狱里来的人"她就愣了愣，却继续抄了下去："她是属于天堂的，错误的，是她碰到了一个地狱里来的人。"

她停了笔，用手支住额，她陷进深深的沉思中，而无法抄下去了。

第三章

一声门响,她惊跳起来。门口,江苇站在那儿,高大、黝黑。一绺汗湿的头发,垂在宽宽的额前,一对灼灼逼人的眸子,紧紧地盯着她。他只穿着汗衫,上面都是油渍,衬衫搭在肩上。一条洗白了的牛仔裤,到处都是污点。她望着他,立刻发出一声热烈的喊声:"江苇!"

她扑过去,投进他的怀里,汽油味、汗味、男人味,混合成那股"江苇"味,她深吸了口气,攀住他的脖子,送上她的嘴唇。

他手里的衬衫落在地上,拥紧了她,一语不发,只是用嘴唇紧压着她的嘴唇,饥渴地、需索地、热烈地吻着她。几百个相思、几千个相思、几万个相思……都融化在这一吻里。

然后,他喘息着,试着推开她:"哦,雨柔,我弄脏了你。"他说,"我身上都是汗水和油渍,我要去洗一个澡。"

"我不管!"她嚷着,"我不管!我就喜欢你这股汗味和油味！"

"你却清香得像一朵茉莉花。"他说，吻着她的脖子，用嘴唇揉着她那细腻的皮肤，"你搽了什么？"

"你说对了，是一种用茉莉花制造的香水，爸爸的朋友从巴黎带来的，你喜欢这味道吗？"

他骤然放开了她。

"我想，"他的脸色冷峻了起来，声音立刻变得僵硬了，"我是没有什么资格，来研究喜不喜欢巴黎的香水的！"

"江苇！"她喊，观察着他的脸色，"我……我……"她嗫嚅起来，"我以后再也不用香水。"

他不语，俯身拾起地上的衬衫，走到壁橱边，他拿了干净的衣服，往浴室走去。

"江苇！"她喊。

他站住，回过头来瞅着她，眼神是暗淡的。

"我在想，"他静静地说，"汗水味，汽油味，如何和巴黎的香水味结合在一起？"

"我说了，"她泫然欲涕，"我以后再也不用香水。你……你……"泪水滑下了她的面颊，"你要我怎么样？好吧！你有汽油吗？"

"你要干什么？"

"用汽油在我身上洒一遍，是不是就能使你高兴了？"

他看着她，然后，他放下了手里的衣服，跑过来，他重新紧拥住她，他吻她，强烈地吻她，吻像雨点般落在她面颊上、眼睛上、眉毛上、泪痕上和嘴唇上。他把她的身子紧揽在自己的胳膊里，低声地、烦躁地、苦恼地说："别理我的坏脾气，雨柔，三天来，我想你想得快发疯了。"

"我知道，"她说，"我都知道。"

"知道？你却不来呵！"

"妈妈这两天，净在挑毛病，挑每一个人的毛病，下课不回家，她就盘问得厉害。"

"你却没有勇气，对你的母亲说：妈妈，我爱上了一个浪子、一个无家可归的孤儿、一个修理汽车的工人、一个没读过大学，只能靠自己的双手和劳力来生活的年轻人！你讲不出口，对不对？于是，我成为你的黑市情人，公主与流氓，小姐与流浪汉，狄斯耐笔下的卡通人物！只是，没有卡通里那么理想化、那么完美、那么圆满！这是一幕演不好的戏剧，雨柔。"

"你不要讲得这样残忍，好不好？"雨柔勉强地说，"你不是工人，你是技师……"

"我是工人！"他尖刻地说，推开她来，盯着她的眼睛："雨柔，工人也不可耻呀！你为什么要怕'工人'这两个字？听着，雨柔，我靠劳力生活，我努力，我用功，我写作，我力争上游。我浑身上下，没有丝毫可耻的地方，如果你以我为荣，我们交往下去！如果你看不起我，我们立即分手，免得越陷越深，而不能自拔！"

她凝视他，那对恼怒的眼睛，那张倔强的脸！那愤然的语气，那严峻的神情。她瑟缩了，在她心底，一股委屈的、受侮的感觉，很快地涌升上来，蔓延到她的四肢百骸里。自从和他认识,就是这样的,他发脾气,咆哮,动不动就提"分手",好像她是个没人要的、无足轻重的、自动投怀送抱的、卑贱的女人。为什么要这样?为什么?那么多追她的男孩子,她不理,却偏偏要来受他的气?为什么?为什么?

"江苇,"她憋着气说,"如果我看不起你,我现在干吗要站在这里?我是天生的贱骨头,要自动跑来帮你收屋子,抄稿子!江苇!"眼泪涌进了她的眼眶:"你不要狠,你不要欺侮人,不是我看不起你,是你看不起我,你一直认为我是个养尊处优的娇小姐!你打心里面抗拒我,你不要把责任推在我身上,要分手,我们马上就分手!免得我天天看你的脸色!"

说完,她转身就向门口冲去,他一下子跑过来,拦在房门前面,他的脸色苍白,呼吸急促。他闪亮的眼睛里燃着火焰,烧灼般地盯着她。

"不许走!"他简单而命令地说。

"你不是说要分手吗?"她声音颤抖,泪珠在睫毛上闪动。

"你让开!我走了,以后也不再来,你去找一个配得上你的,也是经过风浪长大的女孩子!"她向前再迈了一步,伸手去开门。

他立刻把手按在门柄上,站在那儿,他高大挺直,像一座屹立的山峰。

"你不许走!"他仍然说,声音喑哑。

她抬眼看他,于是,她看出他眼底的一抹痛楚、一抹苦恼、一抹令人心碎的深情,可是,那倔强的脸仍然板得那样严肃，他连一句温柔的话都不肯讲呵！只要一句温柔的话，一个甜蜜的字，一声呼唤，一点儿爱的示意……她会融化，她会屈服，但是，那张脸孔是如此倔强，如此冷酷呵！

"让开！"她说，色厉而内荏，"是你赶我走的！"

"我什么时候赶你走？"他大声叫，暴躁而恼怒。

"你轻视我！"

"我什么时候轻视过你？"他的声音更大了。

"你讨厌我！"她开始任性地乱喊。

"我讨厌我自己！"他大吼了一句，让开房门，"好吧！你走吧！走吧！永远不要再来！与其要如此痛苦，还是根本不见面好！"

她愣了两秒钟，心里在剧烈地交战，门在那儿，她很容易就可以跨出去，只是，以后就不再能跨进来！但是，他已经下了逐客令了，她已没有转圜的余地了。眼泪滑下了她的面颊，她下定决心，甩了甩头，伸手去开门。

他飞快地拦过来，一把抱住了她。

"你真走呵？"他问。

"难道是假的？"她啜泣起来，"你叫我走，不是吗？"

"我也叫你不要走，你就不听吗？"他大吼着。

"你没有叫我不要走，你叫我不许走！"她辩着。

他的手紧紧地箍着她的身子，她那含泪的眼睛在他面前放大，是两潭荡漾着的湖水，盛载着满湖的哀怨与柔情。他崩溃了，倔强、任性、自负……都飞走了，他把嘴唇落在她的唇上。苦楚地、战栗地吸吮着她的泪痕。

"我们在干什么？"他问，"等你，想你，要你，在心里呼唤了你千千万万次。风吹门响，以为你来了，树影投在窗子上，以为你来了，小巷里响起每一次的脚步声，都以为是你来了。左也盼，右也盼，心不定，魂不定，好不容易，你终于来了，我们却乱吵起来，吵些什么？雨柔，真放你走，我就别想活着了。"

哦！还能希望有更甜蜜的语言吗？还能祈祷有更温柔的句子吗？那个铁一般强硬、钢一般坚韧的男人！江苇，他可以写出最动人的文字，却决不肯说几句温柔的言辞。他能说出这番话，你还能不满足吗？你还能再苛求吗？你还敢再生气吗？她把脸埋在他那宽阔的胸前，哭泣起来。

她那热热的眼泪，濡湿了他的汗衫，烫伤了他的五脏六腑。他紧揽着她的头，开始用最温柔的声音，辗转地呼唤着她的名字：

"雨柔，雨柔，雨柔，雨柔！……"

她哭泣得更厉害，他心慌了。

"雨柔，别哭，雨柔，不许哭！"

听他又用"不许"两个字，雨柔只觉得心里一阵激荡，就想笑出来。但是，眼泪还没干，怎能笑呢？她咬着嘴唇，脸颊紧贴在他胸口，不愿抬起头来，她不哭了。

"雨柔，"他小心地说，"你还生气吗？"

她摇摇头。

"那么，雨柔，"他忽然说，"跟我去过苦日子吧，如果你受得了的话！"

她一惊,抬起头来。

"你是什么意思?"她问。

"结婚。"他清楚地说,"你嫁我吧!"

她凝视他,然后,她伸出手来,抚摸他那有着胡子茬的下巴、那粗糙的面颊、那浓黑的眉毛,和那宽宽的、坚硬的、能担负千钧重担般的肩膀。

"你知道,现在不行。"她温柔地说,"我太小,爸爸和妈妈不会让我这么小就结婚,何况,我才念大学一年级,我想,在大学毕业以前,家里不会让我结婚。"

"一定要听'家里'的吗?"他问。

她垂下睫毛。

"我毕竟是他们的女儿,对不对?这么多年的抚养和教育,我是无法抛开不顾的。江苇,"她再抬起眼睛来,"我会嫁你,但是,请你等我!"

"等多久?一个月?两个月?"

"你明知道,等我大学毕业。"

他不讲话,推开她的身子,他又去捡起他的内衣和毛巾,往浴室走去。雨柔担忧地喊:"江苇,你又在生气了!"

江苇回过头来。

"我不在乎等你多久,"他清清楚楚地说,"一年、两年、三年……十年都没关系,但是,我不做你的地下情人,如果你觉得我是个不能公开露面的人物的话,你就去找你那个徐中豪吧!否则,我想见你的时候,我会去找你,我不管你父母的看法如何!"

雨柔低下头去。

"给我一点时间,"她说,"让我把我们的事先告诉他们,好吗?"

"你已经有了很多时间了,我们认识已经半年多了。"他钻进浴室,又伸出头来,"你父母一定会反对我,对不对?"

她摇摇头,困惑地说:"我不知道,我真的不知道。"

"我——"他肯定地说,"却非常知道。"

他钻进浴室去了。她沉坐在椅子里,用手托着下巴,深深地沉思起来。是的,她不能再隐瞒了。是的,她应该把江苇的事告诉父母,如果她希望保住江苇的话。江苇,他是比任何男人,都有更强的自尊,和更深的自卑的。

晚上,雨柔回到家里的时候,已经十点多钟了。父亲不在家,母亲正一个人在客厅里看电视,这是个好机会,假如她要说的话,母女二人,正好可以做一番心灵的倾谈。她在母亲身边坐了下来。

"妈!"她叫。

"哦,"婉琳从电视上回过头来,一眼看到雨柔,立刻心头火冒,"你怎么回来这样晚?女孩子,不好好待在家里,整天在外面乱逛,你找挨骂呢!"

"妈,"雨柔忍耐地说,"我记得,前两天的早饭桌上,我们曾经讨论过,关于我交男朋友的问题。"

"哦!"婉琳的精神全来了,她注视着雨柔,"你想通了,是不是?"

"什么东西想通了?"雨柔不解地问。

"妈说的话呀！"婉琳兴奋地说，用手一把揽住女儿的肩膀，"妈的话不会有错的，都是为了你好。你念大学，也是该交男朋友的年龄了，但是，现在这个社会，男孩子都太坏，你一定要把人家的家庭环境弄清楚。你的同学，考得上台大，当然功课都不错，家庭和功课是一样重要，父亲一定要是上流社会的人……"

"妈！"雨柔的心已经沉进了地底，却依然勉强地问了一句，"什么叫上流社会？"

"怎么？"婉琳睁大了眼睛，"像我们家，就是上流社会呀！"

"换言之，"雨柔憋着气说，"我的男朋友，一定要有一个拥有'云涛'这种事业的父亲，是不是？你干脆说，我的男朋友，一定要家里有钱，对不对？"

"哎呀，雨柔，你不要轻视金钱，"婉琳说，"金钱的用处才大着呢！你妈也是苦日子里打滚打过来的。没钱用的滋味才不好受呢！你别傻，我告诉你，家世好的孩子不会乱转你的念头，否则呀……"她拉长了声音。

"怎样呢？"雨柔问。

"那些穷小子，追你还不是冲着你父亲有钱！"

雨柔激灵地打了个冷战。

"妈，你把人心想象得太现实了。你这么现实，当初为什么嫁给不名一文的爸爸呢？"

"我看准你爸爸不会穷的，"婉琳笑着说，"你瞧，你妈眼光不坏吧！"

雨柔站起身来,她不想和母亲继续谈下去了,已经没有谈下去的必要了,她们之间,有一条不能飞渡的深谷!她用悲哀的眼光望着母亲,幽幽地说:"妈,我为你伤心。"

"什么话!"婉琳变了色,"我过得好好的日子,要你伤心些什么?你人长得越大,连话都不会说了!讲话总得讨个吉利,伤什么心呢?"

雨柔一甩头,转身就向屋里走,婉琳追着喊:"你急什么急呀?你还没说清楚,晚上你到哪里去了?是不是和徐中豪在一起?"

"让徐中豪滚进十八层地狱里去!"雨柔大声叫,"让爸爸的钱也滚进十八层地狱里去!"她跑走了。

婉琳愣了。呆呆地坐在那儿,想着想着,就伤起心来了。

"怪不得她要为我伤心呢!"她自言自语地说,"生了这样的女儿,怎么能不伤心呢!"

晚上,台北是个不夜城,霓虹灯闪烁着,车灯穿梭着,街灯耸立着。云涛门口,墙上缀满了彩色的壁灯,也一起亮着幽柔如梦的光线。

子健冲进了云涛,又是高朋满座!张经理对他眯眯眼睛,小李对他扮了个鬼脸,两人都把头侧向远远的一个墙角,他看过去,一眼看到晓妍正一个人坐在那儿,面前杯盘狼藉,起码已吃了好几盘点心,喝了好几杯饮料。他笑着赶过去,在她对面坐下来,赔笑地说:"对不起,我来晚了!"

晓妍不看他,歪过头去望墙上的画,那是一幅雨秋的水彩,一片朦朦胧胧的绿色原野,上面开着许多紫色的小野花,有个赤足的小女孩,正摇摆着在采着花束。"对不起,别生气,"他再说了一句,"我妈今天好不容易地抓住了我,问了几百个问题,说什么也不放我出来,并不是我安心要迟到。"

晓妍依旧不理他,仰起头来,她望着天花板。

他也望望天花板。

"上面没什么好看的,只是木板和吊灯。"他笑嘻嘻地说,"如果你肯把目光平视,你对面正坐着一个英俊'稍'傻的青年,他比较好看。"

她咬住嘴唇,强忍住笑,又低头去看自己的沙发,用手指在那沙发上乱划着。"沙发也没什么好看,"他再说,"那花纹看久了,就又单调又没意思,绝不像你对面那张脸孔那样千变万化,不信,你抬起头来看看。"

她把脸一转,面对墙壁。

"怎么,你要参禅呀?还是被老师罚了?"

她一气,一百八十度地转身,面向外面,突然对一张桌子上的客人发起笑来,他回头一看,不得了,那桌上坐着五六个年轻男人,她正对他们大抛媚眼呢!这一惊非同小可,他慌忙说:"晓妍,晓妍,不要胡闹了,好不好?"

晓妍不理他,笑容像一朵花一般地绽开。该死!贺子健,你碰到了世界上最刁钻最难缠的女孩子,偏偏你就不能不喜欢她。他深吸了口气,忽然计上心来,他叫住了一个服务小姐:"喂,我们云涛不是新出品一种冰激凌,就是好大好大一杯,里面五颜六色有七八种味道,有新鲜草莓,什锦水果,顶上还有那么一颗鲜红的樱桃,那个冰激凌叫什么名字呀?"

"是云涛特别圣代。"服务小姐笑着说。

"哦,对了,云涛特别圣代,你给我一客!"

晓妍迅速地回过头来了,叫着说:"我也要一客!"

子健长长地吐出一口气来,笑着说:"好不容易,总算回过头来了,原来冰激凌的魔力比我的魔力大,唉唉!"他假装叹气,"早知如此,我一坐下来就给你叫客冰激凌不就好了,费了我这么多口舌!"

晓妍瞪视着他,扑哧一声笑了。笑完了,她又板起脸来,一本正经地说:"我警告你,贺子健,以后你跟我订约会,敢迟到一分钟的话,我们之间就算完蛋!""是的,小姐。我遵命,小姐。"子健说,又叹口气。自言自语地再加了句,"真不知道是哪一辈子欠了你的债。"

"后悔和我交朋友,随时可以停止。"她说,嘟起了嘴唇,"反正我也不是好女孩。"

"为什么你总是口口声声说你不是好女孩?"子健不解地问,"在我心目中,没有别的女孩可以和你相比,如果你不是好女孩,怎样的女孩才是好女孩?"

"反正我不是好女孩!"她固执地说,"我说不是就不是!"

"好好好,"子健无可奈何地说,"你不是好女孩,反正我也不是好男孩!坏女孩碰着了坏男孩,正好是一对!"

"呸!谁和你是一对?"晓妍说,却不由自主地笑了起来。

她的笑那样甜,那样俏皮,那样如春花之初绽,如朝霞之初展,他又眩惑了。他总是眩惑在她的笑里、骂里、生气里、欢乐里。他眩惑在她所有的千变万化里。他不知不觉地伸出手去,握住了她的手,叹息地、深切地、诚挚地说:"晓妍,我真形容不出我有多喜欢你!"

晓妍的笑容消失了,她注视了他一会儿,然后悄悄地抽回了自己的手,默默地垂下了眼睫毛。子健望着她,他不懂,每回自己涉及爱情的边缘时,她总是这样悄然地静默下来,如果他想做进一步的试探,她就回避得比谁都快。平日她嘻嘻哈哈,快乐而洒脱,一旦他用感情的句子来刺探她,她就像个受惊的小鸟般,扑扑翅膀,迫不及待地要飞走,吓得他只好适可而止。因此,和她交往了三个多月,他们却仍然停止在友谊和爱情的那一条界限上。这,常带给他一种痛楚的压力,这股压力奔窜在他的血管里,时刻都想腾跃而出,但是,他不敢,他怕吓走了她。谁能解释,一个天不怕、地不怕的女孩子,却会害怕爱情?

冰激凌送来了,服务小姐在递给子健冰激凌的同时,也递给他一张纸条,他打开纸条来,上面写着:"能不能带你的女朋友到会客室来坐坐?爸爸"。他没料到这时间,父亲还会在云涛。他抬起头,对服务小姐点头示意,然后,他把纸条递给晓妍。

晓妍正含了一大口冰激凌,看到这纸条,她吓了一大跳,瞪着一对略略吃惊的眸子,她看着子健。子健对她安慰地笑笑,说:"你放心,我爸爸并不可怕!"

晓妍费力地把那一大口冰激凌咽了下去。当然,她早已知道子健是云涛的小老板,也早已从姨妈嘴中,听过贺俊之的名字。只是,她并不了解,姨妈和贺俊之,已超越一个画家和画商间的感情,更不知道,贺俊之对于她的身份,却完全一无所知。

"你什么时候告诉你爸爸,你认识我的?"她问。

"我从没有对我爸爸提过你,"他笑着说,"可是,我交了个漂亮的女朋友,这并不是个秘密,对不对?我早就想带你去我家玩了。你也应该在我父母面前露露面了。"

"为什么?"她天真地问。

为什么?你该死!他暗中咬牙。

"晓妍,"他深思地问,"你对爱情认真过吗?"

她怔了怔,然后,她歪着头想了想。

"大概没有,"她说,"说老实话,我到现在为止,还根本不知道什么叫爱情。"

他紧盯着她。

"你真不知道吗?"他憋着气问,"即使是在最近,你心里也从没有要渴望见一个人,或者为他失眠,或者牵肠挂肚,或者……"

"喂喂!"她打断了他,"你再不吃,你的冰激凌都化掉了。"

"让它化掉吧!"他没好气地说,把杯子推得远远的,"我真不知道你这种吃法,怎么能不变成大胖子?如果你的腰和水桶一样粗,脸像烧饼一样大,我可能也不会这样为你发疯了。我现在希望你马上变成大胖子!最好胖得像猪八戒一样!""喂喂,"她也把杯子推开,"你怎么好好的咒我像猪八戒呢?你怎么了?你在和谁发脾气?"

"和我自己。"子健闷闷地说。

"好吧!"晓妍擦擦嘴,"我也不吃了,你又发脾气,又咒人,弄得我一点胃口都没有了。"

"你没胃口是因为你已经吃了太多的蛋糕。"子健气愤地冲口而出。

晓妍瞅着他,然后,她站起身来。

"如果我需要看你的脸色,我还是回家的好,我不去见你的老爸了!你的脸已经拉长得像一匹马,你老爸的脸一定长得像一头驴子!"

他一把抓住了她的手腕。

"你非跟我去见爸爸不可!"他说。

"我不去!"她任性的脾气发作了。

"你非去不可!"他也执拗起来。

她挣脱了他,提高了声音:"你别拉拉扯扯的好不好?"

他重新抓住了她的手腕。

"跟我进去!"他命令地说。

"我不!"

"跟我进去!"

"我不!"

附近的人都转过头来看着他们了,服务小姐又聚在一块儿窃窃私语。子健心中的火焰迅速地燃烧了起来,一时间,他觉得无法控制自己体内那即将爆发的压力,从来没有一个人让他这样又气又爱又恨又无可奈何!不愿再和她捉迷藏了,不愿再和她游戏了。他捏紧了她的胳膊,把她死命地往会客室的方向拉去,一面咬牙切齿地说:"你非跟我进去不可!"

"不去!不去!不去!"晓妍嘴里乱嚷着,一面拼命挣扎,但是子健力气又大,捏得她的胳膊奇痛无比,她就身不由己地被他拉着走。她越挣扎,子健握得越紧,她痛得眼泪都迸了出来,但她嘴里还在猛喊:"不去!不去!不去!"

就这样,子健推开了会客室的门,把晓妍一下子"摔"进了沙发里,晓妍还在猛喊猛叫,子健的脸色气得发青,他阖上房门,大声地说:"爸爸,这就是我的女朋友,你见见吧!"

俊之那样惊愕,惊愕得不知该如何是好,他站起身来,看看子健,又看看晓妍。晓妍蜷在沙发里,被子健那一摔摔得七荤八素。她的头发蓬松而零乱,满脸泪痕,穿着一件长袖的、紧身的蓝色衬衫,一条绣花的牛仔裤,好熟悉的一身打扮,俊之盯着她。那张脸孔好年轻,不到二十岁,虽然泪痕狼藉,却依然美丽动人,那翘翘的小鼻头,那翘翘的小嘴,依稀仿佛,像那么一个人。他看着她,一来由于这奇异的见面方式,二来由于这张似曾相识的脸和这身服装,他呆住了。

晓妍缩在沙发里,一时间,她心里有点迷迷糊糊,接着,她就逐渐神思恍惚起来。许多画面从她脑海里掠过,许多久远以前的记忆,许多痛楚,许多伤痕……她解开袖口的扣子,卷起衣袖,在她手腕上,被子健握住的地方,已经又红又肿又瘀血,她用手按住那伤痕,泪珠迅速地滚下了她的面颊。她低低地、呜咽着说:"你看!你弄痛了我!我没有做错什么,你……你为什么要弄痛我?"

看到那伤痕,子健已经猛吸了一口冷气,他生平没有对任何人动过蛮,何况对一个女孩子?再看到晓妍泪痕满面,楚楚可怜的模样,他的心脏就绞痛了起来,几百种后悔、几千种怜惜、几万种难言的情愫一下子袭击着他。他忘了父亲,忘了一切,他眼里只有晓妍,那可怜的、委屈的、娇弱的晓妍!

他扑了过去,跪在地毯上,一把握住晓妍的手,想看看那伤痕。可是,晓妍被他扑过来的动作吓了一跳,就惊慌地缩进沙发深处,抬起一对恐惧的眼光,紧张而瑟缩地看着子健,颤抖着说:"你——你……你要干什么?"

"晓妍!"他喊,"晓妍?"他轻轻握住她的手,心痛得头发昏,"我不会再弄痛你,我保证,晓妍。"他凝视她的眼睛,她怎么了?她的眼神那么恐惧、那么畏怯、那么瑟缩……这不是平日的晓妍了,这不是那飞扬跋扈、满不在乎的晓妍了。

他紧张了,冷汗从他额上沁了出来,他焦灼地看着她,急促地说:"晓妍,我抱歉,我抱歉,我抱歉!请原谅我!请原谅我!我不是有意要弄伤你!晓妍?晓妍?你怎么了?你怎么了?"

俊之走了过来,他俯身看那孩子,晓妍紧紧地蜷在沙发里,只是大睁着受惊的眸子,一动也不动。俊之把手按在子健肩上,说:"别慌,子健,你吓住了她,我倒一点酒给她喝喝,她可能就回过神来了。"

会客室里多的是酒,俊之倒了一小杯白兰地,递给子健,子健心慌意乱地把酒杯凑到晓妍的唇边。晓妍退缩了一下,惊慌地看着子健,子健一手拿着杯子,一手轻轻托起晓妍的下巴,他尽量把声音放得好温柔好温柔:"晓妍,来,你喝一点!"

晓妍被动地望着他,他把酒倾进她嘴里,她又一惊,猛地挣扎开去,酒一半倒进了她嘴里,一半洒了她满身,她立刻剧烈地咳嗽起来,这一咳,她的神志才咳回来了,她四面张望,陡然间,她哇的一声放声痛哭,用手蒙住脸,她像个孩子般边哭边喊:"我要姨妈!我要姨妈!我要姨妈!"

子健是完全昏乱了,他喊着说:"爸爸!请你打电话给她姨妈!"

"我怎么知道她姨妈的电话号码?"俊之失措地问。

"你知道!"子健叫着,"她姨妈就是秦雨秋!"

俊之大大地一震,他瞪着晓妍,怪不得她长得像她!怪不得她穿着她的衣服!原来她是雨秋的外甥女儿!子健急了,他喊着说:"爸爸,拜托你打一下电话!"俊之惊醒了,他来不及弄清楚这之间的缘由,晓妍在那儿哭得肝肠寸断。他慌忙拨了雨秋的号码。雨秋几乎是立刻就接起了电话。

"雨秋!"他急急地说,"别问原因,你马上来云涛的会客室,你的外甥女儿在这里!"

在电话中,雨秋也听到了晓妍的哭泣声,她迅速地摔下了电话,立即跑出房间,一口气冲下四层楼。二十分钟后,她已经冲进了那间会客室。晓妍还在哭,神经质地,无法控制地大哭,除了哭,只是摇着头叫:"姨妈!姨妈!姨妈!姨妈!"雨秋一下子冲到晓妍身边,喊着说:"晓妍!"

晓妍看到雨秋,立即扑进了她怀里,用手紧紧地抱着她

69

的腰，把面颊整个藏在她衣服里。她抽噎着、哽塞着、颤抖着。雨秋拍抚着她的背脊，不住口地说："没事了，晓妍，姨妈在这儿！没事了，晓妍，没人会伤害你！别哭，别哭，别哭！"她的声音轻柔如梦，她的手臂环绕着晓妍的头，温柔地轻摇着，像在抚慰一个小小的婴孩。晓妍停止了哭泣，慢慢地、慢慢地平静下来，但仍然抑制不住那间歇性的抽噎。雨秋抬起眼睛来，看了看子健，又看了看俊之。

"俊之，"她平静地说，"你最好拿一杯冰冻的橘子汁之类的饮料来。"

俊之立刻去取饮料，雨秋望着子健。

"你吓了她？"她问，"还是凶了她？"

子健苦恼地蹙起眉头。

"可能都有。"他说，"她平常从没有这样。我并不是有意要伤害她！"

雨秋了解地点点头。俊之拿了饮料进来，雨秋接过饮料，扶起晓妍的头，她柔声说："来吧，晓妍，喝点冰的东西就好了，没事了，不许再哭了，已经不是小孩子了呢！"

晓妍俯着头，把那杯橘子汁一气喝干。然后，她垂着脑袋，怯怯地用手拉拉雨秋的衣服，像个闯了祸的小孩，她羞涩地、不安地说："姨妈，我们回家去吧！"子健焦灼地向前迈了一步，却不知该说些什么好。雨秋抬眼凝视着子健，她在那年轻的男孩眼中，清楚地读出了那份苦恼的爱情。于是，她低下头，拍拍晓妍的背脊，她稳重而清晰地说："晓妍，你是不是应该和子健单独谈谈呢？"

晓妍惊悸地蠕动了一下身子,抓紧了雨秋的手。

"姨妈,"她不肯抬起头来,她的声音低得像蚊子叫,"我已经出丑出够了,你带我回家去吧!"

"晓妍!"子健急了,他蹲下身子,他的手盖在她的手上,他的声音迫切而急促,"你没有出丑,你善良而可爱,是我不好。我今天整个晚上的表现都糟透了,我迟到,叫你等我,我又和你乱发脾气,又强迫你做你不愿做的事情,又弄伤了你……我做错每一件事情,那只是因为……"他冲口而出地说出了那句他始终没机会出口的话,"我爱你!"

听到了那三个字,晓妍震动了,她的头更深地低垂了下去,身子瑟缩地向后靠。但是,她那只被子健抓着的手却不知不觉地握拢了起来,把子健的手指握进了她的手里。她的头依然在雨秋的怀中,喉咙里轻轻地哼出了一句话,嗫嚅而犹疑:"我……我……我不是个……好女孩。"

雨秋悄悄地挪开身子,把晓妍的另一只手也握进了子健的手中,她说:"让子健去判断吧,好不好?你应该给他判断的机会,不能自说自话,是不是?"

晓妍俯首不语,于是,雨秋移开了身子,慢慢地站起来,让子健补充了她的空位。子健的双手,紧紧地握着晓妍的,他的大手温暖而稳定,晓妍不由自主地抬起睫毛来,很快地映了子健一眼,那带泪的眸子里有惊怯、有怀疑,还有一抹奇异的欣悦和乞怜。这眼光立刻把子健给击倒了,他心跳,他气喘。某种直觉告诉他,他怀抱里的这个小女孩并不像他想象中的那样简单。但是,他不管,他什么都可以不管,不管她做错过什么、不管她的家世、不管她的出身、不管她过去的一切的一切,他都不要管!他只知道,她可爱,又可怜,她狂野,又娇怯。而他,他爱她,他要她!不是一刹那的狂热,而是永恒的真情。

这儿,雨秋看着那默默无言的一对小恋人,她知道,她和俊之必须退去,给他们一段相对坦白的时间。她深思地看了看晓妍,这是冒险的事!可是,这也是必需的过程,她一定要让晓妍面对她以后的人生,不是吗?否则,她将永远被那份自卑感所侵蚀,直到毁灭为止。子健,如果他是那种有热情有深度的男孩,如果他像他的父亲,那么,他该可以接受这一切的!她毅然地甩了一下头,转身对那始终被弄昏了头的俊之说:"我知道你有几百个疑问,我们出去吧!让他们好好谈谈,我们也——好好谈谈。"

于是,他们走出了会客室,轻轻地阖上房门,把那一对年轻的恋人关进了房里。

当雨秋和俊之走出了那间会客室,他们才知道,经过这样一阵紊乱和喧闹,云涛已经是打烊的时间了。客人们正纷纷离去,小姐们在收拾杯盘,张经理在结算账目,大厅里的几盏大灯已经熄去,只剩下疏疏落落的几盏小顶灯,嵌在天花板的板壁中,闪着优柔的光线,像暗夜里的几颗星辰。那些特别用来照射画的水银灯,也都熄灭了,墙上的画,只看出一些朦胧的影子。很少在这种光线下看云涛,雨秋伫立着,迟迟没有举步。俊之问:"我们去什么地方?你那儿好吗?"

雨秋回头看了看会客室的门,再看看云涛。

"何不就在这儿坐坐?"她说,"一来,我并不真的放心晓妍。二来,我从没享受过云涛在这一刻的气氛。"

俊之了解雨秋所想的,他走过去,吩咐了张经理几句话,于是,云涛很快地打烊了。小姐们都提前离去,张经理把账目锁好,和小李一起走了。只一会儿,大厅里曲终人散,偌大的一个房间,只剩下了俊之和雨秋两个人。俊之走到门边,按了铁栅门的电钮,铁栅阖拢,云涛的门关上了。屋子的静寂,一屋子的清幽,一屋子朦胧的、温柔的落寞。雨秋走到屋角,选了一个隐蔽的角落坐下来,正好可以看到大厅的全景。俊之却在柜台边,用咖啡炉现煮了一壶滚热的咖啡。倒了两杯咖啡,他走到雨秋面前来。雨秋正侧着头,对墙上一幅自己的画沉思着。

"要不要打开水银灯看看?"俊之问。

"不不!"雨秋慌忙说,"当你用探照灯打在我的画上的时候,我就觉得毫无真实感,我常常害怕这样面对我自己的作品。"

"为什么?"俊之在她对面坐下来,"你对你自己的作品不是充满了信心与自傲的吗?"

她看了他一眼。

"当我这样告诉你的时候,可能是为了掩饰我自己的自卑呢!"她微笑着,用小匙搅动着咖啡。她的眼珠在咖啡的雾气里,显得深沉而迷茫,"人都有两面,一面是自尊,一面是自卑,这两面永远矛盾地存在在人的心灵深处。人可以逃避很多东西,但是无法逃避自己。我对我的作品也一样,时而充满信心，时而毫无信心。"

"你知道，你的画很引起艺术界的注意，而且，非常奇怪的一件事，你的画卖得特别好。最近，你那幅《幼苗》是被一个画家买走的，他说要研究你的画。我很想帮你开个画展，你会很快地出名，信吗？"

"可能。"她坦白地点点头，"这一期的艺术刊物里，有一篇文章，题目叫《秦雨秋也能算一个画家吗？》，把我的画攻击得体无完肤。于是，我知道，我可能会出名。"她笑瞅着他："虽然，你隐瞒了这篇文章，可是，我还是看到了。"

他盯着她。

"我不该隐瞒的，是不是？"他说，"我只怕外界的任何批评，会影响了你画画的情绪，或左右了你画画的路线。这些年来，我接触的画家很多，看的画也很多，每个画家都尽量地求新求变，但是，却变不出自己的风格，常常兜了一个大圈子，再回到自己原来的路线上去。我不想让你落进这个老套，所以，也不想让你受别人的影响。"

"你错了，"她摇摇头，"我根本不会受别人的影响。那篇文章也有它的道理，最起码，它的标题很好，秦雨秋也能算一个画家吗？老实说，我从没认为自己是个画家，我只是爱画画而已，我画我所见，我画我所思。别人能不能接受，是别人的事，不是我的事。我既不能强迫别人接受我的画，也不能强迫别人喜欢我的画。别人接受我的画，我心欢喜，别人不接受，是他的自由。画画的人多得很，他尽可以选择他喜欢的画。"

"你能这样想,我很高兴。"他微笑起来,眼底燃亮着欣赏与折服,"那么,顺便告诉你,很多人说你的画,只是'商品',而不是'艺术品'!"

"哈哈!"她忽然笑了,笑得洒脱,笑得开心,"商品和艺术品的区别在什么地方?毕加索的'艺术品'是最贵的'商品',张大千的'艺术品'一样是'商品',只是商品的标价不同而已。我的画当然是商品,我在卖它,不是吗?有金钱价值的东西,有交易行为的东西就都是商品,我的愿望,只希望我的商品值钱一点,经得起时间的考验而已。如果我的画,能成为最贵的'商品',那才是我的骄傲呢!"

"雨秋!"他握住她那玩弄着羹匙的小手,"你怎会有这些思想?你怎能想得如此透彻?你知道吗?你是个古怪的女人,你有最年轻的外表,最深刻的思想。"

"不,"她轻轻摇头,"我的思想并不深刻,只是有点与众不同而已,我的外表也不年轻,我的心有时比我的外表还年轻。我的观念、看法、作风、行为,甚至我的穿着打扮,都会成为议论的目标,你等着瞧吧!"

"不用等着瞧,"他说,"已经有很多议论了,你'红'得太快!"他注视她。"你怕吗?"他问。

"议论吗?"她说,"你用了两个很文雅的字,事实上,是挨骂,是不是?""也可以说是。"

她用手支着头,沉思了一下,又笑了起来。

"知不知道有一首剃头诗?一首打油诗,从头到尾都是废话,却很有意思。""不知道。"

"那首诗的内容是——"她念了出来,"闻道头须剃,人皆剃其头,有头终须剃,不剃不成头,剃自由他剃,头还是我头,请看剃头者,人亦剃其头。"

俊之笑了。

"很好玩的一首诗,"他说,"这和挨骂有什么关系吗?"

"有。"她笑容可掬,"世界上的人,有不挨骂的吗?小时,被父母骂;念书时,被老师骂;做事时,被上司骂;失败了,被人骂;成功了,也会被人骂,对不对?"

"很对。"

"所以,我把这首诗改了一下。"

"怎么改的?"

她啜了一口咖啡,眼睛里充满了嘲弄的笑意,然后,她慢慢地念:"闻道人须骂,人皆骂别人,有人终须骂,不骂不成人,骂自由他骂,人还是我人,请看骂人者,人亦骂其人!"

"哈哈!"俊之不能不笑,"好一句'骂自由他骂,人还是我人,请看骂人者,人亦骂其人。'雨秋,你这首骂人诗,才把人真骂惨了!"他越回味,越忍俊不禁:"雨秋,你实在是个怪物,你怎么想得出来?"

雨秋耸了耸肩。

"人就是这样的,"她说,"骂人与挨骂,两者皆不免!唯一的办法,就是抱着'骂自由他骂,人还是我人'的态度,假若你对每个人的议论都要去注意,你就最好别活着!我也常对晓妍说这话,是了,晓妍……"她猛然醒悟过来,"我们把话题扯得太远了,我主要是和你谈谈晓妍。"

第四章

他紧紧地凝视着她。

"不管和你谈什么，"他低声地说，"都是我莫大的幸福，我愿意坐在这儿，和你畅谈终夜。"

她瞅着他，笑容隐没了，她轻轻一叹。

"怎么了？"他问。

"没什么，"她摇摇头，"让我和你谈谈晓妍，好吗？我不相信你能不关心。"

"我很关心，"他说，"只是你来了，我就不能抑制自己，似乎眼中心底，就只有你了。"他握紧了她的手，眼底掠过一抹近乎痛楚的表情。"雨秋！"他低唤了一声，"我想告诉你……"

她轻轻抽出自己的手来。

"能不能再给我一杯咖啡？"她问。

他叹了口气，站起身来，给她重新倒了一杯咖啡。咖啡的热气氤氲着，香味弥漫着。她的眼睛模糊而蒙眬。

"很抱歉，俊之，"她说，"我第一次见到子健，听他说出自己姓贺，我就猜到他是你的儿子。但是我并没告诉你，因为，我想，他们的感情不见得会认真，交往也不见得会持久。晓妍，她一直不肯面对异性朋友，她和他们玩，却不肯认真，我没料到，她会对子健真的认真了。"

俊之疑惑地看着她。

"你怎么知道是她在认真？我看，是子健在认真呢！"

"你不了解晓妍，"她摇摇头，"假若她没有认真，她就不会发生今晚这种歇斯底里的症状，她会嘻嘻哈哈，满不在乎。"

"我不懂。"俊之说。

"让我坦白告诉你吧，你也可以衡量一下，像你这样的家庭，是不是能够接受晓妍？如果你们不能接受晓妍，我会在悲剧发生之前，把晓妍远远带走……"

"你这是什么意思？"俊之微微变了色，"如果我的儿子爱上了你的外甥女儿，我只有高兴的份，我为什么不能接受她？"

"听我说！"她啜了一口咖啡，沉吟地说，"她仅仅读到高中毕业，没进过大学。"

"不成问题，我从没有觉得学历有多重要！"

雨秋注视了他一段时间。

"晓妍的母亲，是我的亲姐姐，我姐姐比我大十二岁，晓妍比我小十岁，我的年龄介乎她们母女之间。我姐姐生性孤僻、守旧、严肃、不苟言笑,和我像是两个时代里的人……"她顿了顿,望着咖啡杯,"现在的人喜欢讲'代沟'两个字,似乎两辈之间,一定会有代沟,殊不知在平辈之间,一样会有代沟。'代沟'两个字,与其说是两代间的距离,不如说是思想上的距离。我和姐姐之间,有代沟,我和晓妍之间,竟没有代沟,你信吗?"

俊之点点头。

"晓妍是我姐姐的长女,她下面还有一个弟弟、一个妹妹。我姐夫和我姐姐是标标准准的一对,只是,姐夫比姐姐更保守,更严肃,他在一家公司里当小职员,生活很苦,却奉公守法,兢兢业业,一个好公民,每年的考绩都是优等。"她侧头想了想,"我姐夫的年龄大概和你差不多,但是,你们之间,准有代沟。"

"我相信。"俊之笑了。

"晓妍从小就是家里的小叛徒,她活泼、美丽、顽皮、刁钻,而古怪。简直不像戴家的孩子,她——有些像我,任性、自负、骄傲、好奇,而且爱艺术、爱音乐、爱文学。这样的孩子,在一个古板保守的家庭里,是相当受罪的,她从小就成为她父母的问题。只有我,每次挺身而出,帮晓妍说话,帮她和她父母争执,好几次,为了晓妍,我和姐姐姐夫吵得天翻地覆。因此,等到晓妍出事以后,姐姐全家,连我的父母在内,都说我该负一部分责任。"

"出事?"俊之蹙起了眉头。

"四年前,晓妍只有十六岁,她疯狂般地迷上了合唱团,

79

吉他、电子琴、热门音乐，她几乎为披头发疯。她结交了一群也热爱合唱团的年轻朋友们，整天在同学家练歌、练琴、练唱。这是完全违背戴家的原则的，她父母禁止她，我却坚持应该让她自由发展她的兴趣。晓妍的口头语变成了'姨妈说可以！'于是，她经常弄得很晚回家，接着有一天，我姐姐发疯般地打电话叫我去……"她顿了顿，望着俊之，清晰地、低声地说，"晓妍怀孕了。"

俊之一震。他没有接话，只是看着雨秋。

"十六岁！"雨秋继续说了下去，"她只有十六岁，我想，她连自己到底做了什么错事都弄不清楚，她只是好奇。可是，我姐夫和我姐姐都发疯了，他们鞭打她，用皮带抽她，用最下流的字眼骂她，说她是荡妇、是娼妓，说她下贱、卑鄙，丢了父母的人，丢了祖宗八代的人，说她是坏女孩，是天下最坏的女孩……当然，我知道，晓妍犯了如此的大错，父母不能不生气，可是，我仍然不能想象，亲生父母，怎能如此对待自己的孩子！"

俊之动容地看着雨秋，他听得出神了。

"我承认，晓妍是做了很大的错事，但是，她只是个十六岁的孩子，尤其像晓妍那样的孩子，她热情而心无城府，她父母从没有深入地了解过她，也没有给她足够的温暖，她所需要的那份温暖，她是比一般孩子需要得多的。事情已经发生了，应该想办法弥补，他们却用最残忍和最冷酷的手段来对付她，最使他们生气的，是晓妍抵死也不肯说出事情是谁干的。于是，整整一个礼拜，他们打她、揍她、骂她，不许她睡觉,把她关在房里审她,直到晓妍完全崩溃了,她那么惊吓、那么恐惧,然后,她流产了。流产对她,可能是最幸运的事,免得一个糊里糊涂的、不受欢迎的生命降生。但,跟着流产而来的,是一场大病,晓妍昏迷了将近半个月,只是不停口地呓语着说:'我不是一个好女孩,我不是一个好女孩,我不是一个好女孩……'她父母怕丢脸,家丑不可外扬,竟不肯送她去医院。我发火了,我到戴家去闹了个天翻地覆,我救出了晓妍,送她去医院,治好了她,带她回我的家,从此,晓妍成了我的孩子、伴侣、朋友、妹妹、知己……虽然,事后,她的父母曾一再希望接她回去,可是,她却再也没有回到她父母身边。"

俊之啜了一口咖啡,他注视着雨秋。雨秋的眼睛在暗沉沉的光线下发着微光,闪烁的、清幽的。

"那时候,我刚刚离婚,一个人搬到现在这栋小公寓里来住,晓妍加入了我的生活,正好也调剂了我当时的落寞。我们两个都很失意,都是家庭的叛徒,也都是家庭的罪人,我们自然而然地互相关怀、互相照顾。晓妍那时非常自卑、非常容易受惊、非常神经质,又非常怕接触异性。我用了一段很长的时间来治疗她的悲观和消沉,重新送她去读高中——她休学了半年。她逐渐又会笑了、又活泼了、又快乐了、又调皮了、又充满了青春的气息了。很久之后,她才主动地告诉我,那闯祸的男孩只有十七岁,他对她说,让我们来做一个游戏,她觉得不对,却怕那男孩子笑她是胆小鬼,于是,他们做了,她认识那男孩子,才只有两小时,她连他姓甚名谁都不知道。唉！"她深深叹息，"我们从没给过孩子性教育，是吗？"

她啜了一口咖啡，身子往后靠，头仰在沙发上，她注视着俊之。

"晓妍跟着我，这几年都过得很苦，我离婚的时候，我丈夫留下一笔钱，他说我虽然是个坏妻子，他却不希望我饿死，我们用这笔钱撑持着。晓妍一年年长大，一年比一年漂亮，我可以卖掉电视机、卖掉首饰，去给她买时髦的衣服，我打扮她，鼓励她交男朋友。她高中毕业后，我送她去正式学电子琴，培植她音乐上的兴趣。经过这么多年的努力，她已经完全是个正常的、活泼的、快乐的少女了。只是，往日的阴影，仍然埋在她记忆的深处，她常常会突发性地自卑，尤其在她喜欢的男孩面前。她不敢谈恋爱，她从没有恋爱过，她也不敢和男孩子深交，只因为……她始终认为，她自己不是个好女孩。"

她停住了，静静地看着他，观察着他的反应。

"这就是晓妍的故事。"她低语，"我把它告诉你，因为这女孩第一次对感情认了真，她可能会成为你的儿媳妇。如果你也认为她不是一个好女孩，那么，别再伤害她，让我带她走得远远的，因为她只有一个坚强的外表，内在的她，脆弱得像一张玻璃纸，一碰就破，她禁不起刺激。"

俊之凝视着雨秋，他看了她很久很久。在他内心深处，晓妍的故事确实带来了一股压力。但是，人只是人哪！哪一个人会一生不犯错呢？雨秋的眼睛清明如水，幽柔如梦，他想着她曾为那女孩所做过的努力,想着这两个女人共同面对过的现实与挣扎。然后,他握着她的手,抚摸着她手上的皮肤,他只能低语了一句:"我爱你,雨秋。"

她的眼睛眨了眨,眼里立即泛上了一层泪影。

"你不会轻视那女孩吗?"她问。

"我爱你。"他仍然说,答非所问地。

"你不会在意她失足过吗?"她再问。

"我爱你。"他再答,"你善良得像个天使!别把我想成木钟!"

泪光在她眼里闪烁,她闭了闭眼睛,用手支着头,她有片刻垂首不语,然后,她抬起眼睛来,又带泪,又带笑地望着他。

"你认为——"她顿了顿,"子健也能接受这件事实吗?"

他想了想,有些不安。

"他们在房间里已经很久了,是不是?"他问。

"是的。"

"你认为晓妍会把这一段告诉子健?"

"她会的。"她说,"因为我已经暗示了她,她必须要告诉他。如果——她真爱他的话。"

"那么,我们担忧也没用,是吗?"俊之沉思着说,"你不愿离开云涛,因为你要等待那个答案,那么,我们就等待吧,我想,很快我们就可以知道子健的反应。"

她看来心神不定。

"你很笃定呵!"她说。

"不，我并不笃定。"他坦白地说，"在这种事情上，我完全没有把握，子健会有怎样的反应，我想，这要看子健到底爱晓妍有多深。反正，我们只能等。"他说，站起身来，他再一次为她注满了热咖啡。

"喝这么多咖啡，我今晚休想睡觉了。"她说。

"今晨，"他更正她，"现在是凌晨两点半。"

"哦，"她惊讶，更加不安了，"已经这么晚了？"

"这么早。"他再更正她。

她看着他。

"有什么分别？"她问，"你只是在文字上挑毛病。"

"不是，"他摇头，"时间早，表示我们还有的是时间，时间晚，表示你该回去了。"

"我们——"她冲口而出，"本来就晚了，不是吗？见第一面的时候就晚了。"

他的手一震，端着的咖啡洒了出来。他凝视她，她立刻后悔了。

"我和你开玩笑，"她勉强地说，"你别认真。"

"可是——"他低沉地说，"我很认真。"

她盯着他，摇了摇头。

"你已经——没有认真的权利了。"

他把杯子放下来，望着那氤氲的、上升的热气，他沉默了，只是呆呆地注视着那烟雾。他的眉头微蹙，眼神深邃，她看不出他的思想，于是，她也沉默了。一时间，室内好安静好安静。时间静静地滑过去，不知道滑了多久，直到一声门响,他们两人才同时惊觉过来。会客室的门开了,出来的是子健。雨秋和俊之同时锐利地打量着他,他满脸的严肃,或者,他经过了一段相当难过的、挣扎的时刻,但是,他现在看来是平静的,相当平静。

"哦!"子健看到他们,吃了一惊,"你们没有走?"他说,"怪不得一直闻到咖啡味。"

雨秋站起身来。

"晓妍呢?"她不安地问,再度观察着子健的脸色,"我要带她回家了。"她往会客室走去。

"嘘!"子健很快地赶过来,低嘘了一声,压低声音,"她睡着了,请你不要吵醒她。"

雨秋注视着子健,后者也定定地注视着她。然后,他对她缓缓地摇了摇头。

"姨妈,"他说,"你实在不应该。"

"我不应该什么?"她不解地。

"不应该不告诉我,"他一脸的郑重,语音深沉,似乎他在这一晚之间,已经长大了,成熟了,是个大人了,"如果我早知道,我不会让她面对这么多内心的压力。四年,好长的一段时间,你知道她有多累?她那么小、那么娇弱,却要负担那么多!"他眼里有泪光:"现在,她睡着了,请不要惊醒她,让她好好地睡一觉,我会在这儿陪着她,你放心,姨妈,我会把她照顾得好好的。"

雨秋觉得一阵热浪冲进了她的眼眶,一种松懈的、狂喜的情绪一下子罩住了她,使她整个身子和心灵都热烘烘的。

她伸过头去，从敞开的会客室的门口看进去，晓妍真的睡着了。她小小的身子躺在那宽大的沙发上，身子盖着子健的外衣。她的头向外微侧着，枕着软软的靠垫。她面颊上还依稀有着泪光，她哭过了。但是，她现在的唇边是带着笑的，她睡得好香好沉好安详，雨秋从没有看到她睡得这样安详过。

"好的，"她点点头，对子健语重心长地说，"我把她交给你了，好好地照顾她。"

"我会的，姨妈。"

俊之走了过来，拍拍还在冒气的咖啡壶。对子健说，"你会需要热咖啡，等她醒过来，别忘记给她也喝一杯。"

"好的，爸，"子健说，"妈那儿，你帮我掩饰一下，否则，一夜不归，她会说上三天三夜。"

俊之对儿子看了一眼，眼光是奇特的。然后，他转身带着雨秋，从边门走出了云涛。迎着外面清朗的、夏季的、深夜的凉风，两人都同时深吸了一口气。

"发一下神经好不好？"他问。

"怎样？"

"让我们不要坐车，就这样散步走到你家。"

"别忘了，"她轻语，"你儿子还要你帮他掩饰呢！"

"掩饰什么？"他问，"恋爱是正大光明的事，不需要掩饰的，我们走吧！"于是，踏着夜色、踏着月光、踏着露水濡湿的街道、踏着街灯的影子、踏着凌晨的静谧，他们手挽着手，向前缓缓地走去。

当晓妍醒来的时候，天早已大亮了，阳光正从窗帘的隙缝中射进来，在室内投下了一条明亮的、闪烁的、耀眼的金光。晓妍睁开眼睛，一时间，她有些儿迷糊，不知道自己正置身何处。然后，她看到了子健，他坐在她面前的地毯上，双手抱着膝，睁着一对大大的、清醒的眸子，静静地望着她，她惊悸了一下，用手拂拂满头的短发，她愕然地说："怎么……我……怎么在这儿？"

"晓妍，"他温柔地呼唤了一声，拂开她遮在眼前的发髻，抓住她的手，"你睡着了，我不忍心叫醒你，所以，我在这儿陪了你一夜。"

她凝视他，眼睛睁得大大的，昨夜发生的事逐渐在她脑海里重演，她记起来了。她已把所有的事都告诉了子健，包括那件"坏事"。她打了个冷战，阳光那样好，她却忽然瑟缩了起来。

"啊呀，"她轻呼着，"你居然不叫醒我！我一夜没回家，姨妈会急死了。"她翻身而起。

"别慌，晓妍。"他按着她，"你姨妈知道你在这儿，是她叫我陪着你的。""哦！"她低应一声，悄悄地垂下头去，不安地用手指玩弄着牛仔裤上的小花，"我……我……"她嗫嚅着，很快地扫了他一眼，"你……你……你一夜都没有睡觉吗？你……怎么不回去？"

"我不想睡，"他摇摇头，"我只要这样看着你。"他握紧她的手："晓妍，抬起头来，好吗？"

她坐在沙发上，头垂得更低了。

"不。"她轻声说。

"抬起头来!"他命令,"看着我!晓妍。"

"不。"她继续说,头垂得更低更低。她依稀记得昨晚的事,自己曾经一直述说,一直述说,一直述说……然后,自己哭了,一面哭,一面似乎说了很多很多的话,关于自己"有多坏,有多坏,有多坏!"她记得,他吃惊过、苦恼过、沉默过。可是,后来,他却用手环抱住她,轻摇着她,对她耳边低低地絮语,温存而细致地絮语。他的声音那样低沉,那样轻柔,那样带着令人镇静的力量。于是,她松懈了下来,累了,倦了,她啜泣着,啜泣着……就这样睡着了。一夜沉酣,无梦无忧,竟不知东方之既白!现在,天已经大亮了,那具有催眠力量的夜早已过去,她竟不敢迎接这个白昼与现实了。

她把头俯得那样低,下巴紧贴着胸口,眼睛看着衬衫上的扣子。心里迷迷糊糊地想着:怎么?她没有失去他?怎么?他居然不把她看成一个"堕落的、毁灭的、罪恶的"女孩吗?怎么可能?怎么可能??怎么可能???

"抬起头来!"他再说,声音变得好柔和,"晓妍,我有话要对你说。"

"不,不,不。"她惊慌地低语,"不要说,不要说,不要说。"

"我要说的,"他用手托起了她的下巴,强迫她面对着自己。于是,他看到了一张那样紧张而畏怯的小脸,那样一对羞涩而惊悖的大眼睛。他的心灵一阵激荡、一阵抽搐、一阵战栗。噢,晓妍,他那天不怕、地不怕,终日神采飞扬的女孩，怎会变得如此柔弱？他深抽了口气，低语着说："我要说的话很简单，晓妍，你也非听不可。让我告诉你：我爱你！不管你过去的历史，不管一切！我爱你！而且，"他一字一字地说，"你是个好女孩！天下最好的女孩！"

她瞪着他，不信任地瞪着他。

"我会哭的。"她说，泪光闪烁，"我马上要哭了，你信不信？"

"你不许哭！"他说，"昨晚，你已经哭了太多太多，从此，你要笑，你要为我而笑。"

她瞅着他，泪盈于睫。唇边，却渐渐地漾开一个笑容，一个可怜兮兮的、楚楚动人的笑容。那笑容那样动人、那样柔弱、那样诱惑……他不能不迎上去，把自己的嘴唇轻轻地，轻轻地，轻轻地盖在那个笑容上。

她有片刻端坐不动，然后，她喉中发出一声热烈的低喊，就用两手紧紧地箍住了他的脖子，她的身子从沙发上滑了下来，他们滚倒在地毯上。紧拥着，他们彼此怀抱着彼此、彼此紧贴着彼此、彼此凝视着彼此……在这一刹那，天地俱失，万物成灰，从亘古以来，人类重复着同样的故事，心与心的撞击，灵魂与灵魂的低语，情感与情感的交融。

半响，他抬起头来。她平躺在地上，笑着，满脸的笑，却也有满脸的泪。

"我说过，不许再哭了！"他微笑地盯着她。

"我没哭！"她扬着眉毛，泪水却成串地滚落，"眼泪吗？那是笑出来的！"她的手重新环绕过来，揽住了他的脖子，她的眼珠浸在泪雾之中，发着清幽的光亮："可怜的贺子健！"她喃喃地说。

"可怜什么？"他问。

"命运让你认识了我这个坏女孩！"她低语。

"命运带给了我一生最大的喜悦！让我认识了你这个——坏女孩！"

他再俯下头来，静静地、温柔地吻住了她，室内的空气暖洋洋的，阳光从窗隙中射进来，明亮、闪烁，许多跳跃的光点。终于，她翻身而起。兴奋、活跃、喜悦，而欢愉。

"几点钟了？"她问。

他看看手表。

"八点半，张经理他们快来上班了。"

"啊呀，"她叫了一声，"今天是星期几？"

"星期三。"

"我十点钟要学琴！"她用手掠了掠头发，"不行，我要走了！你今天没课吗？"

"别管我的课，我送你去学琴。"他说。

她站在他面前，用手指抚摸他的下巴，她光洁的面庞正对着他，眼光热烈而爱怜地凝视着他。

"你没刮胡子，"她低语，"你的眼睛很疲倦，你一夜没有睡觉，我不要你陪我去学琴，我要你回家去休息。"她把面颊在他胸前依偎了片刻。"我听到你的心在说话，它在和我犟辩！它在说：我不累，我一点都不累，我的精神好得很！哦，"她轻笑着，抬起睫毛来看着他，她眼底是一片深切的柔情,和一股慧黠的调皮,"你有一颗很会撒谎的心,一颗很坏很坏的心!"

"这颗很坏很坏的心里,什么都没有,只装着一个很好很好的女孩!"他说,低下头去,很快地捉住她的唇,然后,他把她紧拥在怀里。"天!"他说,"宇宙万物,以及生命的意义,在这一刻才对我展示,它只是一个名字:戴晓妍!"

她用手指玩弄着他的衣纽。

"我还是不懂,你为什么选择了我?"她问,"在你那个杜鹃花城里,不是有很多功课好、学问好、品德好、相貌好,各方面都比我好的女孩子吗?"

"只是,那些好女孩中,没有一个名叫戴晓妍。"他说,满足地低叹,"命运早就安排了人类的故事,谁叫你那天早上,神气活现地跑进云涛?"

"谁叫你乱吹口哨?"

"谁叫你穿迷你裙?"

"姨妈说我有两条很好看的腿,她卖掉了一个玉镯子,才给我买了那套衣服。"

"从今以后,请你穿长裤。"他说。

"为什么?"

"免得别人对你吹口哨。"

她望着他,笑了。抱紧了他,她把头在他胸前一阵乱钻乱揉,她叫着说:"再也没有别人了,再也不会有别人了!我心里,不不,我生命里,只能有你一个!你已经把我填得满满满满了!哦!子健!"她喊,"我多爱你!多爱你!多爱你！多爱你！我是不害羞的，因为我会狂叫的！"她屏息片刻，仰起头来，竟又满面泪痕："子健，"她低语，"我曾经以为，我这一生，是不会恋爱的。"

给她这样坦率地一叫一闹，他心情激荡而酸楚，泪光不自禁地在他眼里闪亮。"晓妍，"他轻唤着她的名字，"晓妍，你注定要恋爱，只是，要等到遇见我以后。"

他们相对注视，眼睛，常常比人的嘴巴更会说话，他们注视了那么久，那么久，直到云涛的大门响了，张经理来上班了，他们才惊觉过来。

"我们走吧！"子健说。

走出了云涛，满街耀眼的阳光，车水马龙的街道，热闹的人群，蔚蓝的天空，飘浮的白云……世界！世界怎能这样美呢？晓妍仰望着天，有一只鸟，两只鸟，三只鸟……哦，好多好多鸟在飞翔着，她喜悦地说："子健，我们也变成一对鸟，加入它们好吗？"

"不好。"子健说。

"怎么？"她望着他。

"因为，我不喜欢鸟的嘴巴，"他笑着低语，"那么尖尖的，如何接吻呢？""啊呀！"她叫，"你真会胡说八道！"

他笑了。阳光在他们面前闪耀，阳光！阳光！阳光！他想欢呼，想跳跃，欢呼在阳光里，跳跃在阳光里。转过头来，他对晓妍说："让我陪你去学琴吧！"

"不行！"她摇头，固执地，"你要回家去睡觉，如果你听话，晚上我们再见面，六点钟，我到云涛来，你请我吃咖喱鸡饭。"

"你很坚持吗?"他问,"一定不要我陪吗?"

"我很坚持。"她扬起下巴,"否则,我一辈子不理你!"

他无可奈何地耸耸肩。

"我怕你。"他说,"你现在成为我的女神了。好,我听话,晚上一定要来!"

"当然。"她嫣然一笑,好甜好甜。然后,她招手叫了一辆出租车。对他挥了挥手,她的笑容漾在整个阳光里,钻进车子,她走了。

目送她的车子消失在街道的车群中,再也看不见了,他深吸了口气。奇怪,一夜无眠,他却丝毫也不感到疲倦,反而像有用不完的精力,在他体内奔窜。他转过身子,沿着人行道向前走去,吹着口哨。电线杆上挂着一个气球,不知是哪个孩子放走了的。他跳上去,抓住了气球,握着气球的绳子,他跳跃着往前走,行人都转头看着他,他不自禁地失笑了起来,松开手,那气球飞走了,飞得好高好高,好远好远,飞到金色的阳光里去了。

回到家里,穿过那正在洒水的花园,他仍然吹着口哨,"跳"进了客厅。迎面,母亲的脸孔一下子把他拉进了现实,婉琳的眼光里带着无尽的责备,与无尽的关怀。

"说说看,子健,"婉琳瞪着他,"一夜不回家是什么意思?如果你有事,打个电话回来总可以吧?说也不说,就这样失踪了,你叫我怎么放心?"

"哦!"子健错愕地哦了一声,转着眼珠,"难道爸爸没告诉你吗?"

"爸爸!"婉琳的眼神凌厉,她的面孔发青,"如果你能告诉我,你爸爸在什么地方,我或者可以去问问他,你去了什么地方?"

"噢!"子健蹙起眉头,有些弄糊涂了,"爸爸,他不在家吗?"

"从他昨天早上出去以后,我就没有看到过他!"婉琳气呼呼地说,"你们父子到底在做些什么?你最好对我说个明白,假若家里每个人都不愿意回家,这个家还有什么意义?你说吧!你爸爸在哪里?"

子健深思着,昨晚是在云涛和父亲分手的,不,那已经是凌晨了,当时,父亲和雨秋在一起。他蹙紧眉头,咬住嘴唇。

"说呀!说呀!"婉琳追问着,"你们父子既然在一起,那么,你爸爸呢?""我不知道爸爸在哪里。"子健摇了摇头,"真的不知道。"

"那么,你呢?你在哪里?"

"我……"子健犹豫了一下,这话可不是三言两语说得清楚的,"哦,妈,我一夜没睡觉,我要去睡一下,等我睡醒再说好吗?"

"不行!"婉琳拦在他面前,眼眶红了,"子健,你大了,你成人了,我管不着你了,只是,我到底是你妈,是不是?你们不能这样子……"她的声音哽塞了,"我一夜担心,一夜不能睡,你……你……"

"哦，妈！"子健慌忙说，"我告诉你吧！我昨夜整夜都在云涛，并没有去什么坏地方。"

"云涛？"婉琳诧异地张大眼睛，"云涛不是一点钟就打烊了吗？"

"是的。"

"那你在云涛做什么？"

"没做什么。"子健又想往里面走。

"站住！"婉琳说，"不说清楚，你不要走！"

"好吧！"子健站住了，清清楚楚地说，"我在云涛，和一个女孩子在一起，剩下的事，你去问爸爸吧！"

"和一个女孩子在一起？"婉琳尖叫了起来，"整夜吗？你整夜单独和一个女孩子在云涛？你发疯了！你想闯祸是不是？那个女孩子没有家吗？没有父母吗？没有人管的吗？肯跟你整夜待在云涛，当然是个不正经的女孩子了！你昏了头，去和这种不三不四的女孩子胡闹？如果闯了祸，看你怎么收拾……"她的话像倒水一般，滔滔不绝地倾了出来。

"妈！"子健喊，脸色发白了，"请你不要乱讲，行不行？什么不三不四的女孩子，我告诉你，她是我心目中最完美、最可爱的女孩。你应该准备接受她，因为，她会成为我的妻子！"

"什么？"婉琳的眼睛瞪得好大好大，"一个和你在云涛鬼混了一夜的女孩子……"

"妈！"子健大声喊，一夜没睡觉，到现在才觉得头昏脑涨，"我们没有鬼混！"

"没有鬼混？那你们做了些什么？"

"什么都没做！"

"一个女孩子，和你单独在云涛过了一夜，你们什么都没做！"婉琳点点头，"你以为你妈是个白痴，是不是呀？那个小太妹……"

"妈！"子健尽力压抑着自己要爆发的火气，"你没见过她，你不认得她，不要乱下定语，她不是个小太妹！我已经告诉你了，她是世界上最完美的女孩！"

"最完美的女孩绝不会和你在外面单独过夜！"婉琳斩钉截铁地说，"你太小了，你根本不懂得好与坏，你只是一个小孩子！"

"妈，我今年二十二岁，你二十二岁的时候，已经生了我了。"

"怎么样呢？"婉琳不解地问。

"不要再把我看成小孩子！"子健大吼了一句。

婉琳被他这声大吼吓了好大的一跳，接着，一种委屈的、伤心的感觉就排山倒海般地对她卷了过来，她跌坐在沙发里，怔了两秒钟，接着，她从腋下抽出一条小手帕，捂着脸，就呜呜咽咽地哭了起来。子健慌了，他走过来，拍着母亲的肩膀，忍耐地、低声下气地说："妈，妈，不要这样，妈！我没睡觉，火气大，不是安心要吼叫，好了，妈，我道歉，好不好？"

"你……你大了，雨柔……也……也大了，"婉琳边哭边说，越说就越伤心了，"我……我是管不着你们了，你……你爸爸,有……有他的事业,你……你和雨柔,有……有你们的天地,我……我有什么呢?"

"妈,"子健勉强地说,"你有我们全体呀!"

"我……我真有吗?"婉琳哭诉着,"你爸爸,整天和我说不到三句话,现……现在更好了,家……家都不回了,你……你和雨柔,也……也整天不见人影,我……我一开口,你们都讨厌,巴不得逃得远远的,我……我有什么?我只是个讨人嫌的老太婆而已!"

"妈,"子健说,声音软弱而无力,"你是好妈妈,你别伤心,爸爸一定是有事耽搁了,事实上,我和爸爸分开没有多久……"他沉吟着,跳了起来,"我去把爸爸找回来,好不好?"

婉琳拿开了捂着脸的手帕,望着子健。

"你知道你爸爸在什么地方?"

"我想……"他赔笑着,"在云涛吧!"

"胡说!"婉琳骂着,"你回来之前,我才打过电话去云涛,张经理说,你爸爸今天还没来过呢!"

"我!我想……我想……"他的眼珠拼命转着,"是这样,妈,昨晚,有几个画家在云涛和爸爸讨论艺术,你知道画家们是怎么回事,他们没有时间观念,也不会顾虑别人……他们都是……都是比较古怪、任性和不拘小节的人,后来他们和爸爸一起走了,我想,他们准到哪一个的家里去喝酒,畅谈终夜了。妈,你一点也不要担心,爸爸一夜不回家,这也不是第一次!"

"不回家也没什么关系,"婉琳勉强接受了儿子的解释,"和朋友聊通宵也不是没有的事情,好歹也该打个电话回家,免得人着急呀!又喜欢开快车,谁知道他有没有出事呢?"

"才不会呢!"子健说,"你不要好端端地咒他吧!"

"我可不是咒他,"婉琳是迷信的,立刻就紧张了起来,"我只是担心!他应该打电话回来的!"

"大概那个画家家里没电话!"子健说,"你知道,画家都很穷的。"

婉琳不说话了,低着头,她只是嘟着嘴出神。子健趁此机会,悄悄地溜出了客厅。离开了母亲的视线,他才长长地吐出一口气来。站在门外,他思索了片刻,父亲书房里有专线电话,看样子,他必须想办法把父亲找回来。他走向父亲的书房,推开门走了进去。

一个人猛然从沙发中站起来,子健吓了一跳,再一看,是雨柔。他惊奇地说:"你在爸爸书房里干什么?"

雨柔对墙上努了努嘴。

"我在看这幅画。"她说。

他看过去,是雨秋的那幅《浪花》,这画只在云涛挂了一天,就被挪进了父亲这私人的小天地。子健注视着这画,心中电光石火般闪过许许多多的念头:父亲一夜没有回家,昨夜雨秋和父亲一起走出云涛,雨秋的画挂在父亲书房里,他们彼此熟不拘礼,而且直呼名字……他怔怔地望着那画,呆住了。

"你也发现这画里有什么了吗?"雨柔问。

"哦,"他一惊,"有什么?"

"浪花。"雨柔低声念。

"当然啦,"子健说,"这幅画的题目就是浪花呀!"

"新的浪冲激着旧的浪,"雨柔低语,"浪花是永无止歇的,生命也永不停止。所以,朽木中嵌着鲜花,成为强烈的对比。我奇怪这作者是怎样一个人?"

"一个很奇异、很可爱的女人!"子健冲口而出。

雨柔深深地看了子健一眼。

"我知道,那个女画家!那个危险的人物,哥哥,"她轻声地说,"我们家有问题了。"

子健看着雨柔,在这一刹那,他们兄妹二人心灵相通,想到的是同一问题。然后,雨柔问:"你来爸爸书房里干什么?"

"我要打一个电话。"

"不能用你房里的电话机?"雨柔扬起眉,"怕别人偷听?那么,这必然是个私人电话了?我需不需要回避?"

子健做了一个阻止的手势,走过去锁上了房门。

"你留下吧!"他说。

"什么事这么神秘?"

子健望望雨柔,然后,他径自走到书桌边,拨了雨秋的电话号码,片刻后,他对电话说:"姨妈,我爸爸在你那儿吗?"

"是的,"雨秋说,"你等一下。"

俊之接过了电话。子健说:"爸爸,是我请你帮我掩饰的,但是,现在我已经帮你掩饰了。请你回来吧!好吗?"

挂断了电话,他望着雨柔。

"雨柔,"他说,"你恋爱过吗?"

雨柔震动了一下。

"是的。"她说。

"正在进行式?还是过去式?"他问。

"正在进行式。"她答。

"那么,你一定懂了。"他说,"我们请得回爸爸的人,不见得请得回爸爸的心了。"

第五章

俊之回到了家里。

同样地，他有个神奇的、不眠的夜。散步到雨秋的家，走得那么缓慢，谈得那么多，到雨秋家里时，天色已经蒙蒙亮了。雨秋泡了两杯好茶，在唱机上放了一沓唱片，他们喝着茶，听着音乐，看着窗外晓色的来临。当朝阳突破云层，将绽未绽之际，天空是一片灿烂的彩色光芒，雨秋突然说，她要把这个黎明抓住。于是，她迅速在画板上钉上画纸，提起笔来画一张水彩。这是他第一次看她作画，他不知道她的速度那样快，一笔笔鲜明的彩色重叠地堆上了画纸，他只感到画面的零乱，但是，片刻后，那些零乱都结合成一片神奇的美。当她画完，他惊奇地说："我不知道你画画有这样的速度！"

"因为，黎明稍纵即逝，"她微笑着回答，"它不会停下来等你！"

他凝视她，那披散的长发，衬衫，长裤，她潇洒得像个孩子。席地而坐，她用手抱着膝，眼底有一抹温柔而醉人的温馨，她开始说："从小我爱画，最小的时候，我把墙壁当画纸，不知道挨了父母多少打。高中毕业，考进师大艺术系，如愿以偿，我是科班出身。但是，我的画，并不见得多好，我常想抓住一个刹那，甚至，抓住一份感情，一支单纯的画笔，怎能抓住那么多东西？但，我非抓住不可。这就是我的苦恼，创作的过程，并不完全是喜悦，往往，它竟是一种痛苦，这，是很难解释的。"

"我了解。"他说。

她凝视他。

"我画了很多画，你知道吗？俊之，你是第一个真正了解我的画的人！当你对我说，我的画是在画思想，是在灰色中找明朗，在绝望中找希望，当时，我真想流泪。你应该再加一句，我还经常在麻木中去找感情！"

他紧紧地盯着她。

"找到了吗？"他问。

"你明知道的。"她答，"那个黄昏，我走进云涛，你出来迎接我，我对自己说：完了！他太世俗，他不会懂得你的画！当你对我那张浪花发呆的时候，当你眼睛里亮着光彩的时候，我又对自己说：完了！他太敏锐，他会看穿你的画和你的人。"

她仰望他，把手指插进头发里，微笑着："俊之，碰到了你，是我们的幸运还是不幸？"

"怎么讲?"

"告诉你,我一生命运坎坷,我不知道是我不对劲,还是这个世界不对劲,小时候,父母说我是个小怪物、小疯子,哥哥姐姐都不喜欢我。我是叛徒!长大了,我发现我和很多人之间都有距离——都有代沟,甚至和我的丈夫之间。我丈夫总对我说:别去追寻虚无缥缈的梦好不好?能吃得饱、穿得暖就不错了!我却偏不满足于吃得饱、穿得暖的日子。于是,我离了婚,你瞧,我既不容于父母,又不容于兄姐,再不容于丈夫,我做人是彻彻底底失败了。但是,我不肯承认这份失败,我仍然乐观而积极,追寻,追寻,在绝望中找希望,结果,我遇到了你。"

他瞅着她。

"雨秋,"他说,"我知道你所想的,你怕你抓住的只是一片无垠的浮萍,你怕我禁不起你的考验。你找希望,真有了希望,你却害怕了,雨秋,人类没有希望就不会有失望,是不是?你不能断定,这番相遇,到底会有怎样的结果,是不?"她默然片刻,然后,她笑了。

"你把我要讲的话都讲掉了,我还讲什么?"她问。

"你已经讲了太多的话,"他低语,"别再讲了,雨秋,我只能对你说一句,我要给你一个希望,绝不给你一个失望。"

她战栗了一下,低下头去。

"我就怕你讲这句话。"她说。

"怎么?"

她抬眼看他。

"答应我一件事。"

"什么事?"

"你先答应我,我再告诉你。"

"不。"他摇头,"你先告诉我,我才能答应你。"

"不行,你一定要先答应我!"她固执地说。

"你不讲理,如果你要我做一件我做不到的事,我怎么能答应你?"

"你一定做得到的事!"

"你不是在刁难我吧?"

"我是那种人吗?"

"那么,好吧,"他说,"我答应你。"

她凝视他,眼光深沉。

"我见过子健,"她说,"他是个优秀的孩子,我没见过雨柔,我猜她一定也是个可爱的女孩,我也没见过你的妻子……"她顿了顿,"可是,我知道,你有一个幸福的家庭。最起码,在外表上,在社会的观点上,是相当幸福的。我只请求你一件事,不论在怎样的情形下,你不要破坏了这份幸福,那么,我就可以无拘无束地、没有负担地和你交朋友了。"

他紧盯着她。

"这番话不像你讲出来的。"他说。

"因为我是一个叛徒?"她问,"不要以为我是一个叛徒,我就会希望我身边每个人都成为叛徒!"

他注视着她,默然沉思。

"雨秋,事情并不像你想象的那样简单。"

"我不和你辩论,"她很快地说,"你已经答应了我,请你不要违背你的诺言!"

"你多矛盾,雨秋!"他说,"你最恨的事情是虚伪,你最欣赏的是真实,为了追求真实,你不惜于和社会作战,和你父母亲人作战,而现在,你却要求我——不要去破坏一份早已成为虚伪的幸福?你知不知道,为了维持这份虚伪,我还要付出更多的虚伪?因为我已经遇到了你!我不能再变成以前的我,我不能……"

"俊之!"她轻声地唤了一声,打断了他的话头,她眼里有份深切的挚情,"有你这几句话,对我而言,已是稀世珍宝。我说了,我不辩论,我也不讲道理。俊之,你一个人的虚伪,可以换得一家人的幸福,你就虚伪下去吧!人生,有的时候也需要牺牲的。"

"你是真心话吗?"他问,"雨秋,你在试探我,是不是?你要我牺牲什么?牺牲真实?"

"是的,牺牲真实。"她说。

"雨秋,你讲这一篇话,是不是也在牺牲你的真实?"他的语气不再平和,"告诉我,你对爱情的观点到底是怎样的?"

她瑟缩了一下。

"我不想谈我的观点!"

"你要谈!"

"我不谈!"

他抓住她的手臂,眼睛紧盯着她,试着去看进她的灵魂深处。

"我以为，爱情是自私的，"他说，"爱情是不容第三者分享的！你对我做了一个奇异的要求，要求我不对你作完整的……"

电话铃响了，打断了俊之的话，雨秋拿起听筒，是子健打来的，她把听筒交给俊之，低语了一句："幸福在呼唤你！"

挂断电话以后，他看着雨秋，雨秋也默默地看着他。他们的眼睛互诉着许许多多难言的言语。然后，雨秋忽然投进了他的怀里，环抱着他的腰，她把面颊紧贴在他胸前，他垂下眼睛，望着那长发披散的头颅，心里掠过一阵苦涩的酸楚，他抚摸那长发，把自己的嘴唇紧贴在那黑发上。

片刻，她离开他，抬起头来，她眼里又恢复了爽朗的笑意，打开大门，她洒脱地说："走吧！我不留你了！"

"我们的话还没有谈完，"他说，"我会再来继续这篇谈话。"

"没意思，"她摇摇头，"下次你来，我们谈别的。"

她关上了大门，于是，他回到了"家"里，回到了"幸福"里。

婉琳在客厅里阻住了他。

"俊之，"她的脸色难看极了，眼睛里盛满了责备和委屈，"你昨夜到哪里去了？"

"在一个朋友家，"他勉强地回答，"聊了一夜的天，我累了，我要去躺一下。"

他的话无意地符合了子健的谎言，婉琳心里的疙瘩消失了一大半，怒气却仍然没有平息。

"为什么不打电话回来说一声？让人家牵肠挂肚了一整夜，不知道你出了什么事情？现在你是忙人了，要人了，应酬多，事情多，工作多，宴会多……你就去忙你的事情吧，这个家是你的旅馆，高兴回来就回来，不高兴回来就不回来，连打个电话都不耐烦。其实，就算是旅馆，也没有这么方便，出去也得和柜台打个招呼。你整天人影在什么地方，我是知都不知道。有一天我死在家里，我相信你也是知都不知道……"

俊之靠在沙发上，他带着一种新奇的感觉，望着婉琳那两片活跃的、嚅动的、不断开合着的嘴唇。然后，他把目光往上移，注视着她的鼻子、眼睛、眉毛、脸庞，和那烫得短短的头发。奇怪，一张你已经面对了二十几年的脸，居然会如此陌生！好像你从来没有见过，从来没有认识过！他用手托着头，开始仔细地研究这张脸孔，仔细地思索起来。

二十几年前，婉琳是个长得相当漂亮的女人，白皙，纤柔，一对黑亮的眸子。在办公厅里当会计小姐，弄得整个办公厅都轰动起来。她没有什么好家世，父亲做点小生意，母亲早已过世，她下面还有弟弟妹妹，她必须出来做事赚钱。他记得，她的会计程度糟透了，甚至弄不清楚什么叫借方，什么叫贷方，什么叫借贷平衡。但是，她年轻、她漂亮、她爱笑，又有一排好整齐的白牙齿。全办公厅的单身汉都主动帮她做事，他，也是其中的一个。

追求她并不很简单，当时追求她的人起码有一打。他追求她，与其说是爱，还不如说是好胜。尤其，杜峰当时说过一句话:"婉琳根本不会嫁给你的!你又没钱,又没地位,又不是小白脸,你什么条件都没有!"

是吗?他不服气,他非追到婉琳不可。一下决心,他的攻势就又猛又烈,他写情书、订约会,每天有新花样,弄得婉琳头昏脑涨,终于,他和婉琳结了婚。新婚时,他有份胜利的欣喜,却没有新婚的甜蜜。当时,他也曾问婉琳:"婉琳,你爱我吗?"

"不爱怎么会嫁你?"婉琳冲了他一句。

"爱我什么地方?"他颇为兴致缠绵。

"那——我怎么知道?"她笑着说,"爱你的傻里傻气吧!"

他从不认为自己傻里傻气,被她这么一说,他倒觉得自己真有点傻里傻气了。结婚,为什么结婚?他都不知道。然后,孩子很快地来了,他辞去公务员的职位,投身于商业界,忙碌,忙碌,忙碌,每天忙碌。奔波,奔波,奔波,每天奔波。他再也没问过婉琳爱不爱他,谈情说爱,似乎不属于夫妇,更不属于中年人。婉琳是好太太,谨慎持家,事无巨细,都亲自动手。中年以后,她发了胖,朋友们说,富态点儿,更显得有福气。他注视着她,白皙依然,却太白了。眉目与当初都有些儿走样,眼睛不再黑亮,总有股懒洋洋的味儿,眼皮浮肿,下巴松弛……不不,你不能因为一个女人,跟你过了二十几年的日子,苦过、累过、劳碌过、生儿育女过,然后,从少女走入了中年,不复昔日的美丽,你因此就不再爱她了!他甩甩头,觉得自己的思想又卑鄙又可耻。但是,到底,自己曾经爱过她哪一点?到底,他们在思想上、兴趣上,什么时候沟通过?他凝视着她,困惑了,出神了。

"喂喂,"婉琳大声叫着,"我和你讲了半天话,你听进去了没有?你说,我们是去还是不去?"

他惊醒过来,瞪着她。

"什么去还是不去?"他愕然地问。

"哎呀!"婉琳气得直翻眼睛,"原来我讲了半天,你一个字都没听进去?你在想些什么?"

"我在想……"他说,"婉琳,你跟了我这么些年,二十几?二十三年的夫妻了,你有没有想过,你到底爱不爱我?"

"啊呀!"婉琳睁大了眼睛,失声地叫,然后,她走过来,用手摸摸俊之的额角,"没发烧呀,"她自言自语地说,"怎么说些没头没脑的话呢!"

"婉琳,"俊之忍耐地、继续地说,"我很少和你谈话,你平常一定很寂寞。"

"怎么的呀!"婉琳扭捏起来了,"我并没有怪你不和我谈话呀!老夫老妻了,还有什么好谈呢?寂寞?家里事也够忙的,有什么寂寞呢?我不过喜欢嘴里叫叫罢了,我知道你和孩子们都各忙各的,我叫叫,也只是叫叫而已,没什么意思的。你这样当件正经事似的来问我,别让孩子们听了笑话吧!"

"婉琳,"他奇怪地望着她,越来越不解,这就是和他共同生活了二十三年的女人吗,"你真的不觉得,婚姻生活里,包括彼此的了解和永不停止的爱情吗?你有没有想过,我需要些什么?"

婉琳手足无措了。她看出俊之面色的郑重。

"你需要的,我不是每天都给你准备得好好的吗?早上你爱吃豆浆,我总叫张妈去给你买,你喜欢烧饼油条,我也常常叫张妈买,只是这些日子我不大包饺子给你吃,因为你总不在家吃饭……"

"婉琳!"俊之打断了她,"我指的不是这些!"

"你……你还需要什么?"婉琳有些嗫嚅,"其实,你要什么,你交代一声不就行了?我总会叫张妈去买的!要不然,我就自己去给你办!"

"不是买得来的东西,婉琳。"他蹙紧了眉头,"你有没有想过心灵上的问题?"

"心灵?"婉琳的眼睛瞪得更大了,微张着嘴,她看来又笨拙又痴呆,"心灵怎么了?"她困惑地问,"我在电视上看过讨论心灵的节目,像奇幻人间啦,我……我知道,心灵是很奇妙的事情。"

俊之注视了婉琳很长很长的一段时间,闭着嘴,他只是深深地、深深地看着她。心里逐渐涌起一阵难言的、刻骨铭心般的哀伤。这哀伤对他像一阵浪潮般淹过来,淹过来,淹过来……他觉得快被这股浪潮所吞噬了。他眼前模糊了,一个女人,一个和他共同生活了二十三年的女人!二十三年来,他们同衾共枕,他们制造生命,他们生活在一个屋顶底下。但是,他们却是世界上最陌生的两个人!代沟!雨秋常用代沟两个字来形容人与人间的距离。天,他和婉琳,不是代沟,沟还可以跳过去,再宽的沟也可搭座桥梁,他和婉琳之间,却有一片汪洋大海啊!

"俊之,俊之,"婉琳喊,"你怎么脸色发青?眼睛发直?你准是中了暑,所以尽说些莫名其妙的话,台湾这个天气,说热就热,我去把卧室里冷气开开,你去躺一躺吧!"

"用不着,我很好,"俊之摇摇头,站起身来,"我不想睡了,我要去书房办点事。"

"你不是一夜没睡吗?"婉琳追着问。

"我可以在沙发上躺躺。"

"你真的没有不舒服吗?"婉琳担忧地问,"要不要我叫张妈去买点八卦丹?""不用,什么都不用!"他走到客厅门口,忽然,他又回过头来,"还有一句话,婉琳,"他说,"当初你为什么在那么多追求者中,选择了我?"

"哎呀!"婉琳笑着,"你今天怎么净翻老账呢?"

"你说说看!"他追问着。

"说出来你又要笑。"婉琳笑起来,眼睛眯成了一条缝,"我拿你的八字去算过,根据紫微斗数,你命中注定,一定会大发,你瞧,算命的没错吧,当初的那一群人里,就是你混得最好,亏得没有选别人!"

"哦!"他拉长声音哦了一句。然后,转过身子,他走了。

走出客厅,他走进了自己的书房里,关上房门,他默默地在书桌前坐了下来。他坐着,一直坐着,沉思着,一直沉思着。然后,他抬起头来,看着对面墙上,挂着的那张《浪花》,雨秋的浪花,用手托着下巴,他对那张画出神地凝视着。半响,他走到酒柜边,倒了一杯酒,折回到书桌前面,啜着酒，他继续地沉思。终于，他拿起电话听筒，拨了雨秋的号码。

雨秋接电话的声音，带着浓重的睡意。

"喂？哪一位？"

"雨秋，"他说，"我必须打这个电话给你，因为我要告诉你，你错了。"

"俊之，"雨秋有点愕然，"你到现在还没睡觉吗？"

"睡觉是小问题，我要告诉你，你完全错了。"他清晰地、稳重地、一字一字地说，"让我告诉你，在我以往的生命里，从来没有获得过幸福，所以，我如何去破坏幸福？如何破坏一件根本不存在的东西？"

"俊之！"她低声喊，"你这样说，岂不残忍？"

"是残忍，"他说，"我现在才知道，我一直生活在这份残忍里。再有，我不准备再付出任何的虚伪，我必须面对我的真实，你——"他加强了语气，"也是！"

"俊之。"她低语，"你醒醒吧！"

"我是醒了，睡了这么多年，我好不容易才醒了！雨秋，让我们一起来面对真实吧！你不是个弱者，别让我做一个懦夫！行吗？"

雨秋默默不语。

"雨秋！"他喊，"你在听吗？"

"是的。"雨秋微微带点儿哽塞，"你不应该被我所传染，你不应该卷进我的浪花里，你不应该做一个叛徒！"

"我早已卷进了你的浪花里。"他说，"从第一次见到那张画开始。雨秋,我早已卷进去了。"他抬眼,望着墙上的画。

"而且,我永不逃避、永不虚伪、永不出卖真实!雨秋,"他低语,"你说,幸福在呼唤我,我听到幸福的声音,却来自你处!"说完,他立即挂断了电话。

伫立片刻,他对那张《浪花》缓缓地举了举杯,说了声:"干杯吧!"

他一口气喝干了自己的杯子。

一连两个星期左右的期终考,忙得雨柔和子健都晕头转向,教授们就不肯联合起来,把科目集中在两三天之内考完,有的要提前考,有的要延后考,有的教授又喜欢弄一篇论文或报告来代替考试,结果学生要花加倍的时间和精力去准备。但是,无论如何,总算是放暑假了。

早上,雨柔已经计划好了,今天无论如何要去找江苇,为了考试,差不多有一个星期没看到他了。江苇,他一定又在那儿暴跳如雷,乱发脾气。奇怪,她平常也是心高气傲的,不肯受一点儿委屈,不能忍耐一句重话,只是对于江苇,她却一点办法也没有。他的倔强、他的孤高、他的坏脾气、他的任性、他的命令的语气……对她都是可爱的,都具有强大的吸引力,她没办法,别的男性在她面前已如粪土,江苇,却是一座永远屹立不倒的山峰。

下楼吃早餐的时候,早餐桌上既没有父亲,也没有子健,只有母亲一个人孤零零地坐在那儿发愣。一份还没打开的报纸,平放在餐桌上,张妈精心准备的小菜点心,和那特意为父亲买的豆浆油条,都在桌上原封未动。雨柔知道,子健近来正和秦雨秋的那个外甥女儿打得火热,刚放暑假,他当然不肯待在家里。父亲呢?她心里低叹了一声,秦雨秋,秦雨秋,你如果真像外传的那样洒脱不羁,像你的画表现得那么有思想和深度,你就该鼓励那个丈夫,回到家庭里来呵!

一时间,她对母亲那孤独的影子,感到一份强烈的同情和歉意,由于这份同情和歉意,使她把平日对母亲所有的那种反感及无奈,都赶到九霄云外去了。妈妈,总之是妈妈,她虽然唠叨一点,虽然不能了解你,虽然心胸狭窄一些,但她总是妈妈!一个为家庭付出了全部精力与心思的女人!雨柔轻蹙了一下眉,奇怪,她对母亲的尊敬少,却对她的怜悯多。

她甚至常常怀疑,像母亲这种个性,怎会有她这样的女儿?

"妈!"雨柔喊了一声,由于那份同情和怜悯,她的声音就充满了爱与温柔,"都一早就出去了吗?"她故作轻快地说:"爸爸最近的工作忙得要命,云涛的生意实在太好。哥哥忙着谈恋爱,我来陪你吃饭吧!"

婉琳抬眼看了女儿一眼。眼神里没有慈祥、没有温柔,却充满了批判和不满。"你!"她没好气地说,"你人在这儿,心还不是在外面,穿得这么漂亮,你不急着出门才怪呢!你为什么把裙子穿得这么短?现在的女孩子,连羞耻心都没有了,难道要靠大腿来吸引男人吗?我们这种家庭……"

"妈妈!"雨柔愕然地说,"你在说些什么呀?我的裙子并不短,现在迷你裙是流行,我比一般女孩子都穿得长了,你到西门町去看看就知道了。"

"我就看不惯你们露着大腿的那副骚样子！怪不得徐中豪不来了呢，大概就被你这种大胆作风给吓跑了！"

"妈！"雨柔皱紧了眉头，"请你不要再提徐中豪好不好？我跟你讲过几百遍了，我不喜欢那个徐中豪，从他的头发到他的脚尖，从他的思想到他的谈吐，我完全不喜欢！"

"人家的家世多好，父亲是橡胶公司的董事长……"

"我不会嫁给他的家世！也不能嫁给他的橡胶对不对？"雨柔开始冒火了，声音就不自禁地提高了起来，"我不喜欢徐中豪，你懂吗？"

"那么，你干吗和人家玩呢？"

"哦，"雨柔睁大了眼睛，"只要和我玩过的男孩子，我就该嫁给他是不是？那么，我头一个该嫁给哥哥！"

"你在胡说八道些什么怪话呀！"婉琳气得脸发青。

"因为你从头到尾在说些莫名其妙的怪话，"雨柔瞪着眼睛，几分钟前，对母亲所有的那份同情与怜悯，都在一刹那间消失无踪，"所以，我只好和你说怪话！好了，你弄得我一点胃口也没有了，早饭也不吃了，让你一个人吃吧！"抓起桌上的报纸，她往客厅跑去。

"你跑！你跑！你跑！"婉琳追在后面嚷，"你等不及地想跑出去追男孩子！"

"妈！"雨柔站定了，她的眉毛眼睛都直了，愤怒的感觉像一把燎原的大火，从她胸腔里迅速地往外冒。"是的，"她点点头，打鼻孔里重重地出着气，"我要出去追男孩子，怎么样?"

"啊呀!"婉琳嚷着,下巴上的双下巴哆嗦着,她眼里浮起了泪光,"这是你说的呢!这是你说的!瞧瞧,我到底是你妈,你居然用这种态度对我,就算我是个老妈子,就算是对张妈,你们都客客气气的。但是,对我,丈夫也好,儿子也好,女儿也好,都可以对我大吼大叫,我……我……我在这家庭里,还有什么地位?"她抽出小手帕,开始呜呜咽咽地哭泣起来。

雨柔的心软了,无可奈何了,灰心丧气了,她走过去,把手温柔地放在母亲肩上,长叹了一声。

"妈妈,你别难过。"她勉强地说,"我叫张妈准备一桌菜,你去约张妈妈、杜妈妈她们来家里,打一桌麻将散散心吧,不要整天关在家里乱操心了。"

"这么说……"婉琳嗫嚅着,"你还是要出去。"

"对不起,妈,"她歉然地说,"我非出去不可。"

就是这样,非出去不可!一清早,俊之说他非出去不可,然后,子健说他非出去不可,现在,轮到雨柔非出去不可。唯一能够不出去的,只有她自己。婉琳萧索地跌坐在沙发里,呆了。雨柔站在那儿,一时间,有些不知该如何是好,马上出去,于心不忍,留在这儿,等于是受苦刑。正在这尴尬当儿,张妈走进来说:"小姐,有位先生找你!"

准是徐中豪,考最后一节课的时候,他就对她说了,一放假就要来找她。她没好气地说:"张妈,告诉他我不在家!"

"太迟了!"一个声音静静地接了口,"人已经进来了!"

雨柔的心脏一下子跳到了喉咙口,她对门口看过去,深吸了一口气,江苇!他正站在门口,挺立于夏日的阳光之中。

他穿着件短袖的蓝色衬衫,一条牛仔裤,这已经是他最整齐的打扮。他的浓发仍然是乱蓬蓬地垂在额前,一股桀骜不驯的样子。他那被太阳晒成古铜色的皮肤,在阳光下发亮,他额上有着汗珠,嘴角紧闭着,眼光是阴郁地、热烈地、紧紧地盯着她。雨柔喘口气,喊了一声:"江苇!"

冲到门前,她打开玻璃门,急促而有些紧张地说,"你……你怎么来了?进……进来吧!江苇,你——见见我妈妈。"

江苇跨进了客厅,扑面而来的冷气,使他不自禁地耸了耸肩。雨柔相当地心慌意乱,实在没料到,他真会闯了来,更没料到,是这个时间,他应该在修车厂工作的,显然,他请假了。他就是这样子,他要做什么就做什么,你根本料不到,他就是这样子,我行我素而又不管后果。她转头看着母亲,由于太意外,太突然,又太紧张,她的脸色显得相当苍白。

"妈,"她有些困难地说,"这是江苇,我的朋友。"她回头很快地扫了江苇一眼:"江苇,这是我妈。"

婉琳睁大了眼睛,瞪视着这个江苇,那浓眉、那乱发、那阴郁的眼神、那高大结实的身材、那褐色的皮肤、那毫不正式的服装,以及那股扑面而来的、刺鼻的"江苇"味!天哪,这是个野人!雨柔从什么地方,去认识了这样的野人呀!她呆住了。

江苇向前跨了一步,既然来了,他早就准备面对现实。他早已想突破这"侯门"深深深几许的感觉,他是雨柔的男朋友,他必须面对她的家庭,他倒要看看,雨柔的父母,是怎样三头六臂的人物?为什么雨柔迟迟不肯让他露面?他盯着婉琳,那胖胖的脸庞,胖胖的身材,细挑眉,白皮肤,年轻时一定很漂亮。只是,那眼光,如此怪异,如此惊恐,她没见过像自己这种人吗?她以为自己是来自太空的怪物吗?无论如何,她是雨柔的母亲!于是,他弯了弯腰,很恭敬地说了一声:"伯母,您好。"

婉琳慌乱地点了点头,立刻把眼光调到雨柔身上。

"雨柔,你——你——"她结舌地说,"你这朋友,家住在哪儿呀?"

"我住在和平东路。"江苇立刻说,自动在沙发上坐了下来,"租来的房子,一小间,木板搭的,大概只有这客厅三分之一大。"他笑笑,露了露牙齿,颇带嘲弄性地,"反正单身汉,已经很舒服了。"

婉琳听得迷迷糊糊,心里只觉得一百二十个不对劲。她又转向雨柔。

"雨柔,你——你这朋友在哪儿读书呀?"

"没读书,"江苇又接了口,"伯母,您有什么话,可以直接问我。"

"哦!"婉琳的眼睛张得更大了,这男孩子怎么如此放肆呢?他身上颇有股危险的、让人害怕的、令人紧张的东西。她忽然脑中一闪,想起雨柔说过的话,她要交一个逃犯朋友！天哪！

这可能真是个逃犯呢！说不定是什么杀人犯呢！她上上下下地看他，越看越像，心里就越来越嘀咕。

"我没有读书，"江苇继续说，尽量想坦白自己，"读到高中就没有读了，服过兵役以后，我一直在做事。我父母早就去世了，一个人在社会上混，总要有一技谋生，所以，我学会了修汽车。从学徒干起，这些年，我一直在修车厂工作，假若您闻到汽油味的话，"他笑笑，"准是我身上的！我常说，汽油和我的血液都融在一起了，洗都洗不掉。"

"修……修……修车厂？"婉琳惊愕得话都说不清楚了，"你……你的意思是说，你——你是个学机械的？你是工程师？"

"工程师？"江苇爽朗地大笑，"伯母，我没那么好的资历，我也没正式学过机械，我说过了，我只念过高中，大学都没进过，怎能当工程师？我只是一个技工而已。"

"技……技工是……是什么东西？"婉琳问。

"妈！"雨柔急了，她向前跨了一步，急急地解释，"江苇在修车厂当技师，那只是他工作的一部分，主要的，他是个作家，妈，你看过江苇的名字吗？常常在报上出现的，长江的江，芦苇的苇。"

"雨柔！"江苇的语气变了，他严厉地说，"不要帮我掩饰，也不要让你母亲有错误的观念。我最恨的事情就是虚伪和欺骗！"

"江苇！"雨柔苦恼地喊了一声。江苇！你！你这个直肠子的、倔强的浑球！你根本不知道我母亲是怎样的人，你不知道她有多现实、多虚伪！你一定要自取其辱吗？她望着江苇，后者也正瞪视着她。于是，她在江苇眼睛里、脸庞上，读出了一份最强烈的、最坦率的"真实"！这也就是他最初打动她的地方，不要虚伪，不要假面具，不要欺骗！"人生是奋斗，是挣扎，奋斗与挣扎难道是可耻的吗？"江苇的眼睛在对她说话，她迅速地回过头来了，面对着母亲。

"妈，让我坦白告诉你吧！江苇是我的男朋友！"

"哦，哦，哦。"婉琳张着嘴，瞪视着雨柔。

"江苇在修车厂做工，"雨柔继续说，口齿清楚，她决定把一切都坦白出来，"如果你不知道技工是什么东西，我可以解释给你听，就是修理汽车的工人。爸爸车子出了毛病，每次就由技工来修理，这，你懂了吧！江苇和一般幸福的年轻人不同，他幼失父母，必须自食其力，他靠当技工来维持生活，但他喜欢写作，所以，他也写作。"

技工？工人？修车的工人？婉琳的嘴越张越大，眼睛也越瞪越大。工人？她的女儿和一个工人交朋友？这比和逃犯交朋友还要可怕！逃犯不见得出身贫贱，这江苇却出身贫贱！

哦哦，她不反对贫贱的人交朋友，却不能和雨柔交朋友！那是耻辱！

"伯母，您不要惊奇，"那个"江苇"开了口，"我之所以来您家拜访，是因为我和雨柔相爱了，我觉得，这不是一件应该瞒您的事情……"

"相爱？"婉琳终于尖叫了起来，她转向雨柔，尖声地喊了一句，"雨柔？"雨柔静静地望着母亲。

"是真的，妈妈。"她低语。

哦，哦！上帝！老天！如来佛！耶稣基督！观世音救苦救难活菩萨！婉琳心里一阵乱喊，就差喇嘛教和回教的神祇，因为她不知道该怎样喊。然后，她跳起来，满屋子乱转，想想看，想想看，这事该怎么办？要命！偏偏俊之又不在家！她站定了，望着那"工人"，江苇也正奇怪地看着她，她在干什么？满屋子转得像个风车？

婉琳咬咬牙，心里有了主意，她转头对雨柔说："雨柔，你到楼上去！我要和你的男朋友单独谈谈！"

雨柔用一对充满戒意的眸子望着母亲，摇了摇头。

"不！"她坚定地说，"我不走开！你有什么话，当我的面谈！"

"雨柔！"婉琳皱紧眉头，"我要你上楼去！"

"我不！"雨柔固执地说。

"雨柔，"江苇开了口，他的眼光温柔而热烈地落在她脸上，他的眼里有着坚定的信念、固执的深情，和温和的鼓励。"你上楼去吧，我也愿意和你母亲单独谈谈！"

雨柔担忧地看着他，轻轻地叫了一声："江苇！"

"你放心，雨柔，"江苇说，"我会心平气和的。"

雨柔再看了母亲一眼，又看看江苇，她点点头，低声地说了一句："你们谈完了就叫我！"

"谈完了当然会叫你的！"婉琳说，她已平静下来，而且胸有成竹了。雨柔看到母亲的脸色已和缓了，心里就略略地放了点心。反正，江苇会应付！她想。反正，事已临头，她只好任它发展。反正，全世界的力量，也阻止不了她爱江苇！

谈吧！让他们谈吧！她转身走出了客厅。

确定雨柔已经走开了，婉琳开了口："江先生，你抽烟吗？"她递上烟盒。

"哦，我自己有。"江苇慌忙说，怎么，她忽然变得这样客气？他掏出香烟，燃上了一支，望着婉琳，"伯母，您叫我名字吧，江苇。"

婉琳笑了笑，显得有些高深莫测起来。她自己心里，第一次发觉到自己的重要性——她要保护雨柔！她那娇滴滴的，只会做梦，不知人心险恶的小女儿！

"江先生，你怎么认识雨柔的？"她温和地问。

"哦！"江苇高兴了起来，谈雨柔，是他最高兴的事，每一件回忆都是甜蜜的，每一个片段都是醉人的，"是这样，我的一个朋友是雨柔的同学，有一次，他们开舞会，把我也拖去了，那已经是去年秋天的事了。雨柔知道我是江苇，她凑巧刚在报上看过我一篇小说，我们就聊起来了，越聊越投机，后来，就成了好朋友。""雨柔的那个同学当然对雨柔的家庭很清楚了？"她问。

"当然。"江苇不解地看着她，"雨柔的父亲，是云涛的创办者，这是大家都知道的事。"

果然，不出所料！婉琳立即垮下脸来。

"好了，江先生，"她冷冰冰地说，"你可以把来意说说清楚了!"

"来意?"江苇蹙紧眉头,"伯母,你是什么意思?我的来意非常单纯,我爱雨柔,我不愿意和她偷偷摸摸地相恋,我愿意正大光明地交往,您是雨柔的母亲,我就应该来拜访您!"

"哼!"婉琳冷笑了,"如果雨柔的父亲,不是云涛的老板,你也会追求雨柔吗?"

江苇惊跳了起来,勃然变色。

"伯母,你是什么意思?"他瞪大眼睛问,一股恶狠狠的样子。

婉琳害怕了,这"工人"相当凶狠呢,看样子不简单,还是把问题快快地解决了好。

"江先生,"她很快地说,"我们就打开窗子说亮话吧,你在雨柔身上也下了不少功夫,你需要钱用,一切我都心里有数,你就开个价钱吧!"

江苇的眼睛瞪得那么大,那眼珠几乎从眼眶里跳了出来,他的呼吸急促而沉重,那宽阔的胸腔在剧烈地起伏着,他的脸色在一刹那间变得铁青。浓眉直竖,样子十分狰狞。他的身子俯近了婉琳,他一个字一个字地说:"我不要你的臭钱,我要的是雨柔!你少用小人之心度君子之腹,你以为我是什么人?来敲诈你的!你昏了头了!你别逼我骂出粗话来!"

"哎哟!"婉琳慌忙跳开,"有话好好说,你可别动粗!要钱,我们好商量。我们这种家庭,是经不得出丑的,你心里也有数,如果你想娶雨柔,你的野心就太大了,她再无知,也不会嫁给一个工人，我和她父亲，也不会允许家里出这种丑，丢这种人！我们总还要在这社会里混下去呀！你别引诱雨柔了，她还是个小孩子呢！她也不会真心爱你的，她平日交往的，都是上流社会的大家子弟，她不过和你玩玩而已。你真和她出双入对，你叫她怎么做人？她的朋友、父母、亲戚都会看不起她了！你说吧！多少钱你肯放手，我们付钱！你开价钱出来吧，只要不是狮子大开口，我们一定付，好不好？"

江苇怔了，婉琳这番话，像是无数的鞭子，对他的自尊没头没脑地乱抽过来，他怔了几秒钟，接着，一拍桌子，他大叫："去你们的上流社会！滚你们的上流社会！你们是一群麻木不仁的伪君子！你们懂得感情吗？懂得人心吗？懂得爱吗？多少钱？多少钱可以出卖爱情？哈哈！可笑！你的女儿是上流社会的大家闺秀，我这个下等流氓不配惹她，是不是？好，我走！我再不惹你的女儿！你去给她配一个上流社会的大家子弟，看看她是不是能获得真正的幸福！"他往门口冲去，回过头来，他又狂叫了一句，"省省你的臭钱吧！我真倒了霉，走进这样一幢房子里来，我洗上三天三夜，也洗不干净我被你弄脏了的灵魂！"

他冲出玻璃门，像闪电一般，他迅速地跑过院子，砰的一声阖上大门，像一阵狂飙般，卷得无影无踪了。

第六章

婉琳愣在那儿了,吓得直发抖,嘴里喃喃地说:"疯子,疯子,根本是个疯子!"

雨柔听到了吼叫声,她冲进客厅里来了,看不到江苇,她就发狂般地喊了起来:"江苇!江苇!江苇!"冲出院子,她直冲向大门,不住口地狂喊:"江苇!江苇!江苇!"

婉琳追到门口来,也叫着:"雨柔!雨柔!你回来,你别喊了,他已经走掉了!他像个疯子一样跑掉了!"

雨柔折回到母亲面前,她满面泪痕,狂野地叫:"妈妈!你对他说了些什么?告诉我,你对他说了些什么?"

"他是疯子,"婉琳余悸未消,仍然哆嗦着,"根本是个疯子,幸好妈把他赶走了!雨柔,你千万不能惹这种疯子……"

"妈妈!"雨柔狂喊,"你对他说了些什么?告诉我!你对他说了些什么?"雨柔那泪痕遍布的面庞,那撕裂般的声音,那发疯般的焦灼,把婉琳又给吓住了,她说:"也没说什么，我只想给你解决问题，我也没亏待他呀，我说给他钱，随他开价，这……这……这还能怎样？雨柔，你总不至于傻得和这种下等人认真吧？"

雨柔觉得眼前一阵发黑，顿时天旋地转，她用手扶着沙发，脸色惨白，泪水像崩溃的河堤般奔泻下来，她闭上眼睛，喘息着，低低地、咬牙切齿地说："妈妈，你怎么可以这样伤害他？这样侮辱他？妈妈，我恨你！我恨你！我恨你！"张开眼睛来，她又狂叫了一句，"我恨你！"

喊完，她像个负伤的野兽般，对门外冲了出去。婉琳吓傻了，她追在后面叫："雨柔！雨柔！你到哪里去？"

"我走了！"雨柔边哭边喊边跑，"我再也不回来了！我恨这个家，我宁愿我是个孤儿！"她冲出大门，不见人影了。

婉琳尖叫起来："张妈！张妈！追她去！追她去！"

张妈追到门口，回过头来："太太，小姐已经看不到影子了！"

"哦！"婉琳跌坐在沙发中，蒙头大哭，"我做了些什么？我还不是都为了她好！哎哟，我怎么这样苦命呀！怎么生了这样的女儿呀！"

"太太，"张妈焦灼地在围裙里擦着手，她在这个家庭中已待了十几年了，几乎是把雨柔带大的，"你先别哭吧！打电话给先生，把小姐追回来要紧！"

"让她去死去！"婉琳哭着叫，"让她去死！"

"太太，"张妈说，"小姐个性强，她是真的可能不再回来了。"

婉琳愕然了，忘了哭泣，张大了嘴，吓愣在那儿了。

晚上，江苇踏着疲倦的步子，半醉地、蹒跚地、东倒西歪地走进了自己的小屋。一整天，他不知道自己是怎样度过的，依稀仿佛，他曾游荡过，大街小巷，他盲目地走了又走，几乎走了一整天。脑子里，只是不断地回荡着婉琳对他说过的话："……你别引诱雨柔了，她还是个小孩子呢！她也不会真心爱你的，她平日交往的，都是上流社会的大家子弟，她不过和你玩玩而已。你真和她出双入对，你叫她怎么做人？她的朋友、父母、亲戚都会看不起她了！你说吧，多少钱你肯放手……""……如果你想娶雨柔，你的野心就太大了。她再无知，也不会嫁给一个工人！……我和她父亲，也不会允许家里出这种丑，丢这种人……"

他知道了，这就是雨柔的家庭，所以，雨柔不愿他在她家庭中露面，她也认为这是一种"耻辱"！和她的母亲一样，她也有那种根深蒂固，对于他出身贫贱的鄙视！所以，他只能做她的地下情人！所以，她不愿和他出入公开场合！不愿带他走入她的社交圈。所以，她总要掩饰他是一个工人的事实，"作家"！"作家"！"作家"！她要在她母亲面前称他为"作家"！"作家"就比"工人"高贵了？一个出卖劳力与技术，一个出卖文字与思想，在天平上不是相当的吗？伪君子，伪君子，都是一群伪君子！包括雨柔在内。

他是生气了、愤怒了、受伤了。短短的一段拜访，他已经觉得自己被凌迟了、被宰割了。当他在大街小巷中漫无目的地行走与狂奔时，他脑子里就如万马奔腾般掠过许多思想，许多回忆。童年的坎坷、命运的折磨、贫困的压迫……不能倒下去，不能倒下去，不能倒下去！要站起来，要奋斗，要努力，要力争上游！他念书，他工作，他付出比任何一些年轻人更多的挣扎，遭遇过无数的打击。他毕竟没有倒下去。但是，为什么要遇到雨柔？为什么偏偏遇到雨柔？她说对了，他应该找一个和他一样经过风浪和打击的女孩，那么，这女孩最起码不会以他为耻辱，最起码不会鄙视他，伤害他！

人类最不能受伤害的是感情和自尊，人类最脆弱的地方也是感情与自尊。江苇，他被击倒了，生平第一次，他被击倒了。或者，由于经过了太多的折磨，他的骄傲就比一般人更强烈，他骄傲自己没被命运所打倒，他骄傲自己没有堕落，没有毁灭，他骄傲自己站得稳，站得直。可是，现在，他还有什么骄傲？他以为他得到了一个了解他、欣赏他、爱他的女孩子，他把全心灵的热情都倾注在这女孩的身上。可是，她带给了他什么？一星期不露面，一星期刻骨的相思，她可曾重视过？他必须闯上去，必须找到她——然后，他找到了一份世界上最最残忍的现实，江苇，江苇，你不是风浪里挺立的巨石，你只是一棵被践踏的、卑微的小草，你配不上那朵暖室里培育着的、高贵的花朵，江苇，江苇，你醒醒吧！睁开眼睛来，认清楚你自己，认清楚这个世界！

他充满了仇恨，他恨这世界，他恨那个高贵的家庭，他恨雨柔父母，他也恨雨柔！他更恨他自己！他全恨，恨不得把地球打碎，恨不得杀人放火。但是，他没有打碎地球，也没有杀人放火，只是走进一家小饭店，把自己灌得半醉。

现在,他回到了"家里",回到了他的"小木屋"里。

一进门,他就怔住了。雨柔正坐在他的书桌前面,头伏在书桌上,一动也不动。猛然间,他的心狂跳起来,一个念头像闪电般从他脑海里掠过:她自杀了!他扑过去,酒醒了一大半,抓住雨柔的肩膀,他疯狂地摇撼她,一迭连声地喊着:"雨柔!雨柔!雨柔!"

雨柔一动,睁开眼睛来。天!她没事,她只是太疲倦而睡着了。江苇松出一口长气来,一旦担忧消失,他的怒火和仇恨就又抬头了,他瞪着她:"你来干什么?你不怕我这简陋的房子玷污了你高贵的身子吗?你不怕我这个下等人影响了你上流社会的清高吗?你来干什么?"

雨柔软弱地、精神恍惚地望着他。她已经在这间小房子里等了他一整天,她哭过、担忧过、战栗过、祈祷过……一整天,她没有吃一口东西,没有喝一口水,只是疯狂般地等待,等待,等待!等待得要发狂,等待得要发疯,等待得要死去!她满屋子兜圈子,她在心中反复呼唤着他的名字,她咬自己的手指、嘴唇,在稿纸上涂写着乱七八糟的句子。最后,她太累了、太弱了,伏在桌子上,她不知不觉地睡着了。

终于,他回来了!终于,她见到他了!可是,他在说些什么?她听着那些句子,一时间,捉不住句子的意义,她只是恍恍惚惚地看着他。然后,她回过味来,她懂了,他在骂她!他在指责她!他在讽刺她!

"江苇,"她挣扎着,费力地和自己的软弱及眼泪作战,"请你不要生气,不要把对妈妈的怒气迁怒到我身上!我来

129

了，等了你一整天，我已经放弃了我的家庭……"

"谁叫你来的？"江苇愤怒地嚷，完全失去了理智，完全口不择言，"谁请你来的？你高贵，你上流，你是千金之躯，你为什么跑到一个单身男人的房间里来？尤其是一个下等人的房里？为什么？你难道不知羞耻吗？你难道不顾身份吗？"雨柔呆了、昏了、震惊而战栗了。她瞪视着江苇，那恶狠狠的眼睛、那凶暴的神情、那残忍的语句、那扑鼻而来的酒气……这是江苇吗？这是她刻骨铭心般爱着的江苇吗？这是她抛弃家庭，背叛父母，追到这儿来投奔的男人吗？她的嘴唇抖颤着，站起身来，她软弱地扶着椅子："江苇！"她重重地抽着气，"你不要欺侮人，你不要这样没良心……""良心？"江苇对她大吼了一句，"良心是什么东西！良心值多少钱一斤？我没良心，你有良心！你拿我当玩具，当你的消遣品？你有的是高贵的男朋友，我只是你生活上的调剂品！你看不起我，你认为我卑贱，见不得人，只能藏在你生活的阴影里……""江苇！"她喘着气，泪水终于夺眶而出，沿着面颊奔流，"我什么时候看不起你？我什么时候认为你卑贱，见不得人？我什么时候把你当消遣品？如果我除了你还有别的男朋友，让我不得好死！"

"用不着发誓，"他冷酷地摇头，"用不着发誓！高贵的小姐，你来错地方了，你走错房间了！你离开吧，回到你那豪华、上流的家庭里去！去找一个配得上你的大家子弟！去吧！马上去！"

雨柔惊愕地凝视着他，又急、又气、又悲、又怒、又伤心、又绝望……她的手握紧了椅背,椅子上有一根突出的钉子,她不管,她抓紧那钉子,让它深陷进她的肌肉里,血慢慢地沁了出来,那疼痛的感觉一直刺进她内心深处,她的江苇!她的江苇只是个血淋淋的刽子手!只为了在母亲那儿受了气,他就不惜把她剁成碎片!她终于大声地叫了出来:"江苇!我认得你了!我认得你了!我总算认得你了!你这个人面兽心的混蛋!你这个忘恩负义的禽兽!你这个卑鄙下流的……"

啪的一声,江苇重重地抽了她一个耳光,她站立不住,踉跄着连退了两三步,一直退到墙边,靠在墙上,眼泪像雨一般地滚下来,眼前的一切,完全是水雾中的影子,一片朦胧,一片模糊。耳中,仍然响着江苇的声音,那沉痛的、受伤的、愤怒的声音:"我是人面兽心,我是卑鄙下流!你认清楚了,很好,很好!我白天去你家里讨挨骂,晚上回自己家里,还要等着你来骂!我江苇,是倒了几百辈子的霉?既然你已经认清楚我了,既然连你都说我是人面兽心,卑鄙下流,"他大叫,"怪不得你母亲会把我当成敲诈犯!"

不不!雨柔心里在喊着,在挣扎着。不不,江苇,我们不要这样子,我们不要争吵,不不!不是这样的,我不想说那些话,打死我,我也不该说那些话。不不!江苇,我不是来骂你,我是来投奔你的!不不,江苇,让我们好好谈,让我们平心静气谈……她心里在不断地诉说。可是,嘴里却吐不出一个字来。

"很好,"江苇仍然在狂喊,愤怒、暴躁,而负伤地狂喊,

"既然你已经认清楚了我,我也已经认清楚了你!贺雨柔,"他一个字一个字地说,"你根本不值得我爱!你这个肤浅无知的阔小姐,你这个毫无思想、毫无深度的女人!你根本不值得我爱你!"

雨柔睁大了眼睛,泪已经流尽了,再也没有眼泪了。你!江苇,你这个残忍的、残忍的、残忍的混蛋!她闭了闭眼睛,心里像在燃烧着一盆熊熊的火,这火将要把她烧成灰烬,她听到自己的声音,在挣扎着说:"我……我们算是白认识了一场!没想到,我在这儿等了一整天,等来的是侮辱和耳光!生平,这是我第一次挨打,我不会待在这儿等第二次!"她提高了声音,"让开!我走了!永不再来了!"

"没有人留你!"他大吼着,"没有人阻止你,也没有人请你来……"

她点点头,走向门口,步履是歪斜不整的,他退向一边,没有拦阻的意思,她把手放在门柄上,打开门的那一刹那,她心中像被刀剜一般地疼痛,这一去,不会再回来了,这一去,又将走向何方?家?家是已经没有了!爱情,爱情也没有了。她跨出了门,夏夜的晚风迎面而来,小弄里的街灯冷冷地站着,四面渺无人烟。她机械化地迈着步子,听到关门的声音在她身后砰然合拢,她眼前一阵发黑,用手扶着电线杆,整日的饥饿、疲倦、悲痛和绝望,在一瞬间,像个大网一般对她当头罩下,她身子一软,倒了下去,什么都不知道了。

眼看雨柔走出去,江苇心里的怒火依然狂炽,但,她真走了,他像是整个人都被撕裂了,赶到门边,他泄愤般地把门砰然关上。在狂怒与悲愤中,他走到桌子前面,一眼看到桌上的稿纸,被雨柔涂了个乱七八糟,他拿起稿纸,正想撕掉,却本能念到了上面横七竖八写着的句子:"江苇,我爱你,江苇,我爱你,江苇,我爱你,江苇,我爱你……"

几百个江苇,几百个我爱你,他拿着稿纸,头晕目眩,冷汗从额上滚滚而下,用手扶着椅子,他摇摇头,想强迫自己清醒过来。椅背上是潮湿的,他摊开手心,一手的血!她自杀了!她割了腕!他的心狂跳,再也没有思考的余地,再也没有犹豫的心情,他狂奔到门口,打开大门,他大喊:"雨柔!雨柔!雨……"

他的声音停了,因为,他一眼看到了雨柔,倒在距离门口几步路的电线杆下。他的心猛然一下子沉进了地底,冷汗从背脊上直冒出来。他赶过去,俯下身子,他把她一把从地上抱了起来,街灯那昏黄的、暗淡的光线,投在她的脸上,她双目紧闭着,面颊上毫无血色。他颤抖了,惊吓了,觉得自己整个人已经被撕成了碎片,磨成了粉,烧成了灰,痛楚从他心中往外扩散。一刹那间,他简直不知道心之所指、身之所在。

"雨柔!雨柔!雨柔!"他哑声低唤,她躺在他怀里,显得那样小,那样柔弱,那惨白的面颊被地上的泥土弄脏了。他咬紧了嘴唇,上帝,让她好好的,老天,让她好好的,只要她醒过来,他什么都肯做,他愿意为她死!他抱着她,一步步走回小屋里,把她平放在床上,他立即去检查她手上的伤口,那伤口又深又长,显然当她踉跄后退时,那钉子已整个划过了她的皮肤，那伤口从手心一直延长到手指，一条深深的血痕。他抽了口冷气，闭上眼睛，觉得五脏六腑都翻搅着，剧烈地抽搐着，一直抽痛到他的四肢。他俯下身子，把嘴唇压在她的唇上，那嘴唇如此冷冰冰的，他惊跳起来，她死了！

他想，用手试试她的鼻息，哦，上帝，她还活着。上帝！让她好好的吧！

奔进洗手间，他弄了一条冷毛巾来，把毛巾压在她额上，他扑打她的面颊，掐她的人中，然后，他开始发疯般地呼唤她的名字："雨柔！雨柔！雨柔！请你醒过来，雨柔！求你醒过来！只要你醒过来，我发誓永远不再和你发脾气，我要照顾你，爱护你，一直到老，到死，雨柔，你醒醒吧，你醒醒吧，你醒来骂人打人都可以，只要你醒来！"

她躺在那儿，毫无动静，毫无生气。他甩甩头，不行！自己必须冷静下来，只有冷静下来，才知道现在该怎么办。他默然片刻，然后，他发现她手上的伤口还在滴血，而且，那伤口上面沾满了泥土。不行！如果不消毒，一定会发炎，家里竟连消炎粉都没有，他跺脚，用手重重地敲着自己的脑袋。

于是，他想起浴室里有一瓶碘酒。不管了，碘酒最起码可以消毒，他奔进去找到了碘酒和药棉，走到床边，他跪在床前面，把她的手平放在床上，然后，用整瓶碘酒倒上去，他这样一蛮干，那碘酒在伤口所引起的烧灼般的痛楚，竟把雨柔弄醒了，她呻吟着，迷迷糊糊地张开眼睛，挣扎地低喊：

"不要！不要！不要！"

江苇又惊喜，又悲痛，又刻骨铭心地自疚着，他扑过去看她，用手握着她的下巴，他语无伦次地说："雨柔，你醒来！雨柔，你原谅我！雨柔，我宁愿死一百次，不要你受一点点伤害！雨柔，我这么粗鲁，这么横暴，这么误解你，我怎么值得你爱？怎么值得？雨柔，雨柔，雨柔？"

他发现她眼光发直，她并没有真正醒来，他用力地摇撼着她。

"雨柔！你看我！"他大喊。

雨柔的眉头轻蹙了一下，她的神志在虚空中飘荡。她听到有人在叫她的名字，只是不知道意义何在？她努力想集中思想，努力想使自己清醒过来，但她只觉得痛楚，痛楚，痛楚……她辗转地摇着头：不要！不要这样痛！不要！不要！不要！她的头奄然地侧向一边，又什么都不知道了。

江苇眼看她再度晕过去，他知道情况比他想象中更加严重，接着，他发现她手上的伤口被碘酒清洗过之后，竟那样深，他又抽了一口冷气，迅速地站起身来，他收集了家中所有的钱，他要把她尽快地送到医院里去。

雨柔昏昏沉沉地躺着，那痛楚紧压在她胸口上，她喘不过气来，她挣扎又挣扎，就是喘不过气来。模糊中，她觉得自己在车上颠簸，模糊中，她觉得被抱进了一间好亮好亮的房间里，那光线强烈地刺激着她，不要！不要！不要！她挣扎着，拼命挣扎。然后，她开始哭泣，不知道为什么而哭泣，一面哭着，一面脑子里映显出一个名字，一个又可恨又可爱的名字,她哭着,摇摆着她的头,挣扎着,然后,那名字终于冲口而出:"江苇!"

这么一喊,当这名字终于从她内心深处冲出来,她醒了,她是真的醒了。于是,她发现江苇的脸正面对着她,那么苍白、憔悴、紧张,而焦灼的一张脸!他的眼睛直视着她,里面燃烧着痛楚的热情。她痛苦地摇摇头,想整理自己的思想,为什么江苇要这样悲切地看着自己?为什么到处都是酒精与药水的味道?为什么她要躺在床上?她思想着,回忆着,然后,她啊的一声轻呼,眼睛张大了。

"雨柔!"江苇迫切地喊了一声,紧握着她那只没有受伤的手,"你醒了吗?雨柔?"

她动了动身子,于是,她发现床边有个吊架,吊着个玻璃瓶,注射液正从一条皮管中通向她的手腕。她稍一移动,江苇立刻按住她的手。

"别动,雨柔,医生在给你注射葡萄糖。"

她蹙着眉,凝视江苇。

"我在医院里?"她问。

"是的,雨柔。"他温柔地回答,从来没有如此温柔过。

"医生说你可能要住几天院,因为你很软弱,你一直在出冷汗,一直在休克。"他用手指怜惜地抚摸她的面颊,他那粗糙的手指,带来的竟是如此醉人的温柔。眼泪涌进了她的眼眶。"我记得——"她喃喃地说,"你说你再也不要我了,你说……"

他用手轻轻地按住了她的嘴唇。他的眼睛里布满了红丝,燃烧着一股令人心痛的深情和歉疚。

"说那些话的那个混账王八蛋已经死掉了!"他哑着喉咙说,"他喝多了酒、他鬼迷心窍、他好歹不分,我已经杀掉了他,把他丢进阴沟里去了。从此,你会认得一个新的江苇,不发脾气、不任性、不乱骂人……他会用他整个生命来爱护你!"

泪滑下她的面颊。

"你不会的,江苇。"她啜泣着说,"你永远改不掉你的坏脾气,你永远会生我的气,你——看不起我,你认为我是个娇生惯养的、无知而肤浅的女人。"

他用手敲打自己的头颅。

"那个混账东西!"他咒骂着。

"你骂谁?"

"骂我自己。"他俯向她,"雨柔!"他低声叫,"你了解我,你知道我,我生性耿直、从不肯转圜、从不肯认输、从不肯低头、从不肯认错。可是……"他深深地凝视她,把她的手贴向自己的面颊,他的头低俯了下去,她只看到他乱发蓬松的头颅。但,一股温热的水流流过了她的手背,他的面颊潮湿了。她那样惊悸、那样震动、那样恐慌……她听到他的声音,低沉地、压抑地、痛楚地响了起来:"我认错了。雨柔,我对不起你。千言万语,现在都是白说,我只希望你知道,我爱你有多深,有多切,有多疯狂!我愿意死一百次,一千次,一万次,如果能够弥补我昨晚犯的错误的话!"

她扬起睫毛,在满眼的水雾弥漫中,仰视着天花板上的灯光。啊,多么柔美的灯光,天已经亮了,黎明的光线,正从视窗蒙蒙透入。啊,多么美丽的黎明!这一生,她再也不能渴求什么了!这一生,她再也不能希冀听到更动人的言语了!她把手抽出来,轻轻地挽住那黑发的头,让他的头紧压在她的胸膛上。

"带我离开这里!"她说,"我已经完全好了。"

"你没有好,"他战栗着说,"医生说你好软弱,你需要注射生理食盐水和葡萄糖。"

"我不需要生理食盐水和葡萄糖,医生错了。"她轻语,声音幽柔如梦,她的手指温和地抚弄着他的乱发,"我所需要的,只是你的关怀、了解,和你的爱情。刚刚,你已经都给我了,我不再需要什么了。"

他震动了一下,然后,他悄然地抬起头来,他那本来苍白的面颊现在涨红了,他的眼光像火焰,有着烧炙般的热力,他紧盯着她,然后,他低喊了一声:"天哪!我拥有了一件全世界最珍贵的珍宝,而我,却差点儿砸碎了它!"

他的嘴唇移下来,静静地贴在她的唇上。

一声门响,然后是屏风拉动的声音,这间病房,还有别的病人。护士小姐来了!但是,他不愿抬起头来,她也不愿放开他。在这一刹那,全世界对他们都不重要,都不存在。重要的只有彼此,存在的也只有彼此,他们差点儿失去了的"彼此"。他们不要分开,永远也不要分开。时间缓慢地流过去,来人却静悄悄的毫无声息。终于,她放开了他,抬起眼睛,她猛地一震,站在那儿的竟是贺俊之!他正默默地伫立着,深深地凝视着他们。

当雨柔出走,婉琳的电话打到云涛来的时候,正巧俊之在云涛。不只他在,雨秋也在。不只雨秋在,子健和晓妍都在。他们正在研究雨秋开画展的问题。晓妍的兴致比谁都高,跑出跑进的,她量尺寸,量大小,不停口地发表意见,哪张画应该挂哪儿,哪张画该高,哪张画该低,哪张画该用灯光,哪张画不该用灯光。雨秋反而比较沉默,这次开画展,完全是在俊之的鼓励下进行的,俊之总是坚持地说:"你的画,难得的是一份诗情,我必须把它正式介绍出来,我承认,对你,我可能有种近乎崇拜的热爱,对你的画,难免也有我自己的偏爱,可是,雨秋,开一次画展吧,让大家认识认识你的画!"

晓妍更加热心,她狂热地喊:"姨妈,你要开画展,你一定要开!因为你是一个画家,一个世界上最伟大最伟大的画家!你一定会一举成名!姨妈,你非开这个画展不可!"

雨秋被说动了,她笑着问子健:"子健,你认为呢?"

"姨妈,这是个挑战,是不是?"子健说,"你一向是个接受挑战的女人!""你们说服了我,"雨秋沉吟地,"我只怕,你们会鼓励了我的虚荣心,因为名与利,是无人不爱的。"

就这样,画展筹备起来了,俊之检查了雨秋十年来的作品,发现那数量简直惊人。他主张从水彩到油画,从素描到抽象画,都一齐展出。因为,雨秋每个时期所热衷的素材不同,所以,她的画,有铅笔、有水彩、有粉画、有油画,还有沙画。只是,她表现的主题都很类似:生命、奋斗,与爱。

俊之曾和雨秋、晓妍、子健等，在她的公寓里，一连选择过一个星期，最后，俊之对雨秋说："我奇怪，一个像你这样有思想，像你这样有一支神奇的彩笔的女人，你的丈夫，怎会放掉了你？"

她笑笑，注视他："我的丈夫不要思想，不要彩笔，他只要一个女人，而世界上，女人却多得很。"她沉思了一下，"我也很奇怪，一个像你这样有深度、有见解、有眼光、有斗志的男人，需要一个怎样充满智慧及灵性的妻子！告诉我，你的妻子是如何可爱？如何多情？"

他沉默了，他无法回答这问题，他永远无法回答这问题。尤其在子健的面前。雨秋笑笑，不再追问，她就是那种女人，该沉默的时候，她永不会用过多的言语来困扰你。她不再提婉琳，也不再询问关于婉琳的一切，甚至于，她避免和子健谈到他的母亲，子健偶尔提起来，雨秋也总是一语带过："听说你妈妈是个美人！有你这样优秀的儿子，她可想而知，一定是个好妈妈！"

每当这种时候，俊之就觉得心中被剜割了一下。往往，他会有些恨雨秋，恨她的闪避、恨她的大方、恨她的明知故"遁"。自从那个早晨，他打电话告诉她"幸福的呼唤"之后，她对他就采取了敬而远之的态度，不论他怎样明示暗示，她总是欲笑不笑地、轻描淡写地把话题带开。他觉得和她之间，反而比以前疏远了，他们变成了"东边日出西边雨，道是无晴却有晴"的局面。而且，雨秋很少和他单独在一起了，她总拉扯上晓妍和子健，要不然，她就坐在云涛里，你总不能当着小李、张经理,和小姐们的面,对她示爱吧!

她在逃避他,他知道。一个一生在和命运挑战的女人,却忽然逃避起他来了。这使他感到焦灼、烦躁,和说不出来的苦涩。她越回避,他越强烈地想要她,强烈得常常彻夜失眠。

因此,一天,坐在云涛的卡座中,他曾正面问她:"你逃避我,是怕世俗的批评?还是怕我是个有妇之夫?还是你已经厌倦了?"

她凝视他,摇摇头,笑笑。

"我没有逃避你,"她说,"我们一直是好朋友,不是吗?"

"我却很少和好朋友'接吻'过。"他低声地、闷闷地、微带恼怒地说。

"接吻吗?"她笑着说,"我从十六岁起,就和男孩子接吻了,我绝不相信,你会把接吻看得那样严重!"

"哦!"他阴郁地说,"你只是和我游戏。"

"你没听说过吗?我是出了名的浪漫派!"她洒脱地一甩头,拿起她的手袋,转身就想跑。

"慢着!"他说,"你不要走得那样急,没有火烧了你的衣裳。你也不用怕我,你或者躲得开我,但是,你绝对躲不开你自己!"

于是,她回过头来望着他,那眼神是悲哀而苦恼的。

"别逼我,"她轻声说,"橡皮筋拉得太紧,总有一天会断掉,你让我去吧!"

她走了,他却坐在那儿,深思着她的话,一遍又一遍地想，就是想不明白。为什么？她曾接受过他，而她却又逃开了。直到有一天，晓妍无意的一句话，却像雷殛一般地震醒了他。

"我姨妈常说，有一句成语，叫'宁为玉碎，不为瓦全'，她却相反，她说'宁为瓦全，不为玉碎'，她一生，面临了太多的破碎，她怕极了破碎，她说过，她再也不要不完整的东西！"

是了！这就是问题的症结！他能给雨秋什么？一份完整的爱情？一个婚姻？一个家庭？不！他给不了！他即使是"玉"，也只是"碎玉"，而她却不要碎玉！他沉默了，这问题太大太大，他必须好好地考虑、好好地思索。面对自己，不虚伪，要真实地活下去！他曾说得多么漂亮，做起来却多么困难！他落进了一个感情及理智的旋涡里，觉得自己一直被旋到河流的底层，旋得他头昏脑涨，而神志恍惚。

就在这段时间里，雨柔的事情发生了。

电话来的时候，雨秋和俊之都在会客室里，在给那些画编号分类。子健和晓妍在外面，晓妍又在大吃什么云涛特别圣代。俊之拿起电话，就听到婉琳神经兮兮地在那边又哭又说，俊之拼命想弄清楚是怎么回事，婉琳哭哭啼啼的就是说不清楚。最后，还是张妈接过电话来，简单明了地说了两句话："先生，你快回来吧，小姐离家出走了！"

"离家出走？"他大叫，"为什么？"

"为了小姐的男朋友。先生，你快回来吧！回来再讲，这样讲不清楚的！"

俊之放下了电话，回过头来，他心慌意乱地、匆匆忙忙地对雨秋说："我女儿出了事，我必须赶回去！"

雨秋跳了起来，满脸的关怀："有没有我能帮忙的地方？"她诚恳地问。

"我根本不知道发生了什么，只知道雨柔出走了。"俊之脸色苍白，"我实在不懂，雨柔虽然个性强一点，却从来没有发生过这种事，你不知道，雨柔是个多重感情、多有思想的女孩。她怎会如此糊涂？她怎可能离家出走？何况，我那么喜欢她！"

雨秋动容地看着他。

"你赶快回去吧！叫子健跟你一起回去，分头去她同学家找找看，女孩子感情纤细，容易受伤。你也别太着急，她总会回来的。我从十四岁到结婚，起码离家出走了二十次，最后还是乖乖地回到家里。你的家庭不像我当初的家庭，你的家温暖而幸福，孩子一时想不开，等她想清楚了，她一定会回来的。"

"你怎么知道我的家温暖而幸福？"俊之仓促中，仍然恼怒地问了一句，他已直觉到，雨柔的出走，一定和婉琳有关。

"现在不是讨论这问题的时间，是吗？"雨秋说，"你快走吧，我在家等你电话，如果需要我，马上通知我！"

俊之深深地看了雨秋一眼，后者脸上那份真挚的关怀使他心里怦然一动。但是，他没有时间再和雨秋谈下去，跑出会客室，他找到子健，父子二人，立刻开车回到了家里。

一进家门，就听到婉琳在那儿抽抽噎噎地哭泣，等到俊之父子一出现,她的哭声就更大了,抓着俊之的袖子,她一把眼泪一把鼻涕地说:"我……我怎么这么命苦,会……会生下雨柔这种不孝的女儿来?她……她说她恨我,我……我养她,带她,她从小身体弱,你……你知道我吃了多少苦,才……才把她辛辛苦苦带大,我……我……"

"婉琳!"俊之强忍着要爆发的火气,大声地喊,"你能不能把事情经过好好地讲一遍?到底发生了什么事?雨柔为什么出走?"

"为……为了一个男人,一个……一个……天哪!"她放声大哭,"一个修车工人!哎哟!俊之,我们的脸全丢光了!她和一个工人恋爱了,一个工人!想想看,我们这样的家庭,她总算个大家闺秀,哎哟!……"她又哭得上气不接下气了。俊之听到婉琳这样一阵乱七八糟、糊里糊涂的诉说,又看到她那副眼泪鼻涕的样子,就觉得气不打一处来。他脸色都发青了,推开婉琳,他一迭连声地叫张妈。这才从张妈的嘴中,听出了一个大概。尤其,当张妈说:"其实,先生,我看那男孩子也是规规矩矩的,长得也浓眉大眼,一副聪明样子。小姐还说他是个……是个……什么……什么作家呢!我看,小姐爱他是爱得不得了呢,她冲出去的时候简直要发疯了!"

俊之心里已经有了数,不是他偏爱雨柔,而是他了解雨柔,如果是雨柔看得中的男孩子,必定有其可取之处。婉琳听到张妈的话,就又乱哭乱叫了起来:"什么规规矩矩的?他根本是个流氓,长得像个杀人犯,一副凶神恶煞的样子!他差点儿没把我杀了,还说他规矩呢!他根本存心不良,知道我们家有钱,他是安心来敲诈的……"

"住口!"俊之忍无可忍,大声地叫,"你的祸已经闯得够大了,你就给我安静一点吧!"

婉琳吓怔了,接着,就又呼天抢地般大哭起来:"我今天是撞着什么鬼了?好好地待在家里,跑来一个流氓,把我骂了一顿,女儿再骂我一顿,现在,连丈夫也骂我了!我活着还有什么意思?我不如死了好……"

"婉琳婉琳,"俊之被吵得头发昏了,心里又急又气又恨,"你能不能不要再哭了?"转过头去,他问子健,"子健,你知道雨柔有男朋友的事吗?"

"是的,爸,"子健说,"雨柔提过,却并没有说是谁,我一直以为是徐中豪呢!"

俊之咬住嘴唇,真糟!现在是一点儿线索都没有,要找人到哪儿去找?如果能找到那男孩子,但是,那男孩子是谁呢?他转头问婉琳:"那男孩叫什么名字?""姓江,"婉琳说,嘟着嘴,"谁耐烦去记他叫什么名字?好像是单名。"

俊之狠狠地瞪了婉琳一眼,不知道!你什么都不知道!你连他的名字都不记一记,却断定人家是流氓!是敲诈犯!是凶神恶煞!

"爸爸,"子健说,"先去雨柔房里看看,她或者有要好的同学的电话,我们先打电话到她几个朋友家里去问问,如果没有线索的话,我们再想办法!"

一句话提醒了俊之,上了楼,他跑进雨柔房里,干干净净的房间,书桌上没有电话记录簿,他打开书桌的抽屉,里面有一本精致的、大大的剪贴簿,他打开封面,第一页上,有雨柔用艺术体写的几个字:"江苇的世界"。翻开第一页,全是剪报,一个名叫江苇的作品,整本全是!有散文、有小说、有杂文,他很快地看了几篇,心里已经雪亮雪亮。从那些文字里,可以清楚地读出,一个艰苦奋斗的年轻人的血泪史。江苇的孤苦、江苇的努力、江苇的挣扎、江苇的心声、江苇的恋爱……江苇的恋爱,他写了那么多,关于他的爱情——给小雨、寄小雨、赠小雨、为小雨!那样一份让人心灵震撼,让人情绪激动的深情!哦,这个江苇!

他已经喜欢他了,已经欣赏他了,那份骄傲、那份热情、那份文笔!如果再有像张妈所说的外形,那么,他值得雨柔为他"疯狂",不是吗?阖上本子,他冲下楼,子健正在拼命打电话给徐中豪,问其他同学的电话号码,他简单地说:"子健,不用打电话了,那男孩叫江苇,芦苇的苇,希望这不是他的笔名,我们最好分头去查查区分所户籍科,看看江苇的住址在什么地方。"

"爸,"子健说,"这样实在太不科学,那么多区分所,我们去查哪一个?我们报警吧!"

"他好像说了,他住在和平东路!"婉琳忽然福至心灵,想了起来。

"古亭区和大安区!"子健立刻说,"我去查!"他飞快地冲出了大门。

两小时后,子健折了回来,垂头丧气的。

"爸,不行!区分所说,我们没有权利查别人的户籍,除非办公文说明理由,我看,除了报警,没有第二个办法!我们报警吧!"

俊之挖空心思,再也想不出第二条路,时间已越来越晚,他心里就越来越担忧,终于,他报了警。

接下来,是漫长的等待,时间缓慢地流过去,警察局毫无消息,他焦灼了,一个电话又一个电话,他不停地拨到每一个分局……有车祸吗?有意外吗?根据张妈所说的情况,雨柔是在半疯狂的状况下冲出去的,如果发生了车祸呢?他拼命拨电话,不停地拨,不停地拨……夜来了,夜又慢慢地消逝,他靠在沙发上,身上放着江苇的剪贴簿,他已经读完了全部江苇的作品,几乎每个初学写作的作者,都以自己的生活为蓝本,看完这本册子,他已了解了江苇过去的、现在的,以及未来的。一个像这样屹立不倒的青年,一个这样在风雨中成长的青年,一个如此突破穷困和艰苦的青年——他的未来必然是成功的!

电话铃蓦然响了起来,在黎明的寂静中显得特别响亮。扑过去,他一把握起听筒,出乎意料地,对方竟是雨秋打来的,她很快地说:"我已经找到了雨柔,她在××医院急诊室,昨天夜里送进去的……"

"哦!"他喊,心脏陡地一沉,她出了车祸,他想。冷汗从额上冒了出来,他几乎已看到雨柔血肉模糊的样子,他大大地吸气,"我马上赶去!"

"等等!"雨秋喊,"我已经问过医生,你别紧张,她没事,碰巧值勤医生是我的朋友,她说雨柔已转进病房,大概是三等,那男孩子付不出保证金,据说,雨柔不过是受了点刺激,休克了。好了,你快去吧!"

"谢谢你,雨秋,谢谢你!"放下了电话,他抓起沙发上的剪贴簿,就冲出了大门。婉琳红肿着眼睛,追在后面一直喊:"她怎么样了?她怎么样了?"

"没有死掉!"他没好气地喊。子健追了过来:"爸,我和你一起去!"

上了车,发动马达,俊之才忽然想到,雨秋怎么可能知道雨柔的下落?他和子健已经想尽办法,尚且找不到丝毫线索,她怎么可能在这样短的时间内,查出雨柔的所在?可是,现在,他没有心力来研究这问题,车子很快地开到了医院。

停好了车,他们走进医院,几乎立刻就查出雨柔登记的病房,昨晚送进来的急诊病人只有三个,她是其中之一。医院像一个迷魂阵,他们左转右转,终于找到了那间病房,是三等!一间房间里有六个床位,分别用屏风隔住,俊之找到雨柔的病床,拉开屏风,他正好看到那对年轻人在深深地、深深地拥吻。

他没有惊动他们,摇了摇手,他示意子健不要过来,他就站在那儿,带着种难言的、感动的情绪,分享着他们那份"忘我"的世界。

雨柔发现了父亲,她惊呼了一声:"爸爸!"

江苇迅速地转过身子来了,他面对着俊之。那份温柔的、激动的热情仍然没有从他脸上消除,但他眼底已浮起了戒备与敌意。俊之很快地打量着他,高高的个子、结实的身体,乱发下是张桀骜不驯的脸,浓眉、阴郁而深邃的眼睛,挺直的鼻子下有张坚定的嘴。相当有个性、相当男性、相当吸引人的一张脸。他沉吟着,尚未开口,江苇已经挺直了背脊,用冷冷的声音,断然地说:"你无法把雨柔带回家去……"

俊之伸出手来,按在江苇那宽阔的肩膀上,他的眼光温和而了解:"别说什么,江苇,雨柔要先跟我回家,直到你和她结婚那天为止。"他伸出另一只手来,手里握着的是那本剪贴簿。

"你不见得了解我,江苇,但是我已经相当了解你了,因为雨柔为你整理了一份你的世界。我觉得,我可以很放心地把我的女儿,放进你的世界里去。所以……"他深深地望着江苇的眼睛,"我把我的女儿许给你了!从此,你不再是她的地下情人,你是她的未婚夫!"转过头去,他望着床上的雨柔。

"雨柔,欢迎你的康理查,加入我们的家庭!"

雨柔从床上跳了起来,差点没把那瓶葡萄糖弄翻,她又是笑又是泪地欢呼了一声:"爸爸!"

江苇怔住了。再也没料到,雨柔有一个那样蛮不讲理的母亲,却有这样一个通情达理的父亲!他是诡计吗?是阴谋吗?是为了要把雨柔骗回去再说吗?他实在无法把这夫妻二人联想在一起。因此,他狐疑了!他用困惑而不信任的眼光看着俊之。可是,俊之的神情那样诚恳、那样真挚、那样坦率。他是让人无法怀疑的。俊之走到床边,坐在床沿上,他凝视着雨柔。

"你的手怎么弄伤的?"他问。

"不小心。"雨柔微笑地回答,看了看那裹着纱布的手,她轻声地改了口,"不是不小心,是故意的,医生说会留下一条疤痕,这样也好,一个纪念品。"

"疼吗?"俊之关怀地问。

"不是她疼,"子健接了口,他不知何时已经站在他们旁边了,他微笑地望着他妹妹,"是另外一个人疼。"他抬起头来,面对着江苇,他伸出手去,"是不是?江苇?她们女孩子,总有方法来治我们。我是贺子健,雨柔的哥哥!我想,我们会成为好朋友!"

江苇一把握住了子健的手,握得紧紧的,在这一瞬间,他只觉得满腔热情、满怀感动,而不知该如何表示了。

俊之望着雨柔:"雨柔,你躺在这儿做什么?"他热烈地说,"我看你的精神好得很,那个瓶子根本不需要!你还不如……"

"去大吃一顿,"雨柔立刻接话,"因为我饿了!说实话,我一直没有吃东西!"

"子健,你去找医生来,问问雨柔到底是怎么了?"

医生来了,一番诊断以后,医生也笑了。

"我看,她实在没什么毛病,只要喂饱她,葡萄糖当然不需要。她可以出院了,你们去办出院手续吧!"

子健立刻去办出院手续,这儿,俊之拍了拍江苇的肩,亲切地说:"你也必须好好吃一顿,我打赌你一夜没睡,而且,也没好好吃过东西,对不对?"

江苇笑了，这是从昨天早上以来，他第一次发自内心地笑了。雨柔已经拔掉了注射针，下了床，正在整理头发。俊之问她："想吃什么？"

"唔，"她深吸了口气，"什么都想吃！"

俊之看看表，才上午九点多钟。

"去云涛吧！"他说，"我们可以把晓妍找来，还有——秦雨秋。"

"秦——雨秋？"雨柔怔了怔，"那个女画家？"

"是的，那个女画家。"俊之深深地望着女儿，"是她把你找到的，我到现在为止，还不知道她用什么方法找到了你。"

雨柔沉默了。只是悄悄地把手伸给江苇，江苇立刻握紧了她。

半小时以后，他们已经坐在云涛里了。晓妍和雨秋也加入了他们，围着一张长桌子，他们喝着热热的咖啡，吃着各式各样的西点，一层融洽的气氛在他们之间流动，在融洽以外，还有种雨过天晴的轻松感。

这是雨柔第一次见到雨秋，她穿了件绿色的敞领衬衫，绿色的长裤，在脖子上系了一条绿色的小纱巾。满头长发，用条和脖子上同色的纱巾绑在脑后，她看来既年轻又飘逸。与雨柔想象中完全不同，她一直以为雨秋是一个多愁善感的小妇人。雨秋坐在那儿，她也同样在打量雨柔，白皙、纤柔、沉静，有对会说话的眼睛，里面盛满了思想，这是张易感的脸，必然有颗易感的心，那种沉静雅致的美，是相当楚楚动人的。

151

她把目光转向晓妍，奇怪，人与人间就有那么多的不同。差不多年龄的两个女孩子，都年轻、都热情、都有梦想和希望。

　　但她们完全不同，雨柔纤细雅致，晓妍活泼慧黠，雨柔沉静中流露着深思，晓妍却调皮里带着雅谑。奇怪，不同的人物，不同的个性，却有相同的吸引力，都那么可爱，那么美。

第七章

江苇,雨秋深思着,这名字不是第一次听到,仿佛在什么地方见过,她望着那张男性的、深沉的、若有所思的脸孔,突然想了起来。

"对了,江苇!"她高兴地叫,"我知道你,你写过一篇东西,题目叫《寂寞,别敲我的窗子!》,对不对?"

"你看过?"江苇有些意外,"我以为,只有雨柔才注意我的东西。"

"那么,编辑都成了傻瓜?"雨秋微笑着,"我记得你写过:'我可以容忍孤独,只是不能容忍寂寞。'当时,这两句话相当打动我,我猜,你是充分领略过孤独与寂寞的人。人,在孤独时不一定寂寞,思想,工作,一本好书,一张好唱片,都可以治疗孤独。但是,寂寞却是人内心深处的东西,不管你置身何处,除非你有知音,否则,寂寞将永远跟随你。"她掉头望着俊之,"我记得,我和你讨论过同样的问题,是吗?"

是吗?是吗?是吗?俊之望着她,心折地、倾倒地望着她,是吗?就在那天,他曾吻过她,就在那天,他才知道他已经寂寞了四十几年!他依稀又回到那一日,那小屋,那气氛,那墙上的画像,莫道不销魂,帘卷西风,人比黄花瘦,是吗?他凝视着她,她是在明知故问了。

"秦——"江苇眩惑地望着她,不知该如何称呼,她看来比他大不了几岁,但是,她的外甥女却是子健的女朋友,他终于喊了出来,"秦阿姨,你想得好透彻!说实话,我从不知道有你这个画家,我也没听过秦雨秋的名字,而你……"

"而我却知道你。你是不是要说这一句话?"雨秋爽朗地看着他,"你可以不看画展,不参观画廊,而我却不能不看报纸呵!"她笑笑,"江苇,你选择了一条好艰苦的路,但是,走下去吧!记住一件事,写你想写的!不过,当你终于成为一个大作家的时候,你一定要准备一件事:挨骂!没有作家成名后能不挨骂的!"

"何不背一背你那首骂人诗?"俊之说。

"骂人诗?"雨秋大笑了起来,"那种游戏文字,念它干吗?"

"越是游戏文字,越可能含满哲理,"江苇认真地说,"中国的许多小笑话里,全是人生哲学,我记得艾子里有一篇东西说,艾子有两个学生,一个名通,一个名执,有天和艾子一起在郊外散步,艾子口渴了,要那个名执的学生去找乡下老人要水喝,那乡下老人说,喝水可以,但是要写个字考考你，你会念，给你水喝，不会念，就不给你水喝，结果，老人写了一个真假的真字，那学生说是真，老人大为生气，说他念错了，学生就回来报告。艾子又叫名通的学生去，那学生一看这个真字，马上说，这是直八两个字，老人大为开心，就给他们水喝了。后来，艾子说，人要像通一样才能达，如果都像执一样'认真'，连一口水都喝不到了！"他笑笑，望着雨秋，"这故事给我的启示很多，你知道吗？秦阿姨，我就是名执的学生，对一切事都太认真了。"

雨秋欣赏地看着他。

"你会成功，江苇，"她说，"尽管认真吧，别怕没水喝，云涛多的是咖啡！"

大家都笑了。晓妍一直追问那首"骂人诗"，于是，雨秋念了出来，大家就笑得更厉害了。江苇问："秦阿姨，你真不怕挨骂吗？"

雨秋的笑容收敛了，她深思了一下。

"不，江苇，并不是真的不怕。人都是弱者，都有软弱的一面，虚荣心是每个人与生俱来的东西，我即使不怕挨骂，也总不见得会喜欢挨骂，问题在于，人是不能离群独居的动物。我画画，希望有人欣赏。你写作，希望有人接受。彩笔和文字是同样的东西，传达的是思想，如果不能引起共鸣，而只能引起责骂，那么，就是你那句话，我们会变得非常寂寞。而寂寞，是谁也不能忍受的东西，是吗？所以，我所谓的'不怕挨骂'，是在也有赞美的情况下而言。毁誉参半，是所有艺术家、文学家都可能面临的，关于毁的那一面，有他们的看法,姑且不论。誉的一面,就是共鸣了。能有共鸣者,就不怕毁谤者了。"

"可是——"江苇热心地说,"假如曲高和寡,都是骂你的人,是不是就表示你失败了?"

"那要看你在自己心里,是把真字念成真呢,还是直八了。"她笑着说,又想了想,"不过,我不喜欢曲高和寡这句话,这几个字实在害人。文学,真正能够流传的,都是通俗的,像《三国演义》《水浒传》《西游记》,甚至《金瓶梅》《红楼梦》,哪一本不通俗?文学和艺术都一样,要做到雅俗共赏,比曲高和寡好得多!现在看元曲觉得艰深,以前那只是戏剧!词是可以唱的、最老的文学,一部《诗经》,只是孔子收集的民谣而已。谁说文学一定要曲高和寡,文学是属于大众的!"

江苇注视着雨秋,然后,他掉头对雨柔说:"雨柔,你应该早一点带我来见秦阿姨!"

雨柔迷惑地看着雨秋,她喃喃地说:"我自己也奇怪,为什么我到今天才见到秦阿姨!"

看到大家都喜欢雨秋,晓妍乐了,她瞪大眼睛,真挚地说:"你们知道我阿姨身上有什么吗?她有好几个口袋,一个装着了解,一个装着热情,一个装着思想,一个装着她的诗情画意。她慷慨成性,所以,她随时把她口袋里的东西,掏出来送人!你们喜欢礼物吗?我姨妈浑身都是礼物!"

"晓妍!"雨秋轻声喊,但是,她却觉得感动,她从没有听过晓妍用这种比喻和方式来说话,她总认为晓妍是个调皮可爱的孩子,这一刻,才发现她是成熟了,长大了,有思想和见地了。

"姨妈!"晓妍热烈地看着她,脸红红的,"如果你不是那么好,你怎么会整夜坐在电话机旁边找雨柔呢!"

一句话提醒了俊之,也提醒了雨柔和江苇,他们都望着雨秋,还是俊之问出来:"真的,雨秋,你怎么会找到雨柔的?"

雨秋微笑了一下,接着,她就轻轻地叹息了。靠在沙发里,她握着咖啡杯,眼光显得深邃而迷蒙。

"事实上,这是误打误撞找到的。"她说,抬眼看了看面前那群孩子们,"你们知道,我是怎么长大的吗?我父母从没有了解过我,我和他们之间,不只有代沟,还有代河,代海,那海还是冰海,连融化都不可能的冰海。在我的少女时期,根本就是一段悲惨时期!出走,雨柔,"她凝视着那张纤柔清丽的脸庞,"我起码出走过二十次,那时的我,不像现在这样洒脱,这样无拘无束,这样满不在乎。那时,我是个多愁善感,动不动就想掉眼泪的女孩子。我悲观、消极、愤世嫉俗。每次出走后,我就有茫茫人海,不知何所归依的感觉,我并没有你这么好的运气,雨柔,那时,我没有一个江苇可以投奔。出走之后怎么办呢?恨那个家,怨那个家,可是,那毕竟是个家!父母再不了解我,也毕竟是我的父母,于是,我最后还是回去,带着满心的疲惫、痛苦与无奈,回去,只有这一条路!后来,再出走的时候,我痛恨回去,于是,我强烈地想做一件事:自杀!"她停下来,望着雨柔。

"我懂了,"雨柔低语,"你以为我自杀了。"

"是的,"雨秋点点头,"我想你可能会自杀,如果你觉得自己无路可走的话。于是,我打电话到每一家医院的急诊室,终于误打误撞地找到了你。"她凝视她的手:"你的手如何受伤的,雨柔?"

雨柔把手藏在怀里,脸红了。

"椅子上有个钉子……"她喃喃地说。

"你让钉子划破你的手?"她深深地望着她,摇了摇头,"你想:让我流血死掉吧!反正没人在乎!流血吧,死掉吧!我宁可死掉……"

"秦阿姨,"雨柔低声说,"你怎么知道?"

"因为——我是从你这么大活过来的,我做过类似的事情。"

江苇打了个寒战,他盯着雨柔。

"雨柔!"他哑声地、命令地说,"你以后再也不可以有这种念头!雨柔,"他在桌下握住她没受伤的手,"你再也不许!"

"哦,爸爸,"雨柔转向父亲,"江苇好凶,他总是对我说不许这个,不许那个!"

"哈!"子健笑了,"已经开始告状了呢!江苇,你要倒霉了,我爸爸是最疼雨柔的,将来啊,有你受的!"

"他倒不了霉,"俊之摇头,"如果我真骂了江苇,我们这位小姐准转回头来说:老爸,谁要你管闲事!"

大家都笑了起来。这一番团聚,这一个早餐,一直吃了两个多小时,谈话是建立在轻松、愉快、了解与热爱上的。

当"早餐"终于吃完了。俊之望着雨柔:"雨柔,你应该回家了吧!"

雨柔的神色暗淡了起来。

"爸爸,"她低语,"我不想见妈妈。"

"雨柔,"俊之说,"你知道她昨天哭了一天一夜吗?你知道她到现在还没有休息吗?而且——"他低叹,重复了雨秋的话,"母亲总是母亲!是不是?我保证,你和江苇的事,再也不会受到阻碍,只是……"他抬头眼望着江苇,"江苇,你让我保留她到大学毕业,好吗?"

"贺伯伯,"江苇肃然地说,"我听您的!"

"那么,"他继续说,"也别把雨柔母亲的话放在心上,她——"他摇摇头,满脸的萧索及苦恼,"我不想帮她解释,天知道,我和她之间,一样有代沟。"

这句话,胜过了任何的解释,江苇了解地看着俊之。

"贺伯伯,您放心。"他简短地说。

"那么,"雨秋故作轻快地拍拍手,"一阵风暴,总算雨过天晴,大家都心满意足,我们也该各归各位了。"她站起身来:"我要回家睡觉了,你们……"她打了个哈欠,望着江苇,"江苇,你准是一夜没睡,我建议你也回家睡觉,让雨柔跟她父亲回家,去安安那个母亲的心。晓妍……"她住了口。

"姨妈,"晓妍的手拉着子健,"我可不可以……"

"可以可以!"雨秋慌忙说,"这个姨妈满口袋的了解,还有什么不可以呢?你跟子健去玩吧!不管你们怎么样,我总之要先走一步了!"她转身欲去。

"姨妈!"晓妍有些不安的,"你一个人在家,会不会觉得……"

"孤独吗?"雨秋笑着接话,"当然是的。寂寞吗?"她很快地扫了他们全体一眼,"怎么可能呢?"转过身子,她翩然而去。那绿色的身影,像一片清晨的、在阳光下闪烁着的绿叶,飘逸、轻盈地消失在门外了。

俊之对着那门口,出了好久好久的神。直到雨柔喊了一声:"爸爸,我们回家吗?"

"是的,是的,"他回过神来,咬紧了牙,"我们——回家!"

雨秋回到了家里。

一夜没睡,她相当疲倦,但是,她也有种难言的兴奋。浪花!她在模糊地想着,浪花!像晓妍、子健、雨柔、江苇,他们都是浪花!有一天,这些浪花会掩盖所有旧的浪花!浪花总是一个推一个地前进,无休无止。只是,自己这个浪花,到底在新的里面,还是在旧的里面,还是在新浪与旧浪的夹缝里?她不知道,她真的不知道,但是,她也不想知道。她只想洗个热水澡,好好地睡一觉。

洗完澡,躺在床上的时候,她又开始思想了,思想,就是这样奇妙的东西,你永远不可能装个开关关掉它。她想着雨柔和江苇,这对孩子竟超乎她的预料地可爱,一对年轻人!

充满了梦想与魄力的年轻人!他们是不畏风暴的,他们是会顶着强风前进的!尤其江苇,那会是这一群孩子中最突出的一个。想到这儿,她就不能不联想到雨柔的母亲,怎会有一个母亲,把这样的青年赶出家门?怎会?怎会?怎会?雨柔和子健的母亲,俊之的妻子,幸福的家庭……她阖上眼睛,脑子里是一片凌乱,翻搅不清的情绪,像乱丝一般纠缠着。她深深叹息,她累了,把头埋进枕头里,她睡着了。

她不知道自己睡着了多久,梦里全是浪花,一个接一个的浪花。梦里,她在唱一支歌,一支中学时代就教过的歌。

"月色昏昏,涛头滚滚,恍闻万马,齐奔腾。澎湃怒吼,震撼山林,后拥前推,到海滨。"她唱了很久的歌,然后,她听到铃声,浪花里响着清脆的铃声。风在吼、浪在啸、铃在响。铃在响?铃和浪有什么关系?她猛然醒了过来,这才听到,门铃声一直不断地响着,暮色已经充满了整个的房间。

她跳下床来,披上睡袍,这一觉竟从中午睡到黄昏。她甩了甩头,没有甩掉那份睡意,她蒙蒙眬眬地走到大门口,打开了房门。

门外,贺俊之正挺立在那儿。

"哦,"她有些意外,"怎么?是你?这个时间?你不在家休息?不陪陪雨柔?却跑到这儿来了?"

他走进来,把房门合拢。

"不欢迎吗?"他问,"来得很多余,是不是?"

"你带了火药味来了!"她说,让他走进客厅,"你坐一下,我去换衣服。"她换了那件宽宽大大的印尼衣服出来,他目不转睛地望着她。她刚睡过觉,长发蓬松,眼睛水汪汪的,面颊上睡靥犹存。她看来有些儿惺忪、有些儿蒙眬、有些儿恍惚、有些儿懒散。这,却更增加了她那份天然的妩媚和动人的韵致。

她把茶递给他,坐在他的对面。

"家里都没事了?"她问,"雨柔和母亲也讲和了?是吗?你太太——"她沉吟片刻,看看他的脸色,"只好接受江苇了,我猜。她斗不过你们父女两个。"

俊之沉默着,只是静静地看着她。

"其实,"雨秋又说,她在他的眼光下有些瑟缩,她感到不安,感到烦恼,她迫切地要找些话来讲,"江苇那孩子很不错,有思想,有干劲,他会成为一个有前途的青年。这一下好了,你的心事都了了,儿女全找着了他们的伴侣,你也不用费心了。本来嘛,孩子有自己的世界,当他们学飞的时候,大人只能指导他们如何飞,却不能帮他们飞,许多父母,怕孩子飞不动,飞不远,就去限制他们飞,结果,孩子就根本……"她的声音越来越低,因为,他的面颊在向她迫近,"……就根本不会飞了。"

他握住了她的手,他的眼睛紧盯着她。

"你说完了吗?"他问。

"完了。"她轻语,往后退缩。

"你知道我不是来和你讨论孩子们的。"他再逼近一步。

"我要谈的是我们自己。说说看,为什么要这样躲避我?"

她惊跳起来。

"我去帮你切点西瓜来,好吗?"

"不要逃开!"他把她的身子拉回到沙发上,"不要逃开。"

他摇头,眼光紧紧地捉住了她的:"假若你能不关心我,"他轻声说,"你就不会花那么多时间去找雨柔了,是不是?"

"人类应该互相关心。"她软弱地说。

"是吗?"他盯得她更紧了,他的声音低沉而有力,"坦白说出来吧,雨秋,你是不逃避的,你是面对真实的,你是挑战者,那么,什么原因使你忽然逃避起我来了?什么原因?你坦白说吧!"

"没有原因,"她垂下眼睑,"人都是矛盾的动物,我见到子健,我知道你有个好家庭……"

"好家庭!"他打断她,"我们是多么虚伪啊!雨秋!经过昨天那样的事情,你仍然认为我有一个好家庭,好太太,幸福的婚姻?是吗?雨秋?"

雨秋猝然间激怒了,她昂起头来,眼睛里冒着火。

"贺俊之,"她清晰地说,"你有没有好家庭,你有没有幸福的婚姻,关我什么事?你的太太是你自己选择的,又不是我给你做的媒,你结婚的时候,我才只有七八岁,你难道要我负责任吗?"

"雨秋!"俊之急切地说,"你明知道我不是这意思!你不要跟我胡扯,好不好?我要怎样才能说明白我心里的话?雨秋,"他咬牙,脸色发青了,"我明说,好吗?雨秋,我要你!我这一生,从没有如此迫切地想要一样东西!雨秋,我要你!"

她惊避。

"怎么'要'法?"她问。

他凝视着她。

"你不要破碎的东西,你一生已经面临了太多的破碎,我知道,雨秋,我会给你一个完整的。"

她打了个寒战。

"我不懂你的意思。"她低语。

"明白说,我要和她离婚,我要你嫁给我!"

她张大眼睛,瞪视着他。瞪了好一会儿,然后,一层热浪就冲进了她的眼眶,模糊了她的视线,俊之的脸,成了水雾中的影子,哽塞着,她挣扎地说:"你不知道你在讲什么。"

"我知道,"他坚定地说,握紧了她,"今天在云涛,当你侃侃而谈的时候,我已经知道了,我这一生不会放过你,牺牲一切,家庭事业,功名利禄,在所不惜。我要你,雨秋,要定了!"

泪滑下了她的面颊。

"你要先打碎一个家庭,再建设一个家庭?"她问,"这样,就是完整的吗?"

"先破坏,才能再建设。"他说,"总之,这是我的问题,我只是告诉你,我要娶你,我要给你一个家。我不许你寂寞,也——不许你孤独。"他抬眼看墙上的画像:"我要你胖起来,再也不许,人比黄花瘦!"

她凝视他,泪流满面。然后,她依进了他的怀里,他立刻紧拥住她。俯下头来,他找着了她的嘴唇,涩涩的泪水流进了他的嘴里,她小小的身子在他怀中轻颤。然后,她扬起睫毛,眼珠浸在雾里,又迷蒙、又清亮。

"听我一句话!"她低声说。

"听你所有的话!"他允诺着。

"那么,不许离婚!"

他震动,她立即接话:"你说你要我,是的,我矜持过,我不愿意成为你的情妇。我想,我整个人的思想,一直是在矛盾里。我父母用尽心机,要把我教育成一个规规矩矩的女孩。我接受了许多道德观念,这些观念和我所吸收的新潮派,和我的反叛性,和我的'面对真实'一直在作战。我常常会糊涂掉,不知道什么是'是',什么是'非'。我逃避你,因为我不愿成为你的情妇,因为这违背了我基本的道德观念,这是错的!然后我想,我和你恋爱,也是错的!你听过'畸恋'两个字吗?"

"听过。"他说,"你怕这两个字?你怕世人的指责!你知不知道,恋爱本身是没有罪的。红拂夜奔,司马琴挑,张生跳墙……以当时的道德观点论,罪莫大焉,怎么会传为千古佳话!人,人,人,人多么虚伪!徐志摩与陆小曼,郁达夫与王映霞,在五四时代就闹得轰轰烈烈了,为什么我们今天还要读徐志摩日记?我们是越活越倒退了,现在还赶不上五四时代的观念了!畸恋,畸恋,发明这两个字的人,自己懂不懂什么叫爱情,还成问题。好吧,就算我们是在畸恋,就算我们会受到千夫所指,万人所骂,你就退却了?雨秋,雨秋,我并不要你成为我的情妇,我要你成为我的妻子,离婚是法律所允许的,是不是?你也离了婚,是不是?"

"我离婚,是我们本身的问题,不是为了你。你离婚,却是为了我!"她幽幽地说,"这中间,是完全不同的。俊之,我想过了,你能这样爱我,我夫复何求?什么自尊,什么道德,我都不管了!我只知道,破坏你的家庭,我于心不忍,毁掉你太太的世界,我更于心不忍。所以,俊之,你要我,你可以有我,"她仰着脸,含着泪,清晰地低语,"我不再介意了,俊之,不再矜持了,要我吧!我是你的。"

他捧着她的脸,闭上眼睛,他深深地战栗了。睁开眼睛来,他用手抹去她面颊上的泪痕。

"这样要你,对你太不公平。"他说,"我宁可毁掉我的家庭,不能损伤你的自尊。"他把她紧拥在胸前,用手抚摸她的头发。他的呼吸,沉重地鼓动着他的胸腔,他的心脏,在剧烈地敲击着:"我要你,"他一个字一个字地说,"做我的妻子,不是我的情妇!"

"我说过了,"她也一个字一个字地说,"你不许离婚!"

他托起她的下巴,他们彼此瞪视着,愕然地、惊惧地、彷徨地、苦恼地对视着,然后,他一把拥紧了她,大声地喊:"雨秋!雨秋!请你自私一点吧!稍微自私一点吧!雨秋!雨秋!世界上并没有人会因为你这么做而赞美你,你仍然是会受到指责的,你难道不知道吗?"

"我知道。"她说,"谁在乎?"

"我在乎。"他说。

她不说话了,紧依在他怀里,她一句话也不说了,只是倾听着他心跳的声音。一任那从视窗涌进来的暮色,把他们软软地环抱住。

雨秋的画展,是在九月间举行的。

那是一次相当引人注目的画展,参观的人络绎不绝,画卖得也出乎意料地好,几乎百分之六十的画,都卖出去了,对一个新崛起的画家来讲,这成绩已经很惊人了。在画展期间,晓妍和子健差不多天天都在那儿帮忙,晓妍每晚要跑回来对雨秋报告,今天卖了几张画,大家的批评怎样怎样,有什么名人来看过等。如果有人说画好,晓妍回来就满面春风,如果有人说画不好,晓妍回来就掀眉瞪眼。她看来,比雨秋本人还热心得多。

雨秋自己,只在画展的头两天去过,她穿了件曳地的黑色长裙,从胸口到下摆,是一枝黄色的长茎的花朵,宽宽的袖口上,也绣着小黄花,她本来就纤细修长,这样一穿,更显得"人比黄花瘦"。她穿梭在来宾之间,轻盈浅步,摇曳生姿。俊之不能不一直注视着她,她本身就是一幅画!一幅充满诗情画意的画。

画展的第二天,有个姓李的华侨,来自夏威夷,参观完了画展,他就到处找雨秋,雨秋和他倾谈了片刻,那华侨一脸的崇敬与仰慕,然后,他一口气订走了五幅画。俊之走到雨秋身边,不经心似的问:"他要干吗?一口气买你五幅画?也想为你开画展吗?"

"你倒猜对了,"雨秋笑笑,"他问我愿不愿意去夏威夷,他说那儿才是真正画画的好地方。另外,他请我明天吃晚饭。"

"你去吗?"

"去哪儿?"雨秋问,"夏威夷还是吃晚饭?"

"两者都在内。"

"我回答他，两者都考虑。"

"那么，"俊之盯着她，"明晚我请你吃晚饭！"

她注视他，然后，她大笑了起来。

"你想到什么地方去了？你以为他在追求我？"

"不是吗？"他反问，"他叫什么名字？"

"李凡，平凡的凡。名字取得不坏，是不是？"

"很多人都有不坏的名字。"

"他在夏威夷有好几家旅馆，买画是为了旅馆，他说，随时欢迎我去住，他可以免费招待。"

"还可以帮你出飞机票！"俊之没好气地接话。

"哈哈！"她爽朗地笑，"你在吃醋。"

"反正，"他说，"你不许去什么夏威夷，也不许去吃什么晚饭，明天起，你的画展有我帮你照顾，你最好待在家里，不要再来了，否则，人家不是在看画，而是在看人！"

"哦，"她盯着他，"你相当专制呵！"

"不是专制，"他低语，"是请求。"

"我本来也不想再来了，见人，应酬，说话，都是讨厌的事，我觉得我像个被人摆布的小玩偶。"

于是，她真的就再也不去云涛了，一直到画展结束，她都没在云涛露过面。十月初，画展才算结束，但是，她剩余的画仍然在云涛挂着。这次画展，引起了无数的评论，有好的，有坏的，正像雨秋自己所预料"毁誉参半"，但是，她却真的成名了。

"名",往往是件很可怕的东西,雨秋发现自己再也不能像以往那样潇潇洒洒地满街乱逛了,再也不能跑到餐馆里去大吃大喝了,到处都有人认出她来,而在她身后指指点点。尤其,是她和俊之在一起的时候。

这天,他们又去吃牛排,去那儿的客人都是相当有钱有地位有来头的人物。那晚的雨秋特别漂亮,她刻意地打扮了自己,穿了一件浅紫色的缎子的长袖衬衫,一条纯白色的喇叭裤,耳朵上坠着两个白色的圈圈耳环。淡施脂粉,轻描眉毛,由于是紫色的衣服,她用了紫色的眼影,显得眼睛迷漫如梦。坐在那儿,她潇洒脱俗,她引人注目,她与众不同,她高雅华贵。俊之点了菜,他们先饮了一点儿红酒。

气氛是迷人的,酒味是香醇的,两人默默相视,柔情万种,连言语似乎都是多余的。就在这时候,隔桌有个客人忽然说了句:"瞧,那个女人就是最近大出风头的女画家!名叫秦雨秋的!"

"是吗?"一个女客在问,"她旁边的男人是谁?"

"当然是云涛的老板了!"一个尖锐的女音,"否则,她怎么可能这样快就出名了呢?你难道不知道,云涛画廊已经快成为她私人的了!"

俊之变了色,他转过头去,恶狠狠地瞪着那桌人,偏偏那个尖嗓子又酸溜溜地再加了两句:"现在这个时代呀,女人为了出名,真是什么事都肯干,奇装异服啦,打扮得花枝招展啦!画家,画家跟歌女明星又有什么不同?都要靠男人捧才能出名的!你们知不知道,例如×××……"她的声音压低了。

俊之气得脸发青,把餐巾扔在桌上,他说:"我没胃口了,雨秋,我们走!""坐好!"雨秋安安静静地说,端着酒杯,那酒杯的边缘碰触着她的嘴唇,她的手是稳定的,"我的胃口好得很,我来吃牛排,我还没吃到,所以不准备走!"她喝着酒,他发现她大大地饮了一口:"你必须陪我吃完这餐饭!"她笑了,笑得开心,笑得洒脱。她一面笑,一面喃喃地念着:"闻道人须骂,人皆骂别人,有人终须骂,不骂不成人,骂自由他骂,人还是我人,请看骂人者,人亦骂其人!"她笑着,又喝了一大口酒。

俊之用手支着头,望着她那副笑容可掬的脸庞,只觉得心里猛地一阵抽痛,一时间,竟不知该如何是好。

那晚,回到雨秋的家,俊之立刻拥住了她。

"听我!"他说,"我们不能这样子下去!"

雨秋瞅着他,面颊红艳艳的,她喝了太多的酒,她又笑了起来,在他怀中,她一直笑,一直笑,笑不可抑。

"为什么不能这样子下去?"她笑着说,"我过得很快乐,真的很快乐!"她又笑。

"雨秋!"他注视着她,"你醉了。"

"你知道李白说过什么话吗?"她笑仰着脸问,然后,她挣开了他,在客厅中旋转了一下身子,他那缎子衣袖又宽又大,在空中划出一条优美的线条,她喜欢穿大袖口的衣服。

"五花马,千金裘,呼儿将出换美酒,与尔同销万古愁!"她又转了一下,停在俊之面前,"怎样?忧愁的俊之,你那么烦恼，我们不如再开一瓶酒，与尔同销万古愁！好不好？"

他把她一把抱了起来。

"你已经醉了，回房睡觉去，你根本一点酒量也没有，你去睡一睡。"

她横躺在他怀抱里，很听话，很乖，一点也不挣扎，只是笑。她用手勾着他的脖子，长发摩擦着他的脸，她的唇凑着他的耳朵，她悄悄地低语："我要告诉你一个秘密。"

"是什么？"他问。

她更紧地凑着他的耳朵，好轻好轻地说："我爱你。"

他心为之颤，神为之摧。再看她，她已经躺在他怀里睡着了，那红扑扑的面颊，红润润的嘴唇，像个小婴儿。他把她抱进卧房，不舍得把她放下来，俯下头，他吻着她的嘴唇，她仍然知道反应。终于，他把她放在床上，为她脱去了鞋子，拉开棉被，他轻轻地盖住了她。她的手绕了过来，绕住了他的脖子，她睡梦蒙眬地说："俊之，请不要走！"

他震动了一下，坐在床沿上，他哑声说："你放心，我不走，我就坐在这儿陪你。"

她的手臂软软地垂了下来，她的头发散在枕头上，她呓语般地低声说了句："俊之，我并不坚强。"

他愣了愣，心里一阵绞痛。

她翻了个身，把面颊紧埋在枕头里，他弯腰摘下了她的耳环。她又在喃喃地呓语了，他把她的长发从面颊上掠开，听到她正悄声地说着："妈妈说的，不是我的东西，我就不可以拿。我……不拿不属于我的东西，妈妈说的。"

她不再说话,不再呓语,她沉入沉沉的睡乡里去了。

他却坐在那儿,燃起一支烟。他很少抽烟,只在最苦闷的时间里,才偶尔抽一支。他抽着烟,坐着,在烟雾下望着她那张熟睡的脸庞,他陷入深深的沉思里。

同一时间,贺家却已经翻了天。

不知是哪个作家说过的,如果丈夫有了外遇,最后一个知道的一定是妻子。婉琳却并不是最后一个知道的,打雨秋开画展起,她已经听到了不少风风雨雨。但是,她在根本上就拒绝相信这件事。二十几年的夫妻,俊之从来没有背叛过她。他的规矩几乎已经出了名了,连舞厅酒家,他都不肯涉足,这样的丈夫,怎会有外遇呢?他不过是业务上的关系,和一个女画家来往的次数频繁了一点而已。她不愿去追究这件事,尤其,自从发生了雨柔出走的事件之后,俊之对她的态度就相当恶劣,他暴躁不安而易发脾气,她竟变得有些儿怕他了。她如果再捕风捉影,来和俊之吵闹的话,她可以想象那后果。因此,她沉默着。但,在沉默的背后,她却也充满了畏怯与怀疑。不管怎样相信丈夫的女人,听到这一类的传言,心里总不会很好受的。

这天午后,杜峰的太太打了个电话给她,她们都是二十几年的老朋友了,杜太太最恨杜峰的"逢场作戏",曾经有大闹酒家的记录。每次,她和杜峰一吵架,就搬出俊之来,人家贺俊之从不去酒家!人家贺俊之从不包舞女!人家贺俊之对太太最忠实!现在,杜太太一得到消息,不知怎的,心里反而有份快感,多年以来,她羡慕婉琳、嫉妒婉琳,谁知婉琳也有今天！女人，是多么狭窄、多么自私，又多么复杂的动物！

"婉琳，"她在电话里像开机关枪般地诉说着，"事情是千真万确的了，他们出双入对，根本连人都不避。秦雨秋那女人我熟悉得很，她是以浪漫出了名的，我不但认得她，还认得秦雨秋的姐姐秦雨晨，秦雨晨倒是个规规矩矩的女人，可是雨秋呵，十六七岁开始就乱交朋友，闹家庭革命，结婚、离婚、恋爱，哎哟，就别提有多少风流韵事。我们活几辈子的故事，只够她闹几年的。现在她是抓住俊之了，以她那种个性，她才不会放手呢！据他们告诉我，俊之为她已经发疯了，婉琳，你怎么还蒙在鼓里呢？"

婉琳握着听筒，虽然已经是冬天了，她手心里仍然冒着汗，半天，她才嗫嗫嚅嚅地说："会……会不会只是传言呢？"

"传言！"杜太太尖叫，"你不认得雨秋，你根本不知道，你别糊涂了，婉琳！说起来，这件事还是杜峰不好，你知道，雨秋是杜峰介绍到云涛去的。凭雨秋那几笔三脚猫似的画，怎么可能出名呢？俊之又帮她开酒会，又帮她开画展，又为她招待记者，硬把她捧出名来……"

"或者……或者……或者俊之是为了生意经。"婉琳结结巴巴的，依然不愿接受这件事。

"哦，婉琳，你别幼稚了，俊之为别的画家这样努力过吗？你想想看！"

真的，婉琳头发昏了，这是绝无仅有的事！

"怎……怎么会呢？那个秦——秦雨秋很漂亮吗？"

173

"漂亮？"杜太太叫着，"天知道！不过普普通通而已。但是她会打扮，什么红的、黄的、紫的……她都敢穿！什么牛仔裤啦、喇叭裤啦、紧身衫啦、热裤啦，她也都敢穿，这种女人不用漂亮，她天生就会吸引男人！她姐姐一谈起她来就恨得牙痒痒的，你知道，雨晨的一个女儿就毁在雨秋手里，那孩子才真漂亮呢！我是眼看着晓妍长大的……"

"你……你说什么？"婉琳更加昏乱了，"晓妍？是……是不是戴晓妍？"戴晓妍，子健的女朋友，也带到家里来过两次，坐不到十分钟，子健就把她匆匆带走，那女孩有对圆圆的大眼睛，神气活现，像个小机灵豆儿。她也曾要接近那孩子，子健就提高声音喊："妈，别盘问人家的祖宗八代！"

她还敢管孩子们的事吗？管一管雨柔，就差点管出人命来了，结果，还不是她投降？弄得女儿至今不高兴，江苇是怎么也不上门，俊之把她骂得体无完肤，说她幼稚无知。她还敢管子健的女友吗？问也不敢问。但是，怎么……怎么这孩子会和秦雨秋有关呢！

"是呀！就是戴晓妍！"杜太太叫着，"你怎么知道她姓戴？反正，晓妍就毁在雨秋手里了！"

"怎么呢？"她软弱地问，手心里的汗更多了。

"晓妍本来也是个好孩子，她们戴家的家教严得很，可是，晓妍崇拜雨秋，什么都跟雨秋学，雨秋又鼓励她，你猜怎么着？"她压低了声音，"晓妍十六岁就出了事，怀过一个孩子，你信吗？才十六岁！戴家一气，连女儿也不要了，雨秋就干脆把晓妍接走了，至于那个孩子，到底是怎样了，我们就弄不清楚了。就凭这一件事，你就知道雨秋的道德观念和品行了！"

婉琳的脑子里轰然一响，像有万马奔腾，杜太太叽里咕噜地还说了些什么，她就全听不清楚了。当电话挂断之后，她呆呆地在沙发里坐了下来，眼睛发直，脸色惨白，她动也不动地坐着。事情一下子来得太多，太突然，实在不是她单纯的脑筋所能接纳的。俊之和秦雨秋，子健和戴晓妍。她昏了，她是真的昏了。

她没有吃晚饭，事实上，全家也没有一个人回家吃晚饭，雨柔没回来，子健没回来，俊之也没回来。一个人吃饭是什么味道？她没有吃，只是呆呆地坐着，像一座雕刻的石像。

七点多钟，雨柔回来了。看到母亲的脸色不对，她有些担忧地问："妈！你怎么了？生病了吗？"

婉琳抬头看了雨柔一眼，你真关心吗？你已经有了江苇，又有你父亲和哥哥帮你撑腰，我早就成了你的眼中钉，我是每一个人的眼中钉！她吸了口气，漠然地说："我没什么。"

雨柔甩甩头，有些不解。但是，她心灵里充满了太多的东西，她没有时间来顾及母亲了。她上楼去了。

婉琳仍然呆坐着。好了，雨柔有了个修车工人做男朋友，子健有了个堕落的女孩做女朋友。俊之，俊之已经变了心，这世界，这世界还存在吗？婉琳！杜太太的声音在她身边响起，拿出一点魄力来，你不要太软弱，不要尽受人欺侮！你是贺家的女主人呀！

贺家的女主人！是吗？是的，她是贺俊之的太太，她是雨柔和子健的母亲！二十几年含辛茹苦，带孩子，养孩子，持家，做贤妻良母，她到底什么地方错了？她在这家庭里为什么没有一点儿地位？得不到一点儿尊敬？

一声门响，她抬起头来，子健像一阵旋风般冲了进来。一进门就直着脖子大喊大叫："雨柔！雨柔！"

雨柔跑了出来。

"干什么，哥哥？"她问。

"晓妍在外面，"子健笑着说，"她一定要我拉你一起去打保龄球，她说要和你比赛！"

"我怎么打得过她？"雨柔也笑着，"我的球只会进沟，你和她去不好吗？""她喜欢你！"子健说，"这样，你陪她先打，我去把江苇也找来，四个人一起玩……"他一回头，才发现了母亲，他歉然地笑笑，"妈，对不起，我们还要出去，晓妍在外面等我们！妈？"他皱起眉头："你怎么了？"

"子健，"婉琳的手暗中握紧了拳，声音却是平平板板的，"请你的女朋友进来几分钟好不好？"

"好呀！"子健愕然地说，回头对门外大叫了一声，"晓妍，你先进来一下！"

晓妍很快地跑进来了，黑色的紧身毛衣，裹着一个成熟而诱人的胴体，一条短短的、翠绿色的迷你裙，露出了修长、停匀而动人的腿。短发下，那张年轻的脸孔焕发着青春和野性的气息。那水汪汪的眼睛、那大胆的服装、那放荡的模样、那不害羞的淫笑……

"贺伯母！"晓妍点了点头，心无城府地笑着，"我来约雨柔去玩……"

婉琳站起身来，走到晓妍的面前，她目不转睛地盯着她的脸，就是这个女孩！她和她的姨妈！怒火在她内心里疯狂般地燃烧，她的手握得更紧了，她的声音里已带着微微的颤抖："你叫戴晓妍？"她咬牙问。

"是呀！"晓妍惊愕地说，莫名其妙地看了子健一眼，子健蹙着眉，耸耸肩，同样的困惑。

"你的姨妈就是秦雨秋？"婉琳继续问。

"是呀！"晓妍扬着眉毛，天真地回答。

"那么，"婉琳提高了声音，"你就是那个十六岁就怀孕的小太妹？你姨妈就是去抢别人丈夫的贱女人？你们这两个下贱的东西，你们想拆掉我们贺家是不是？老的、小的，你们这两个卑鄙下流的烂污货！你们想把我们家一网打尽吗？你……你还不给我滚出去！你……"

晓妍吓呆了，倏然间，她那红润的面颊上一点血色也没有了。她张着嘴，无法说话，只是拼命摇头，拼命向后退。婉琳却对她节节紧逼。

"妈！"子健狂喊了一声，扑过去，他拦在母亲和晓妍的中间，用手护着晓妍，他大声地对母亲叫，"你要干什么？妈！你怎能这样说话？你怎能……"

"你让开！"婉琳发疯般地喊，"我要打她！我要教训她！看她还敢不敢随便勾引男孩子！"她用力地推子健，眼泪流了一脸，"你让开！你让开！你让开……"

"妈！"雨柔叫，也冲过来，用手臂一把抱住母亲，"你冷静一点，妈！你冷静一点！妈妈！妈……"

"我要揍她！我要揍她！我要揍她！"婉琳挣扎着，疯狂地大吼大叫，积压已久的怒火和痛苦像决堤的河水般泛滥开来，她跺脚，扑打，又哭又叫。

晓妍睁大了眼睛，她只看到婉琳那张泼妇似的脸，耳朵里像回声般回荡着无数的声音：下贱，卑鄙，勾引男孩子，不要脸……要揍她！要揍她！要揍她……她的神志开始涣散，思想开始零乱，那些久远以前的记忆又来了，鞭打，痛殴，捶楚……浑身都痛，到处都痛……终于，她像受伤的野兽般狂叫了一声，转过身子，她冲出了贺家的大门。

"快！"雨柔喊，双手死命抱住母亲，"哥哥！快去追晓妍！快去！"她闭上眼睛，泪水滑了下来，历史，怎能重演呢？

子健转过身子，飞快地冲了出去，他在大门口就追到了晓妍，他一把抱住她，晓妍拼命踢着脚，拼命挣扎，一面昏乱地、哭泣地、尖声地喊着："姨妈！我要姨妈！我要姨妈！"

"我带你去找姨妈！"子健说，抱紧了她，"晓妍，没有人会伤害你，"他眼里充满了泪水，哽塞地说，"我带你去找姨妈！"

第八章

子健带着晓妍回到家里的时候,雨秋正沉睡着,俊之还坐在她身边,默默地抽着烟,默默地望着她。那疯狂的门铃声把俊之和雨秋都惊动了,雨秋在床上翻身,迷蒙地张开眼睛来,俊之慌忙说:"你睡你的,我去开门!"

大门一打开,子健拉着晓妍,半搂半抱地和她一块儿冲进了房子,晓妍泪流满面,在那儿不能控制地号啕痛哭,子健的脸色像一张白纸,看到俊之,他立刻说:"爸,姨妈呢?"

俊之呆了,他愕然地问:"怎么了?发生了什么事?"

"先别管什么事,"子健焦灼地喊:"姨妈呢?"

雨秋出来了,扶着墙,她酒意未消,睡意蒙眬,她微蹙着眉,柔声问:"什么事?"

一看到雨秋,晓妍就哇的一声,更加泣不可抑了。她扑奔过去,用双手紧抱住雨秋,身子溜到地板上,坐在地上,她抱着雨秋的腿,把脸紧埋在她那白色的喇叭裤里。她哭喊着:"姨妈,我不能活了!我再也不能活了!"

雨秋的酒意完全醒了,摇了摇头,她硬摇掉了自己那份迷蒙的睡意。她用手揽着晓妍的头,抬起眼睛来,她严厉地看着子健:"子健,你们吵架了吗?"她问,"你把她怎么样了?你对她说了些什么?"

"不是我!不是我!"子健焦灼地说,"是妈妈!"他转头对着父亲:"爸,你最好回去,妈妈发疯了!不知道是哪一个混账王八蛋在妈妈面前多了嘴,妈妈什么都知道了!连晓妍的底细都知道了!偏偏那么不凑巧,我会把晓妍带回家去,妈妈像发狂了一样,她说……她说……"他瞪视着雨秋和晓妍,无法把母亲那些肮脏的句子说出口,他咬紧牙,只是苦恼地摇头。

雨秋的酒意是真的全消了,睡意也消了,她抬起眼睛,默默地望了俊之一眼,就弯下身子,把晓妍从地上拉起来,她轻柔如梦地说:"晓妍,起来。"

晓妍顺从地站起身来,雨秋拉着她,坐到沙发上,晓妍仍然把头埋在她怀中,现在,她不号啕大哭了,只是轻声地呜咽,一面低低地细语着:"姨妈,你骗了我,你说我还是好女孩,我不是的!姨妈,我不是的!你骗了我,你骗了我!"

雨秋把晓妍的头紧揽在胸前,她一句话也不说,只是温柔地抚摸着晓妍的短发。然后,大颗大颗的泪珠,涌出了她的眼眶,滑过她的面颊,滚落在晓妍的头发上了。这,似乎惊吓了晓妍,她从雨秋怀里仰起脸来,大睁着那对湿润的眸子,她恐慌地说:"姨妈,你哭了?"她顿时一把抱住雨秋的头，喊着说，"姨妈！你不要哭！姨妈！你不要哭！姨妈！你不能哭！你那么坚强，你那么好，你那么乐观，你不能哭！姨妈！姨妈！我不要你哭，我不要把你弄哭！"

"晓妍，"雨秋低语，"我在想，我是不是真的骗了你？或者，我们两个都太坏了！或者，我们不适合这个时代。晓妍，连我都动摇了，什么是'是'，什么是'非'，我不知道。晓妍，跟我走吧！我们可以走得远远的，走到一个我们可以立足的地方去！"

"雨秋！"俊之往前跨了一步，他的神情萧索，眼睛却坚定而狂野，"你们什么地方都不许去！所有痛苦的根源只有一个，我们却让那根源发芽生长蔓延，像霉菌般去吞噬掉欣欣向荣的植物，为什么？雨秋，你们不要伤心，这世界并非不能容人的，我要去彻底解决这一切！"他掉头就往外走，"我要去剡除那祸害之根，不管你同意或不同意！"

"俊之！"雨秋喊，"请你三思而后行！"

"我已经五思、六思、七思、八思、九思、十思了！"俊之哑声说，"雨秋，你不要再管我！我是一个大男人，我有权处理我自己的事情，无论我做什么，反正你无权干涉！"

"真的吗？"雨秋静静地问。

俊之站定了，和雨秋相对凝视，然后，俊之毅然地一甩头，向外就走。子健往前跨了一大步，急急地说："爸爸，你要去干什么？"

俊之深沉地看着子健："你最好也有心理准备，"他说，"我回去和你母亲谈判离婚！在她把我们全体毁灭之前，我必须先和她分手!子健,你了解也罢,你不了解也罢,我无法再和你母亲共同生活在一个屋顶底下!"他转身就走。

"爸爸!不要!"子健急促地喊,追到门口。

"子健,"俊之回过头来,"你爱晓妍吗?"

"我当然爱!"子健涨红了脸。

"那么,留在这儿照顾你的女朋友,设法留住她,保有她,"他低语,"幸福是长着翅膀的鸟,你抓不牢它,它就飞了。"转过身子,他走出门去了。

子健失措地看着父亲离去,他折回到客厅来。晓妍已不再哭泣了,她只是静悄悄地靠在雨秋怀里,雨秋也只是静悄悄地搂着她。子健望着她们两个,心慌而意乱。一时间,他不知道自己脑子里在想些什么,父亲和母亲要离婚,雨秋和晓妍,幸福是长着翅膀的鸟……他头昏了,只觉得心头在隐隐地刺痛,说不出缘由的刺痛。"子健,"忽然间,晓妍开了口,"你回去吧!"

他站定在晓妍的面前。

"我不回去!"他说。

"子健,"晓妍的声音好平静,"我想过了,我是配不上你的,我早就说过这话。我以前确实犯过错,人是不能犯错的,一旦犯了,就是终身的污点,我洗不掉这污点,我也不要玷污你,所以,你回去吧!"

"晓妍,"子健的脸色青一阵,白一阵,"你说这话,是要咒我不得好死!""我告诉你事实,何曾咒过你?"晓妍说。

"我早发过誓,"子健说,"如果我心里有一丝一毫地轻视你，我就不得好死！"

雨秋轻轻地推开晓妍，她站起身来。

"晓妍、子健，"她说，"你们最好谈谈清楚，你们要面临的，是你们终身的问题，谁也无法帮你们的忙。晓妍，"她深深地望着外甥女儿，"有句话我要告诉你，最近，我发现你越长越大了，你已经满二十岁，是个成人了，不再是孩子。姨妈不会跟你一辈子，以后，你再受了委屈，不能总是哭着找姨妈，姨妈疼你，却不能代你成熟，代你长大。晓妍，面对属于你的问题吧！你面对你的，我面对我的，我们都有问题，不是吗？解决这些问题的钥匙，应该在我们自己手里，是不是？"说完，她再凝视了那两个孩子一眼，就转身走进卧房，关上了房门。

晓妍目送姨妈的身影消失，她忽然若有所悟，是的，她必须面对自己的问题，再也不能哭着找姨妈，是的，她大了，不是孩子了，再也不是孩子了。她默默地低下头去，默默地深思起来。

"晓妍。"子健喊了一声，坐在她身边，悄悄地握住了她的手。觉得她的表情好怪、好深沉、好落寞，他担忧起来，他不知道她在想些什么。再也没有心思去想父亲和母亲的问题，再也没有心思想别的。这一刻，他只关心晓妍的思想："你在想什么？"

晓妍抬起眼睛来，看着他，深沉地。然后，她说："冰箱里有冰水，给我倒一杯好不好？"

"这么冷天，要喝冰水？"他用手摸摸她的额，没发烧，他松口气。走去倒了杯冰水来,她慢慢地啜着,眼光迷迷糊糊的,他又焦灼起来。"晓妍,"他喊,"你怎么了?你到底在想些什么?"

"我在想,"她静静地说,"我要离开你,子健。"

子健惊跳,他抓住她的手,她刚拿过冰水,手是冰凉的,他用双手紧紧地把她那凉凉的小手阖在自己的手中。

"我做错了什么?"他哑声问。

"你什么都没做错,"晓妍说,"就因为你什么都没做错,所以我要离开你。"她抬起眼睛来,凝视着他:"你瞧,子健,每个人的'现在',都是由'过去'一点一滴堆积起来的,是不是?"

"怎样呢?"子健闷声问。

"你的过去,堆积成一个优秀的你。我的过去,堆积成一个失败的我。不,用'失败'两个字并不妥当,"她瞪起眼睛,深思着,"用'失落'两个字可能更好。自从发生过那件事以后,我就一直在找寻我自己,我是一个不太能面对现实的人,好一阵,我只是嘻嘻哈哈,打打闹闹的,我要忘记那件事,我要把它从我生命里抹掉。认识你以后,我以为,我已经把那件事从我生命里抹掉了。但是,今晚,我知道了,它是永不可能从我生命里抹掉的!"

"晓妍!"他急切地说,"你能的,你已经抹掉了,晓妍!请你不要这样说!晓妍,我告诉你……"

"子健,"她打断了他,"坦白告诉我,难道那件事情在你心里从没有投下一点阴影吗?"

他凝视她。

"我……"

"说真实的!"她立即喊。

"是的,"他垂下头,"有阴影。晓妍,我不想骗你说,我完全不在乎。可是,我对你的爱,和那一点阴影不能成比例,你知道,晓妍,在强烈的阳光的照射下,没有阴影能够存在的。"他抬起头,热烈地望着她:"我知道你的心理,我母亲的几句话使你受不了!你发现你终身要面对这问题。可是,晓妍,你知道我母亲,她对江苇说过更难听的话,江苇也原谅她了,请你也原谅她吧!"

"我可以原谅她,"晓妍摇头,"但是不能原谅我自己。子健,你走吧!去找一个比我好的女孩子!"

"世界上没有比你更好的女孩子!"子健大叫,"我不在乎,你为什么一定要在乎?"

"姨妈常说,人类的悲哀,就在于不能离群而独居!即使你真不在乎,你身边的人会在乎。男女相悦,恋爱的时候比什么都甜,所有的阴影都可以忘掉。一旦有一天吵了架,那阴影就回来了,有一天,你会用你母亲相同的话来骂我……"

"如果有那一天,让我被十辆汽车,从十个方向撞过来,撞得粉粉碎碎!"他赌咒发誓,咬牙切齿地说,他的脸涨得通红。

"何苦发这种毒誓?"晓妍眼里漾起了泪光,"世界上纯洁善良的好女孩那么多,你为什么一定要找上我?"

"你认为你不纯洁不善良吗,只因为那件事?"

"是的，我不纯洁，不善良！"她喊着，"让我告诉你吧，大家都以为十六岁的我，什么都不懂，连姨妈也这样以为！事实上，我懂！我知道我在做什么！那天我和妈妈吵了架，她骂我是坏女孩，我负气出走，我安心想做一点坏事，我是安心的……"她哭了起来，"我从没告诉过别人，我是安心的！安心要做一件最坏最坏的事，只为了和妈妈负气……我是这样一个任性的、坏的、不可救药的女孩子，事后，我一直骗自己，说我不懂，不懂，不懂……"她把头埋进手心里，放声痛哭，"你怎能要一个像我这样的人？你走吧！走吧！走吧！"

他一把抱住了她的头。

"好了，晓妍。"他喑哑地说，"你终于说出来了。你认为你很坏，是不是？"

"是的！"

"你是很坏。"他在她耳边说，"一个为了和妈妈负气，而做出这样的事情来的女孩子，实在很坏。现在，我们先不讨论你的好坏问题，你只告诉我，你爱我吗？"

"我……我……"

"说真话！"这次，轮到他叫。

她抬起泪眼模糊的眼睛来。

"你明知道的。"她凄楚地说。

"我不知道，"他摇头，"你要告诉我！"

"是的，我爱你！是的！是的！是的！"她喊着，泣不成声，"从在云涛第一次看到你的时候起！"

他迅速地吻住了她,把她紧拥在怀里。

"谢谢你!"他说,"晓妍,谢谢你告诉我!不管你有多坏,我可以承认你坏,但是,我爱你这个坏女孩!我爱!"他把她的手压在自己的胸膛上:"你已经都告诉了我,现在你不该有任何负担了。"

"可是,"她摇头,"我还是要离开你!我不能让别人说,你在和一个坏女孩交往,子健,我已经决定离开你!你懂吗?"

他推开她,看到她遍布泪痕的小脸上,是一片坚决而果断的神情,他忽然知道,她是认真的!他的心狂跳,脸色变得比纸还白了。

"你决定了?"他问。

"决定了!"

"没有转圜的余地?"他瞪着她。

"没有。"她的脸色和他一样苍白。

"为什么?你最好说说清楚!"

"我已经说了那么多,因为我是个坏女孩。从小,我背叛我父母,他们不了解我,我就恨他们,姨妈成了我的挡箭牌,我现在想清楚了。我要——回家去!"

"回到什么地方去?"

"回我父母身边去,"她望着窗子,眼光迷漫如梦,"我要去对他们说一句——我错了。一句——"她的声音低得像耳语,"我早就该说,该承认的话!奇怪。"

她侧着头:"我现在才承认,我错了。父母管我严厉,是因为他们爱我,姨妈放任我,也是爱我!父母不了解我,不完全是他们的错，我从没有为他们打开我的门，而我为姨妈打开了我的门。他们走不进我的世界，然后，我说，我们之间有代沟！"她望着子健，"我要去跳那条代沟，你，该去跳你的代沟！"

"我的代沟？"

"当你母亲指着我骂的时候，她唯一想到的事：只是该保护她纯洁善良的儿子，不是吗？"

子健深深地望着晓妍，深深深深地。

"晓妍，"他说，眼睛里闪着奇异的光，"你变了，你长大了。"

"人，都会从孩子变成大人的，是不是？"

"你有把握跳得过那条沟？"他问。

"没有。你呢？"

"更没有。"

"那么，或者，我们可以想办法搭搭桥。姨妈常说，事在人为，只怕不做！""晓妍，"他握紧她的手，"听你这番话，我更加更加更加爱你，我不会放过你！不管你到哪里去，我会追踪你到天涯海角！你跳沟，我陪你跳沟！你跳海，我也陪你跳海！今生今世，你休想抛掉我！你休想！"

她瞅着他。

"到底我有什么地方，值得你这样爱我？"她问。

"你吗？"他也瞅着她，"我以前，只是爱你的活泼、率直、调皮、任性，和你的美丽。今晚，我却更增加了些东西，我爱你的思想、你的坦白、你的——坏。"

"坏?"

"是的,我既然爱了你,必须包括你的坏在内。你坚持你是坏女孩,我就爱你这个坏女孩!我要定了你!"

她摇头。

"我并没有答应跟你,我还是要离开你。"

"还是吗?"他吻她。

"还是。"她低叹了一声。

他凝视她。

"晓妍,"他沉下脸来,"你逼得我只能向你招供一件事,一件没有人知道的秘密。"

"什么事?"

"我——并不像你想象的那样纯洁,十八岁那年,我太好奇,于是,我跟同学去了一个地方。"他盯着她,低声地。

"你知道那种地方,是吗?"他顿了顿,又说,"现在,我们是不是扯平了?"

她瞪大眼睛,望了他好久好久。然后,她忽然大笑了起来,一面笑,一面把他揽进了怀里,她吻他,又吻他,笑了又笑,说:"哦!子健!我真的无法不爱你!我投降了。子健,你这样爱我这个坏女孩,你就爱吧!从此,你上天,我也上天,你下地,我也下地。跳沟也罢,跳海也罢,跳河也罢,一起跳!我再也不挣扎了!我再也不逃避了!就是你母亲指着我鼻子骂我是妓女,我也不介意了,我爱你爱你爱你爱你,子健,我跟定了你了。"

"哦!"子健吐出一口长气来,他发疯般地吻她,吻她的唇、她翘翘的小鼻子、她的面颊、她的额、她的眼睛,然后他发现她满脸的泪。"别哭,晓妍,"他说,"以后你要笑,不要再流泪。晓妍!晓妍?"她哭得更厉害:"你又怎么了?"他问。

"我爱你!"她喊,"我哭,因为我现在才知道你有多爱我!哦,子健,"她抱着他的头,又笑了起来,她就这样又哭又笑地说,"你实在并不擅长于撒谎,你知道吗?"

他瞪着她。

"你撒了一个很荒谬的谎,你以为我会相信?"她带泪又带笑地凝视着他,"你是那种男孩,你一辈子也不会去什么坏地方。但是,子健,你撒了一个好可爱的谎!"她深深地注视他,不再哭了。她的脸逐渐变得好严肃好郑重好深沉,她的眼睛里闪烁着热烈的、梦似的光彩。她的声音轻柔而优美。

"我们要共同度过一段很长很长的人生,不是吗?"

他不语,只是紧紧地揽住了她。

俊之回到了家里。

客厅里静悄悄的,俊之以为客厅里没有人,再一看,才发现婉琳缩在长沙发的角落里,正在不停地抹眼泪。雨柔呆呆地坐在婉琳身边,只是瞪着眼睛发愣。客厅里有种特殊的气氛,是暴风雨之后的宁静,俊之几乎还可以嗅出暴风的气息。他进门的声音惊动了母女两个,雨柔跳起身来,有了份紧张后的松弛。

"好了,爸,"她舒出一口长气,"你总算回来了!妈妈心情不好,爸,"她对父亲暗中眨了一下眼,"你最好安慰安慰妈妈。"

　　安慰？俊之心中涌上一阵苦涩而嘲弄的情绪，真正需要安慰的是谁？婉琳？雨秋？晓妍？子健？还是他自己？他在婉琳对面的沙发上坐下来，掏出香烟，找不着火柴，雨柔拿起桌上客人用的打火机，打着了火，她递到父亲面前，低声地说："爸爸，你别染上烟瘾吧，你最近抽烟很凶呵！以前，你一向不抽烟的。"

　　"以前一向不做的事，现在做得可多了，何止抽烟一件？"俊之冷冷地说，望着婉琳，"婉琳，你有什么话想说吗？"

　　婉琳抬起眼睛来，很快地望望俊之。俊之的眼光深邃而凌厉，她忽然害怕起来、惊悸起来、畏缩起来。这眼光如此陌生，这男人也如此陌生，她把身子往沙发后面蜷了蜷，像个被碰触了的蜗牛，急于想躲进自己那脆弱的壳里去。张开嘴，她嗫嗫嚅嚅地说："没……没……没什么，是……是……是子健……"

　　"子健！"俊之喷出一口浓浓的烟雾，"很好，我们就从子健谈起！"

　　他的声音里有种无形的力量，有种让人紧张的东西，有种足以令人惊吓、恐惧的味道。那正准备悄然退开的雨柔站住了，然后，她在屋角一个矮凳上静静地坐了下来。

　　"很好，"俊之再喷出一口烟雾，"子健交了一个女朋友，不是，是热爱上了一个女孩子——戴晓妍。听说，今晚你对晓妍有很精彩的一幕演出……"

　　"俊之，"婉琳惊愕地喊，"那女孩……"

"我知道，"俊之打断她，"晓妍的过去，不无瑕疵，她曾经有过一段相当惊人的历史。但是，那已经过去了，她犯过错，她用了四年的时间来挣扎向上，来改过向善。你在几分钟之内，就把她努力了四年的成绩，完全砸成粉碎。婉琳，我佩服你！"

婉琳张大眼睛，她更瑟缩了，俊之的声音，那样冷冰冰，却那样咄咄逼人。她瞪着俊之，心里迷迷糊糊的，只隐隐约约地感到，自己那场小风暴，可能要引起一场大风暴！她咬住牙，本来嘛，她早就告诉自己，儿女的事情她根本没权利管，她却要管！现在，会管出什么结果来呢？

"你曾经干涉雨柔的恋爱，因为江苇出身贫贱，现在，你干涉子健的恋爱，因为晓妍曾经堕落过。你甚至不去深入地研究研究江苇和晓妍两个人，在基本上、在做人上、在思想上、在心灵上、在各方面的情形，你立刻先天性地就反对，而且采取最激烈的方式。似乎全世界都是坏人，只有你和你的儿女是好人！全世界的人都来欺侮你，来占你的便宜，你有没有想过别人是有感情有自尊的人，包括你的儿女在内！婉琳！我和你结婚这么多年，我现在才知道，你多虚荣、你多无知、你多幼稚、你多自私！"

婉琳跳了起来，她被触怒了，她被伤害了，瑟缩和恐惧远远地离开了她，她瞪大眼睛，大声地吼叫了起来："你不要这样给我乱加罪名，你看我不顺眼，你就实说吧！自己做了亏心事，你回来先下手为强！我没说话，你倒先来了一大串，你以为我不知道，你现在姘上了一个年轻的野女人，你看我这个老太婆……"

"住口！"俊之大声叫，脸色铁青，"你对每个人的侮辱都已经太多太多，别再伤害雨秋！你如果再说'野女人'三个字，我会对你忍无可忍。无论如何，我们今天还都是文明人，我们最好用最文明的方法，来解决我们之间的问题。"他深抽了一口烟，压低了声音，"婉琳，二十几年的夫妻，我不预备亏待你，我会给你一笔钱，你一辈子都用不完的钱，这房子，你要，也可以拿去，我只要云涛就够了。好在，我们的孩子都大了，都有他们自己的世界，早晚都要各奔前程……"

婉琳的眼睛张得好大好大，里面逐渐涌起一阵恐惧及惊慌的神色，她愕然地、喃喃地说："你……你要干吗？好好的，我……我……我又不要和你分家。"

"不是分家，"俊之清清楚楚地说，"是离婚！"

这像一个炸弹，突然从天而降，掉在婉琳的面前，把她的世界、宇宙、天地，一下子都炸得粉碎。她呆了，昏了，脑子麻木了，张大眼睛和嘴，她像个石塑的雕像，既木讷，又呆板。

"爸爸！"雨柔从她的角落里跳了起来，旋风般卷到父亲的面前，"爸爸，你不能……"

"雨柔，"俊之望着女儿，"你能不能不管父母的事，只做一个安静的旁观者？"

"我不能。"雨柔的眼里涌满了泪水，"因为我不是一个安静的旁观者，我是你和妈妈的女儿，我是这个家庭里的一分子。"

193

"那么,"俊之逼视着她,"你为什么曾经从这个家庭里出走?是谁把你找回来的?又是谁逼你出走的?雨柔,你能从这个家庭里出走,我也可以从这家庭里出走!你是个懂事、明理、懂感情的孩子,用用你的思想!雨柔,感情生活并不是只有你们年轻人才有!你懂吗?你想想看吧!现在,雨柔,不要多嘴,如果你不能做一个安静的旁观者,你就退出这房间,让我和你母亲单独谈谈!"

雨柔被击倒了,俊之的言论,带着那么一股强烈的、压迫的力量,对她辗过来,她无力承担。退了开去,她缩回到自己的小角落里,坐下来,她开始无意识地咬着自己的手指甲。心里像翻江倒海般转着许多念头,父母的离婚,代表的是家庭的破碎。是的,她和子健都大了,有一天,她会嫁为江家妇,再也管不了父母的事。子健会娶晓妍,独立去闯他们的天下。父亲呢?当然和雨秋在一起,结婚也好,同居也好,他们会过得很甜蜜。剩下的是什么?母亲!只有母亲,一个年华已去,青春早逝,懵懂、糊涂而孤独的女人!她,将靠什么活下去?雨柔咬紧指甲,指甲裂开了,好痛。她甩甩手,注视着母亲。

婉琳的神志已经回来了,她终于弄清楚了俊之的企图。离婚!她并没有听错那两个字。结婚二十几年,她跟他苦过,奋斗过,生儿育女,努力持家。然后,他成功了,有钱了,有地位了。包围在他身边的,是一群知名之士,画家,作家,音乐家。他们谈她听不懂的话,研究她无法了解的问题,艺术,文学!她早就被他排挤在他的生活之外。现在,有个年轻的、漂亮的、会打扮的、风流的"女画家"出现了。他就再也不要她了!抹杀掉二十几年的恩情,抹杀掉无数同甘共苦的日子。她就成了虚荣、无知、幼稚、自私的女人!她一仰头,瞪起眼睛,她开始尖叫:"贺俊之!你这个卑鄙下流的无赖汉!记得你追求我的时候吗?记得你对我发誓,说没有我你就活不下去的时候吗?现在,你成功了,有钱了!有人巴结你了,有女画家对你投怀送抱了!离婚!你就要和我离婚了!你的良心被狗吃掉了!你卑鄙!你下流!你混蛋!"她提高嗓音,尖声怪叫,"离婚!你休想!你做梦!秦雨秋那个淫妇、荡妇、婊子、娼妓……"

哦,不不!雨柔在心里狂叫着:妈妈,你要闯祸,你要闯大祸!你真笨,你真糊涂!攻击秦雨秋,只是给你自己自掘坟墓!果然,啪的一声,她看到父亲在狂怒中给了母亲一耳光。他的声音沙哑而苍凉:"婉琳,你比我想象中更加低级、更加无知、更加没教养!我真不知道我当初怎会娶了你!"

"你打我?你打我?"婉琳用手抚着脸,不信任地问,"你居然打我?为了那个臭女人,你居然打我?"

"你再敢讲一个下流字!"俊之警告地扬起了声音,眼睛发红,"我会把你撕成粉碎!"

"哎哟!"婉琳尖叫了一声,"天哪!上帝!耶稣基督!观世音菩萨!我不要活了!不要活了!"她开始放声大哭:"你这个混蛋!你这个瘪三!你这个王八蛋!你要打,你就打,打死好了!"她一头冲向他,"打不死算你没种!贺俊之！我就要讲，我偏要讲，那个野女人，贱货！婊子！妓女……"她喊个没停了。

俊之气得发抖，脸色黄了，眉毛也直了，他瞪着她，喘着气说："我不打你！我打你都怕打脏了手！很好，你再说吧！多说几句，可以让我多认识你一点！现在，我和你离婚，不再会有丝毫心理负担！因为你只是一个地地道道的泼妇，你根本不配做我的妻子！"

说完，他转身就往楼上走，婉琳扑过去，依然不停口地尖叫着："你不是要打我吗？你就打呀！打呀！撕我呀！撕不碎我你就不姓贺！"

"我不和你谈！"俊之恼怒地吼叫，"明天，我会叫律师来跟你谈离婚，我告诉你！"他斩钉截铁地说："愿意离，我们要离，不愿意离，我们也要离！"甩开她，他径自地走了！

"你别走！姓贺的，我们谈个清楚……"婉琳抓着楼梯栏杆，直着脖子尖声大叫，"你别走！你有种就不要走……"

雨柔再也忍不住了，她跑过去，扶住母亲，眼泪流了一脸。她哀求地、婉转地、温柔地叫："妈妈！你不要吼了，坐下来，你冷静一点，求求你，妈妈！你这样乱吼乱叫，只会把事情越弄越糟，妈妈，我求求你！"

婉琳被雨柔这样一喊，心里有点明白了，她停止了吼叫，怔怔地站着，怔怔地看着雨柔，然后，一股彻心彻骨的心酸就涌了上来，她一把抱着雨柔，哭泣着说："天哪，雨柔，我做错了些什么？为什么这种事偏偏要到我头上来呢！我又没有不管家、我又没有红杏出墙、我又没有天天打麻将，我也帮他生儿育女了！为什么要离婚？为什么？我还要怎样才对得起他？二十几年，我老了，他就不要我了！天哪！男人的心多狠哪！早知如此，我当初还不如嫁给杜峰！他虽然寻花问柳，总没有要和太太离婚呀！天哪！我怎么这么倒霉？我怎么这么倒霉？"

"妈妈！"雨柔含着泪喊，把母亲扶到沙发上去坐着，"妈妈，你如果肯冷静下来，我有几句话一定要跟你讲！妈妈，事情或许还可以挽救，如果你安心要挽救的话！你能不能静下来听我讲几句？"

"我老了！"婉琳仍然在那儿哭泣着自言自语，"我老了！没人要我了！雨柔，你不要以为我不知道，你也嫌我，子健也嫌我，我是每一个人的眼中钉！如果我现在死掉，你们大家都皆大欢喜！天哪！为什么我不死掉！你们都巴不得我死掉！你们每一个都恨我！天哪，我为什么不死掉？为什么不死掉？"

"妈妈呀！"雨柔哀声地大叫了一句，"你的悲剧是你自己造成的！难道你还不了解吗？"

婉琳愕然地安静了下来，她瞪视着雨柔。

"你……你说……什么？"她口齿不清地问。

"妈妈，请听我说！"雨柔含着满眶的眼泪，抓着母亲的手，诚恳地、恳切地说，"我们没有任何人恨你，我们都爱你，可是，妈妈呀，这些年来，你距离我们好远好远，你知道吗？你从不了解我们想些什么，从不关心我们的感情、思想和自尊！你只是唠叨，只是自说自话，虽然你那么好心，那么善良,但是,人与人之间的距离,会从一条小沟变成汪洋大海。我、哥哥、爸爸,都不是游泳的好手,即使我们能游,我们也游不过大海……"

"雨柔,"婉琳瞪着眼睛喊,"你在说些什么鬼话?我没发昏,你倒先发起昏来了!我什么时候要你们学游泳过?我什么时候怪你们不会游泳了?"

雨柔住了口,她凝视着母亲,简直不相信自己的耳朵。接着,她废然地长叹了一声,低下头去,她自言自语地说了句:"什么汪洋大海,我看,这是太平洋加上大西洋,再加上北极海、黑海、死海,还得加上美国的五大湖!"

婉琳怔怔地看着雨柔,她忘了哭泣,也忘了自己面临的大问题,她奇怪地说:"雨柔,你怎么了?你在背地理吗?"

"不,妈妈,我不在背地理。"雨柔抬起眼睛来,紧紧地盯着母亲,她深吸了口气,"我们换一种方式来谈吧,妈妈。"

她再吸了口气:"我的意思是说,我们虽然生活在一个屋顶底下,却有完全不同的世界。妈妈,你不了解我们,也不愿意费力来了解。举例说,你骂过江苇,你又骂晓妍,你忽略了我爱江苇、哥哥爱晓妍,你这样一骂,就比直接骂我们更让我们伤心……"

"我懂了。"婉琳悲哀地说,"凡是你们爱的,我就都得说好,这样你们才开心,这样就叫作了解。如果有一天,你们都爱上了臭狗屎,我就应该说那臭狗屎好香好香,你们爱得好,爱得高明……"

"妈妈!"雨柔皱紧眉头,打断了她,"妈妈!"她啼笑皆非,只能一个劲儿地摇头:"我看,我要投降了,我居然无法讲得通!怎么人与人的思想,像我们,亲如母女,要沟通都如此之难!"她注视了母亲好长一段时间:"好了,妈,我们把话题扯得太远,别管我和哥哥怎么样,爸爸说得对,有一天,我和哥哥都会离开这个家庭,去另闯天下。儿女大了,都会独立,那时候,你怎么办?妈妈,爸爸要和你离婚,你不要以为他是一时负气,嘴上叫叫,明天就没事了,爸爸不是那样的人,他是认真的!"

婉琳又开始手足无措起来,拼命地摇着头,她叫:"不离婚!不离婚!反正我不离婚!看他一个人怎么离!我又没做错事,为什么要离婚?"

"你不离婚,爸爸可以走的!"雨柔冷静地说,"他可以离开这个家,再也不回来!那时候,你离与不离,都是一样,你只保留了一个'贺太太'的空衔而已。"

"那……那……那……"婉琳又哭泣起来,"我……我怎么办?都是那个贱女人,那个婊子!天下男人那么多,她不会去找,偏偏要勾引人家的丈夫……"

"妈妈!"雨柔一个字一个字地说,"秦雨秋不是贱女人,不是婊子,她是个充满了智慧和灵性的女人,她满身的诗情画意,满心的热情和温暖。她不见得漂亮,却潇洒脱俗,飘逸清新。她有思想、有深度、有见解,她是那种任何有思想的男人都会为她动心的女人!"

"哦!"婉琳勃然变色,"你居然帮那个坏女人说话!你居然把她讲成了神,讲成了仙,你到底是站在我一边,还是站在她一边?"

"妈妈,如果我不是你的女儿,我会站到她一边的!"雨柔大声喊,眼眶红了,"我同情爸爸!我同情秦雨秋!你不知道我有多同情他们!但是,我是你的女儿,我只能站在你一边,我爱你!妈妈!我不要你受伤害,我不要这个家庭破碎,我想帮助你!你却拒人于千里之外,你不肯听我说,你不肯让我帮助你!"

婉琳愣在那儿,她看来又孤独、又无奈、又悲哀、又木讷。好半天,她才结舌地说:"如……如果,她……她那么好,我怎么能和她比呢?怎么能……保住你爸爸呢?"

"你能的,妈妈,你能。"雨柔热烈地喊,抓紧母亲的手。"妈,所有的女人都有一个通病,当丈夫有外遇的时候,就拼命骂那个女人是狐狸精,是臭婊子,是坏女人,勾引别人的丈夫,破坏别人的家庭等。但是,几个妻子肯反躬自问一下,为什么自己没有力量,把丈夫留在身边?你想想,妈妈,这些年来,你给了爸爸些什么?你们像两个爬山的伴侣,刚结婚的时候,你们都在山底下,然后,爸爸开始爬山,他一直往前走往前走,你却停在山底下不动,现在,爸爸已经快到山顶了,你还在山底下,你们的距离已经远得不能以道里计。这时候,爸爸碰到了秦雨秋,他们在同一的高度上,他们可以看到同样的视野,于是,两个孤独的爬山者,自然而然会携手前进,并肩往山上爬。你呢?妈妈,你停在山下,不怪自己不爬山,却怪秦雨秋为什么要爬得那么高!你想想,问题是出在秦雨秋身上呢?还是出在你身上?还是出在爸爸身上？"

婉琳很费力地，也很仔细地听完了雨柔这篇长篇大论。然后，她怯怯地："雨柔，说实话，你刚刚讲了半天的海，现在又讲了半天的山，到底海和山与我们的事情有什么关系？你爸爸是另外有了女朋友，并不是真的和秦雨秋去爬山了，是不是？"

雨柔跌坐在沙发里，用手揉着额角，她暗暗摇头，只觉得自己头昏脑涨。闭了一下眼睛，她试着整理自己的思绪，然后，她忽然想：自己是不是太多事了？那秦雨秋，和爸爸才是真正的一对，愿天下有情人皆成眷属！她为什么要这样费力地去撮合爸爸和妈妈呢？两个世界的人为什么一定要拉在一起呢？算了，她投降了，她无法再管了，因为母亲永不可能脱胎换骨，变成另一个人，自己只是在做徒劳的努力而已。

睁开眼睛，她想上楼了，但是，她立即接触到母亲的眼光：那样孤苦无助地看着自己，好像这女儿成为她绝望中唯一的生路。雨柔心中一紧，那种母女间本能的血缘关系，本能的爱，就牢牢地抓紧了她！不不！她得想办法帮助母亲！

"雨柔！"婉琳又茫然地说，"你不要讲山啦，水啦，我弄不清楚，你说秦雨秋很可爱，我斗不过她，是不是？可是，我和你爸爸结婚二十几年了，她和你爸爸认识才一年，难道二十几年抵不过一年吗？"

"二十几年的陌生，甚至于抵不过一刹那的相知呢！"雨柔喃喃地说。悲哀地望着母亲，然后，她振作了一下，说，

"这样吧!妈妈,我们抛开一切道理不谈,只谈我们现在该怎么办好不好?"

"你说,我听着。"婉琳可怜兮兮地说,不凶了,不神气了,倒好像比女儿还矮了一截。

"妈,你答应我,从明天起,用最温柔的态度对爸爸,不要唠叨,不要多说话,尤其,绝口不能攻击秦雨秋!你照顾他,尽你的能力照顾他,像你们刚结婚的时候一样。你不可以发脾气,不冒火,不生气,不大声说话,不吵他,不闹他……""那……我还是死了好!"婉琳说,"我为什么要对他低声下气?是他做错了事,又不是我做错了事!依我,我就去把秦雨秋家里打她个落花流水……"

"很好,"雨柔忍着气说,"那一定可以圆满地达成和爸爸离婚的目的!我不知道,原来你也想离婚!"

"谁说我想离婚来着?"婉琳又哭了起来,"我现在和他离了婚,我到哪里去?"

"妈妈呀!"雨柔喊着,"你不想离婚,你就要听我的!你就要低声下气,你就要对爸爸好,许多张妈做的工作,你来做!爸爸没起床前,你把早餐捧到他床前去,他一回家,你给他拿拖鞋,放洗澡水……"

"我又不是他的奴隶!"婉琳嚷着,"也不是日本女人!再下去,你要叫我对他三跪九叩了!"

"我原希望你能和爸爸有思想上的共鸣!如果你是秦雨秋,爸爸会对你三跪九叩,可惜,你不是秦雨秋,你就只好对爸爸三跪九叩,人生,就这么残忍,今天,是你要爸爸,不是爸爸要你。妈，你不是当初被追求的时代了！你认命吧！在思想上、心灵上、气质上、风度上、年龄上，各方面，我很诚实地说，妈妈，你斗不过秦雨秋，你唯一的办法，只有一条路——苦肉计。我说的各项措施，都是苦肉计，妈妈，如果你想爸爸回头，你就用用苦肉计吧！爸爸唯一可攻的弱点，是心软，你做不到别的，你就去攻这一个弱点吧！你毕竟是跟他生活了二十几年的妻子！"

"苦肉计？"婉琳这一下子才算是明白过来了，她恍然大悟地念着这三个字，"苦肉计？"她看看雨柔，"会有用吗？"

"妈，"雨柔深思着，"你只管用你的苦肉计，剩下来的事，让我和哥哥来处理。今晚，我会在这儿等哥哥，我们会商量出一个办法来。无论如何，我和哥哥，都不会愿意一个家庭面临破碎。"

"子健？"婉琳怯怯地说，"他不会帮我，他一定帮晓妍的姨妈，何况，我今晚又骂了晓妍。"

"妈妈！"雨柔忽然温柔地搂住了母亲的脖子，"你真不了解人性，我恨过你，哥哥也恨过，但是，"她满眶泪水，"你仍然是我们的妈妈！当外界有力量会伤害你的时候，我们都会挺身而出，来保护你的！妈妈，如果我们之间，没有那些汪洋大海，会有多好！"

汪洋大海？婉琳又糊涂了。但，雨柔那对含泪的眼睛，却使她若有所悟，她忽然觉得，雨柔不再是个小女孩，不再是她的小女儿，而是个奇异的人物，她可能真有神奇的力量，来挽救自己婚姻的危机了。

第九章

　　子健用钥匙开了大门，穿过院子，走进客厅，已经是深夜两点钟了。但是，雨柔仍然大睁着眼睛，坐在客厅里等着他。

　　"怎么？雨柔？"子健诧异地说，"你还没有睡？"

　　"我在等你。"雨柔说，"晓妍怎样了？"

　　子健在沙发里坐了下来。他看来很疲倦，像是经过了一场剧烈的战争，但是，他的眼睛仍然明亮而有神，那种撼人心魄的爱情，是明显地写在他脸上的。他低叹了一声，用一种深沉的、怜惜的、心痛的声音说："她现在好了，我差一点失去了她！我真没料到，妈妈会忽然卷起这样的一个大台风，几乎把我整个的世界都吹垮了。"

　　"你知道，妈妈是制造台风的能手，"雨柔说，"只是，风吹得快，消失得也快，留下的摊子却很难收拾。如果台风本身要负责吹过之后的后果，我想，台风一定不会愿意吹的。"

她注视着子健:"哥哥,妈妈事实上是一个典型的悲剧人物,她根本不知道自己在做什么,也不知道做过的后果,更不会收拾残局。但是,她是我们的妈妈,是吗?"

子健凝视着雨柔。

"你想说什么?雨柔,别兜圈子。家里发生事情了,是不是?爸爸和妈妈吵架了?"

"岂止是吵架!爸爸要和妈妈离婚。我想,这是那阵台风引起来的。你去秦阿姨家的时候,爸爸一定在秦阿姨家,对不对?爸爸表示过要和妈妈离婚吗?"

"是的。"子健说,蹙起眉头。"唉!"他叹了口气,"人生的事,怎么这么复杂呢?"

"哥哥!"雨柔叫,"你对这事的看法怎么样?"

"我?"子健的眉头锁得更紧,"老实告诉你,我现在已经昏了头了,我觉得,父母的事,我们很难过问,也很难提出意见。说真的,爸爸移情别恋,爱上秦阿姨,在我看来,是很自然的事!如果我是爸爸,我也会!"

"哥哥!"雨柔点点头,紧盯着他,"妈妈骂了晓妍,你就记恨了,是不是?你宁愿爸爸和妈妈离婚,去娶秦阿姨,对吗?这样就合了你的意了。秦阿姨成为我们的后母,晓妍成为你的妻子。这样,就一家和气了,是不?你甚至可以不管妈妈的死活!"

子健跳了起来。

"你怎么这样说话呢?雨柔?我爱晓妍是一回事,我欣赏秦阿姨是另外一回事,我同情爸爸和秦阿姨的恋爱又是一回事。不管怎样,我总不会赞成爸爸妈妈离婚的!妈妈总之是妈妈,即使和她记恨,也记不了几分钟!父母子女之间的感情是血亲,如果能置血亲于不顾的人,还能叫人吗?"

"哥哥!"雨柔热烈地喊,"我就要你这几句话!我知道你一定会和我站在一条阵线上的!"

"一条阵线?"子健诧异地问,"战争已经发生了?是吗?你的阵线是什么阵线呢?"

"哥哥,让我告诉你。"雨柔移近身子,坐在子健的身边,她开始低声地、喃喃地、不停地说了许多许多。子健只是静静地听,听完了,他抬起眼睛来,深深地看着雨柔。

"雨柔,我们这样做,是对还是错呢?"

"挽救父母的婚姻,是错吗?"雨柔问,"撮合父母的感情,是错吗?孝顺母亲,不让她悲哀痛苦,是错吗?维持家庭的完整,是错吗?拉回父亲转变的心,是错吗?"她一连串地问。

子健瞪着她。

"破坏一段美丽的感情,是对吗?勉强让一对不相爱的人在一起,是对吗?打击父亲,使他永堕痛苦的深渊,是对吗?维持一个家庭完整的外壳,而不管内部的腐烂,是对吗?拆散一对爱人,让双方痛苦,是对吗?……"

"哥哥!"雨柔打断了他,"你安心和我唱反调!"

"不是的,雨柔。"子健深沉地说,"我只要告诉你,对与错,是很难衡量的,看你从哪一个角度去判断。但是,我同意你的做法,因为我是妈妈的儿子,我不能不同意你!我站在一个儿子的立场,维护母亲的地位,并不是站在客观的立场,去透视一幕家庭的悲剧。雨柔,你放心,我会去做,只是我很悲哀,我并没有把握,能扮演好我的角色。你孝心可嘉,但是,爱情的力量排山倒海,谁都无法控制,我们很可能全军覆没!"

"我知道。"雨柔点点头,"可是,我们尝试过,努力过,总比根本不尝试、不努力好,是不是?"

"当然,"子健说,深思着,"但是,妈妈是不是能和我们合作呢?她的那个台风只要再刮一次,我们所有的努力都是白费!妈妈,你知道,我同情她,甚至可怜她,却无法赞成她!"

"我知道。"雨柔低叹,"我又何尝不是如此!只要妈妈有秦阿姨的十分之一,她也不会失去爸爸!可是,妈妈是无法了解这一点的,她甚至不懂什么叫爱情。她认为结婚,生儿育女,和一个男人共同生活就叫恋爱,殊不知爱情是人生最动人心弦的东西。是吗?哥哥?"

"我们却要去斩断一份动人心弦的东西!"子健低低地说。

"我甚至希望我们失败。"

"哥哥!"雨柔叫。

"我说了,我和你一条阵线!"子健站起身来,"不管我的想法如何,我会努力去做!你,负责妈妈不刮台风,我,负责爸爸,怎样?"

"一言为定?"

"一言为定!"

"哥哥,像小时候一样,我们要钩钩小指头,这是我们兄妹间的秘密,是不是?你不可以中途反悔,倒戈相向,你不可以让晓妍左右你的意志,你要为我们可怜的母亲多想一想,你能吗?"

"雨柔,"他注视她,毅然地点了点头,"我能!"

雨柔伸出手来,兄妹二人郑重地钩钩小指头。相对注视,两人的心情都相当复杂,相当沉重。然后,他们上了楼,各回各的房间了。

俊之彻夜难眠,辗转到天亮,才蒙蒙眬眬地睡着了,一觉醒来,红日当窗,天色已近中午。他从床上坐起来,心里只是记挂着雨秋。翻身下床,他却一眼看到婉琳坐在他对面的椅子里,穿戴整齐,还搽了胭脂抹了粉,戴上了她出客才用的翡翠耳环。她看到他醒来,立即从椅子里跳起身,赔笑着说:"你的早餐早就弄好了,豆浆冷了,我才去热过,你就在卧室里吃吧,大冷天,吃点热的暖暖身子。"

俊之愕然地看着婉琳。这是什么花招?破天荒来的第一次,别是自己还在什么噩梦里没醒吧!他揉揉眼睛,甩甩头,婉琳已拎着他的睡袍过来了,"披上睡袍吧!"婉琳的声音温柔而怯弱,"当心受凉了。"

他一把抓过睡袍,自己穿上,婉琳已双手捧上了一杯冒着热气的、滚烫的豆浆。俊之啼笑皆非,心里在不耐烦地冒着火。这是见了鬼的什么花样呢?他已正式提出离婚,她却扮演起古代的、被虐待的小媳妇了!他瞪了她一眼,没好气地说:"我没漱口之前,从来不吃东西,你难道连这一点都不知道吗?"

"哦,哦,是的,是的。"婉琳慌忙说,有点失措地把杯子放了下来,显然那杯子烫了她的手,她把手指送到嘴边去嘘着气,发现俊之在瞪她,她就又立即把手放下去,垂下眼睑,她像个不知所措的、卑躬屈膝的小妇人。

"婉琳!"俊之冷冷地说,"谁叫你来这一套的?"

婉琳吃了一惊,抬起眼睛来,她慌慌张张地看着俊之,嗫嗫嚅嚅地说:"我……我……我……"

"没有用的,婉琳。"俊之深深地望着她,默默地摇着头。

"没有用的。我们之间的问题,不是你帮我端豆浆拿衣服就可以解决了,我并没有要你做这些,我要一个心灵的伴侣,不是要一个服侍我的女奴隶!你也没有必要贬低你自己,来做这种工作。你这样做,只是让我觉得可笑而已。"

婉琳低下了头,她自言自语地说:"我……早……早知道没有用的。"她坐回椅子上,一语不发。俊之也不理她,他径自去浴室梳洗,换了衣服。然后,他发现婉琳依然坐在椅子里,头垂得低低的,肩膀轻轻耸动着,他仔细一看,原来她在那儿忍着声音啜泣,那件特意换上的丝绸旗袍上,已湿了好大的一片。他忽然心中恻然,这女人,她再无知、她再愚昧,却跟了他二十几年啊!走过去,他把手放在她的肩上:"别哭了!"他粗声说,却不自已地带着抹歉意,"哭也不能解决问题的!我们的事,好歹都要解决,反正不急,你可以冷静地思考几天!或者你会想清楚!我……"他顿了顿,终于说,"很抱歉,也很遗憾。"

她仍然低垂着头,泪珠一滴滴落在旗袍上。

"当……当初,"她抽噎着说,"你不娶我就好了!"

他一愣,是的,早知今日,何必当初!他低叹了一声,人生,谁能预卜未来呢?假若每个人都能预卜未来,还会有错误发生吗?他转过身子,要走出房去,婉琳又怯怯地叫住了他:"俊——俊之,你……你的早餐!"

"我不想吃了,你叫张妈收掉吧!"

"俊之,"婉琳再说,"子健在你书房里,他说有很重要的事要和你商量。"俊之回过头来,狐疑地望着婉琳:"你对孩子们说了些什么?"他问。

"我?"婉琳睁大眼睛,一副莫名其妙的样子,那脸上的表情倒是诚实的,"我能对他们说什么?现在,只有他们对我说话的份儿,哪有我对他们说话的份儿?"

这倒是真的,那么,子健找他,准是为了晓妍。晓妍,他叹口气,那孩子也够可怜了。这个社会,能够纵容男人嫖妓宿娼,却不能原谅一个女孩一次失足!他下了楼,走进书房里,关上了房门。

子健正靠在书桌上,呆呆地站着,他的眼光,直直地望着墙上那幅《浪花》。听到父亲进来,他转头看了父亲一眼,然后,他愣愣地说:"我在想,秦阿姨这幅《浪花》,主要是想表现些什么?"

"对我而言,"俊之坦率地说,"它代表爱情。"

"爱情?"子健不解地凝视着那幅画。

"在没有遇到雨秋以前,"俊之说,"我就像海滩上那段朽木，已经枯了，腐烂了，再也没有生机了。然后，她来了，她像那朵玫瑰，以她的青春、生命和夺人的艳丽，来点缀这枯木，于是，枯木沾了玫瑰的光彩，重新显出它朴拙自然的美丽。"

子健惊愕地望着父亲，他从没有听过俊之这样讲话，如此坦率、如此真诚。尤其，他把他当成了平辈、当成了知音。

子健忽然觉得汗颜起来，他想逃开，他想躲掉。雨柔给他的任务是一件残忍的事情。但是，他来不及躲开了，俊之在桌前坐了下来，问："你有事找我？"

他站在父亲对面，中间隔着一张书桌，他咬紧牙关，脸涨红了。

"为了晓妍？"俊之温和地问。

子健摇摇头，终于说了出来："为了你，爸爸。为了你和妈妈。"

俊之脸色立刻萧索了下来，他眼睛里充满了戒备与怀疑，靠进椅子里，他燃上了一支烟。喷出烟雾，他深深地望着儿子。

"原来，你是妈妈的说客！"他说，声音僵硬了。

子健在他对面的椅子里坐了下来，拿起桌上的一把裁纸刀，他无意识地玩弄着那把刀子，透过了烟雾，他注视着父亲那张隐藏在烟雾后的脸庞。

"爸爸，我不是妈妈的说客！"子健说，"我了解爱情，我认识爱情，我自己正卷在爱情的巨浪里，我完全明白你和秦阿姨之间发生了些什么。我不想帮妈妈说话，因为妈妈无法和秦阿姨相比,我昨晚就和雨柔说过,如果我是你,我一样会移情别恋,一样会爱上秦阿姨。"

俊之稍稍有些动容了,他沉默着,等待儿子的下文。

"爸爸,这些年来,不是你对妈妈不耐烦,连我们做儿女的,和妈妈都难以兼容。妈妈的生活,在二十几年以来,就只有厨房、卧房、客厅。而我们,见到的,是一片广漠无边的天地。接触的,是新的知识、新的朋友、新的观念、新的人生。妈妈呢?接触的只有那些三姑六婆的朋友们,谈的是东家长西家短,衣料、麻将,和柴米油盐。我们和妈妈之间当然会有距离,这是无可奈何的事情!"

俊之再抽了一口烟,子健停了停,他看不出父亲的反应,在烟雾的笼罩下,父亲的脸显得好模糊。

"我已经大学四年级了,"子健继续说,"很快就要毕业,然后是受军训,然后我会离家而独立。雨柔,早晚是江苇的太太,她更不会留在这家庭里。爸爸,你和妈妈离婚之后,要让她到哪里去?这些年来,她已习惯当'贺太太',她整个的世界,就是这个家庭,你砸碎这个家庭,我们每个人都可以各奔前程,只有妈妈,是彻彻底底面临的毁灭!爸,我不是帮妈妈说话,我只请你多想一想,即使妈妈不是你的太太,而是你朋友的太太,你忍心让她毁灭吗?忍心看到她的世界粉碎吗?爸爸,多想一想,我只求你多想一想。"

俊之熄灭了那支烟,他紧紧地盯着儿子。

"说完了吗?"他问。

"爸!"子健摇摇头,"我抱歉,我非说这些话不可!因为我是妈妈的儿子!"

"子健,"俊之叫,他的声音很冷静,但很苍凉,"你有没有也为爸爸想一想?离婚,可能你妈妈会毁灭,也可能不毁灭,我们谁都不知道。不离婚,我可以告诉你,你爸爸一定会毁灭!子健,你大了,你一向是个有思想有深度的孩子,请你告诉我,为了保护你妈妈,是不是你宁可毁灭你爸爸!"

子健打了个冷战。

"爸爸!"他蹙着眉叫,"会有那么严重吗?"

"子健,"俊之深沉地说,"你愿不愿意离开晓妍?"

子健又打了个冷战。

"永不!"他坚决地说。

"而你要求我离开雨秋?"

"爸爸!"子健悲哀地喊,"问题在于你已经失去了选择的权利!在二十几年前,你娶了妈妈!现在,你对妈妈有责任与义务!你和秦阿姨,不像我和晓妍,我们是第一次恋爱,我们有权利恋爱!你却在没有权利恋爱的时候恋爱了!"

俊之一瞬也不瞬地瞪视着子健,似乎不大相信自己所听到的,接着,一层浓重的悲愤的情绪,就从他胸中冒了起来,像潮水一般把他给淹没了。

"够了!子健!"他严厉地说,"我们是一个民主的家庭,我们或者是太民主了,所以你可以对我说我没有权利恋爱!换言之,你指责我的恋爱不合理,不正常,不应该发生,是不是?"

子健低叹了一声,他觉得自己的话说得太重了。

"爸爸，对不起……"

"别说对不起！"俊之打断了他，"我虽然是你父亲，却从没有对你端过父亲架子！也没拿'父亲'两个字来压过你，你觉得我不对，你尽可以批评我！我说了，我们是一个民主的家庭！好了，子健，我承认我不对！我娶你母亲，就是一个大错误，二十几年以来，我的感情生活是一片沙漠，如今碰到雨秋，像沙漠中的甘泉，二十几年的焦渴，好不容易找到了水源，我需要，我非追求不可！这是没道理好讲的！你说我没有权利爱，我可以承认，你要求我不爱，我却做不到！懂了吗？""爸爸！"子健喊，"你愿不愿意多想一想？"

"子健，如果你生活在古代的中国，晓妍在'理'字上，是决不可以和你结婚的，你知道吗？"

子健的脸涨红了。

"可是，我并没有生活在古代！"

"很好，"俊之愤然地点点头，"你是个现代青年，你接受了现代的思想，现代的观念！那么，我简单明白地告诉你：离婚是现代法律上明文规定，可以成立的！"

"法律是规定可以离婚，"子健激动地说，"法律却不负责离婚以后，当事人的心理状况！爸，你如果和妈妈离婚，你会成为一个谋杀犯！妈跟你生活了二十几年，你于心何忍？"

"刚刚你在和我说理，现在你又在和我说情，"俊之提高了声音，"你刚刚认为我在理字上站不住，现在你又认为我在情字上站不住，子健子健……"他骤然伤感了起来："父子一场，竟然无法让彼此心灵相通！如果你都无法了解我和雨秋这段感情,我想全世界,再也没有人能了解了!"他颓然地用手支住额,低声说,"够了!子健,你说得已经够多了!你去吧!我会好好地想一想。"

"爸爸!"子健焦灼地向前倾,他苦恼地喊着,"你错了,你误会我!并不是我不同情你和秦阿姨,我一上来就说了,我同情!问题是,你和妈妈两个生下了我,你不可能希望我爱秦阿姨胜过爱妈妈!爸爸,秦阿姨是一个坚强洒脱的女人,失去你,她还是会活得很好!妈妈,却只是一个寄生在你身上的可怜虫呵!如果你真做不到不爱秦阿姨,你最起码请别抛弃妈妈!以秦阿姨的个性,她应该不会在乎名分与地位!"

俊之看了子健一眼,他眼底是一片深刻的悲哀。

"是吗?"他低声问,"你真了解雨秋吗?即使她不在乎,我这样对她是公平的吗?"

"离婚,对妈妈是公平的吗?"子健也低声问。

"你母亲不懂得爱情,她一生根本没有爱情!"

"或者,她不懂得爱情,"子健点头轻叹,"她却懂得要你!"

"要我的什么?躯壳?姓氏?地位?金钱?"

"可能。反正,你是她的世界和生命!"

"可笑!"

"爸,人生往往是很可笑的!许多人就在这种可笑中活了一辈子,不是吗?爸,妈妈不只可笑,而且可怜可叹,我求求你,不要你爱她,你就可怜可怜她吧!"说完,他觉得再也无话可说了,站起身来,他从口袋中掏出一张信纸,递到父亲的面前,"雨柔要我把这个交给你,她说,她要说的话都在这张纸中。爸爸，"他眼里漾起了泪光，"你一直是个好爸爸，你太宠我们了，以至于我们敢在你面前如此放肆，爸，"他低语，"你宠坏了我们！"转过身子，他走出了房间。

俊之呆坐在那儿，他沉思了好久好久，一动也不动。然后，他打开了那张信纸。发现上面录着一首长诗："去去复去去，凄恻门前路，行行重行行，辗转犹含情，含情一回首，见我窗前柳，柳北是高楼，珠帘半上钩，昨为楼上女，帘下调鹦鹉，今为墙外人，红泪沾罗巾，墙外与楼上，相去无十丈，云何咫尺间，如隔万重山，悲哉两决绝，从此终天别，别鹤空徘徊，谁念鸣声哀，徘徊日欲晚，决意投身返，半裂湘裙裾，泣寄雨砧书，可怜帛一尺，字字血痕赤，一字一酸吟，旧爱牵人心，君如收复水，妾罪甘鞭棰，不然死君前，终胜生弃捐，死亦无别语，愿葬君家土，倘化断肠花，犹得生君家！"

长诗的后面，写着几个字："雨柔代母录刺血诗一首，敬献于父亲之前。"

俊之闭上眼睛，只觉得五脏翻搅，然后就额汗涔涔了。他颓然地扑伏在书桌上，像经过一场大战，说不出来有多疲倦。

半晌，他才喃喃地自语了一句："贺俊之，你的儿女，实在都太聪明了。对你，这是幸运还是不幸？"

"雨柔，"江苇坐在他的小屋里，猛抽着香烟，桌上堆满了稿纸，烟灰缸里堆满了烟蒂，他脸上堆满了愤懑，"我根本反对你的行为，我觉得你的做法狭窄、自私，而且愚不可及！"

"江苇,你不理智。"雨柔靠在桌子旁边,瞪大了眼睛,一脸的苦恼,"你反对我,只因为你恨我妈妈!你巴不得我爸爸和妈妈离婚,你就免得受我妈妈的气了,是不是?别说我狭窄自私,我看是你狭窄自私!"

"算了!"江苇嗤之以鼻,"我爱的是你,我看她的脸色干什么?将来我娶的也是你,只要你不给我脸色看,我管她给不给我脸色看!我之所以反对你,是因为我客观,而你不客观!说实话,你妈配不上你爸爸,一对错配的婚姻,最好的解决办法,就是离婚!何必呢?两个人拖下去,你妈只拥有你爸爸的躯壳,你爸爸呢?他连你妈的躯壳都不想要,他只拥有一片空虚和寂寞!雨柔,你爱妈妈,就不爱爸爸了?"

"妈妈会转变,妈妈会去迎合爸爸……"

"哈!"江苇冷笑了一声,"你想把石头变成金子呢!你又没有仙杖,你又不是神仙!"

"江苇!"雨柔生气地叫,"请你不要侮辱我妈妈,无论如何,她还是你的长辈。"

"尽管她是我的长辈!"江苇固执地说,"她仍然是一块石头,她就是当了我的祖宗,她还是一块石头!"

"江苇!"雨柔喊,"你再这样胡说八道,我就不理你了!"

江苇把她一把拉进自己的怀里,用手臂紧紧地圈住了她。

他的嘴唇凑着她的耳朵,轻声地、肯定地说:"你会理我!因为,你心里也清楚得很,你妈妈只是一块石头!而且还是块又硬又粗的石头,连雕刻都不可能!而那个秦雨秋呢,却是块美玉!"

"我看,"雨柔没好气地说,"你大概爱上秦雨秋了!"

"哼!"江苇冷哼一声,"爱上秦雨秋也没什么稀奇,她本就是挺富吸引力的女人!可是,我已经爱上贺雨柔了,这一生跟她跟定了,再没办法容纳别的女人了!"

"你干吗爱贺雨柔?她妈是石头,她就是小石头,你干吗舍美玉而取石头!""哈哈!"江苇大笑,"我就喜欢小石头,尤其像你这样的小石头,晶莹、透明、灵巧,到处都是棱角,迎着光,会反射出五颜六色的光线,有最强的折射律,最大的硬度,可以划破玻璃、可以点缀帝王的冠冕、可以引起战争、可以被全世界所注目……"

"你在说些什么鬼话呵!"雨柔稀奇地喊。

"这种石头,学名叫碳。"

"俗名叫钻石,是不是?"雨柔挑着眉问。

"哈哈!"江苇拥住她,低叹着,"你是一颗小钻石,一颗小小的钻石,我不爱你的名贵,却爱你全身反射的那种光华。"

他吻住了她,紧紧地。

半响,她挣开了他。

"好了,江苇,你要陪我去秦阿姨家!"

"你还要去吗?"江苇注视着她,"我以为我已经说服了你。"

"我要去!"雨柔一本正经地,"可是,要我单枪匹马去,我没有勇气,你爱我,你就该站在我一边,帮我的忙!江苇,难道你忍心看着我的家庭破碎?"

"雨柔,"江苇的脸色也正经了起来,"每个人自己的个性,造成每个人自己的悲剧。你母亲的悲剧,是她自己造成的!你管不了,你知不知道!今天,你或者可以赶掉一个秦雨秋,焉知道明天,不会出现第二个秦雨秋?你母亲个性不改,你父亲早晚要变心,你会管不胜管,烦不胜烦,你何苦呢?"

"你不了解,江苇。"雨柔诚挚地说,"我母亲二十几年来,一直是这副德行。我父亲可能很孤独,很寂寞,他却也安心认命地活过了这二十几年。直到秦雨秋出现了,父亲就整个变了。这世界上没有第二个、第三个秦雨秋,只有唯一的一个!你懂吗?就如同——你眼睛里只有我,哥哥眼睛里只有晓妍,爸爸眼睛里——只有秦雨秋!"

江苇深深地看着雨柔。

"如果是这样子,"他说,"我更不去了。"

"怎么?"

"假若现在有人来对我说,请我放弃你,你猜我会怎么做?我会对那个人下巴上重重地挥上一拳!"

"可是,"雨柔喊,"秦雨秋没有权利爱爸爸!爸爸早已是有妇之夫!"

"哦!"江苇瞪大了眼睛,"原来你在讲道理,我还不知道你是个卫道者!那么,雨柔!让我告诉你,汤显祖写《牡丹亭记题词》,中间有两句至理名言,你不能不知道!他说:第云理之所必无,安知情之所必有邪!已经说明人生的事,情之所钟,非'理'可讲!那是三百年前的人说的话了!你现在啊，还不如一个三百年前的人呢！"

"江苇！"雨柔不耐地喊，"你不要向我卖弄你的文学知识，我保护母亲，也是理之所必无，情之所必有，怎么样？你别把'情'字解释得那么狭窄，父母子女之情，一样是情！难道只有男女之情，才算是情？"

"好，好！"江苇说，"我不和你辩论，你是孝女，你去尽孝，我不陪你去碰钉子！别说我根本不赞成这事，即使我赞成，那个秦雨秋是怎样的人，你知道吗？她有多强的个性，我行我素，管你天下人批评些什么，她全不会管！她要怎么做就会怎么做的！你去，只是自讨没趣！"

"她却有个弱点。"雨柔轻声说。

"什么弱点？"

"和爸爸的弱点一样，她善良而心软。"

江苇瞪着她。

"哦，你想利用她这个弱点？"

"是的。"

"雨柔，"江苇凝视着她，静静地说，"我倒小看你了！你是个厉害的角色！"

"不要讽刺我，"她说，"你去不去？"

"不去。"他闷闷地说。

"你到底去不去？"她提高了声音。

"不去！"

"你真的不去？"

"不去。"

"很好!"她一甩头,往门外就走,"我有了困难,你既然不愿意帮助,你还和我谈什么海枯石烂,生死与共!不去就不去,我一个人去!我就不信我一个人达不到目的,你等着瞧吧!"

他跳起来,一把抱住她。

"雨柔,雨柔,"他柔声叫,"别为你的父母,伤了我们的感情,好吗?从来,我只看到父母为子女的婚姻伤脑筋,还没看到子女为父母伤脑筋的事!"

"你知道这叫什么?"她低问。

"什么?"

"第云理之所必无,安知情之所必有邪!"她引用了他刚刚所念的句子。

江苇忍不住笑了起来。

"你不但厉害,而且聪明。"他说。

她翻转身子,用手揽住了他的颈项,她开始温柔地、甜蜜地、细腻地吻他。一吻之后,她轻轻地扬起睫毛,那两颗乌黑的眼珠,盈盈然,镑镑然地直射着他,她好温柔好温柔地低问:"现在,你要陪我去吗?"

他叹息,再吻她,一面伸手去拿椅背上的夹克。

"你不只聪明,而且灵巧,不只灵巧,而且——让人无法抗拒。是的,我陪你去!"

走出了江苇的小屋,外面是冬夜的冷雨。这是个细雨绵绵的天气。夜,阴冷而潮湿,雨丝像细粉般洒了下来,飘坠在他们的头发上、面颊上和衣襟上。江苇揽紧了她,走出小

221

巷,他问:"你怎么知道今晚秦雨秋在家?又怎么知道你爸爸不会在她那儿?"

"今晚是杜伯伯过生日,爸爸妈妈都去了,根据每年的经验,不到深夜不会散会,何况,我已经告诉妈妈,要她绊住爸爸。至于秦雨秋,"她仰头看看那黑沉沉的天空,和无边的细雨,"只有傻瓜才会一个人冒着风雨,在这么冷的天气往外跑。"

"晓妍呢?"他问,"你总不能当着晓妍谈。"

"晓妍现在在我家。"雨柔笑容可掬,"和哥哥在一起,我想——不到十二点,她不会回去的!"

"哦!"江苇盯着她,"你——不只让人无法抗拒,而且让人不可捉摸。你——早已计划好了。"

"是的。"

"我想——"他闷闷地说,"我未来的生活可以预卜了,我将娶一个世界上最难缠的妻子。"

"你怕我吗?"

"怕?"他握住她凉凉的小手,她手心中有一条疤痕,他抚摸那疤痕,"不是怕,而是爱。"

他们来到了雨秋的家,果然,来开门的是雨秋本人。一屋子的寂静,一屋子冬天的气息,有木炭的香味,雨秋在客厅中生了一盆炉火。看到雨柔和江苇,她显得好意外,接着,她就露出了一脸由衷的喜悦及欢迎。

"你们知道,人生的至乐是什么?"她笑着说,"在冬天的晚上,冷雨敲窗之际,你品茗着自己的寂寞,这时,忽然来两个不速之客,和你共享一份围炉的情趣。"

她那份喜悦,她那份坦白,以及她那份毫不掩饰的快乐,使江苇立刻有了种犯罪的感觉,他悄悄地看了一眼雨柔,雨柔似乎也有点微微地不安。但是,雨秋热烈地把他们迎了进去。她拖了几张矮凳,放在火炉的前面,笑着说:"把你们的湿外套脱掉,在炉子前面坐着,我去给你们倒两杯热茶。"

"秦阿姨,"雨柔慌忙说,"我自己来,你别把我当客人!"

她跟着雨秋跑到厨房去。

雨秋摸摸她的手,笑着:"瞧,手冻得冰冰冷!"她扬声喊,"江苇,你不大会照顾雨柔呵!你怎么允许她的手这样冷!"

江苇站在客厅里,尴尬地傻笑着,他注意到客厅中有一架崭新的电子琴。

"秦阿姨,你弹琴吗?"他问。

"那架电子琴吗?"雨秋端着茶走了过来,把茶放在小几上,她又去端了一盘瓜子和巧克力糖来,"那是为晓妍买的,我自己呀,钢琴还会一点,电子琴可毫无办法。最近,晓妍和她父母有讲和的趋势,这电子琴也就可以搬到她家去了。"

她在炉边一坐,望着他们:"为什么不坐?"

江苇和雨柔脱掉外套,在炉边坐下。雨柔下意识地伸手烤烤火,又抬头看看墙上的画——莫道不销魂,帘卷西风,人比黄花瘦,她看呆了。江苇顺着她的视线看过去,也默默地出起神来。

雨秋忽然觉得有点不对劲了。她看看江苇,又看看雨柔,耸了耸肩说:"你们两个没吵架吧?"

"吵架?"雨柔一惊,掉转头来,"没有呀。"

"不能完全说没有,"江苇说,燃起了一支烟,"我们刚刚还在辩论'理之所必无,情之所必有'两句话呢!"

"是吗?"雨秋问,"我没听过这两句话。"

"出自《牡丹亭记题词》里,"江苇望着雨秋,"已经有三百年的历史了。我们在讨论,人类的感情,通常都是理之所必无,情之所必有的。三百年前的人知道这个道理,今天的人,却未见得知道这个道理!"

"江苇!"雨柔轻轻地叫,带着抗议的味道。

雨秋深深地看了他们一会儿,这次,她确定他们是有所为而来了。她啜了一口茶,拿起火钳来,把炉火拨大了,她沉思地看着那往上升的火苗,淡淡地问:"你们有什么话要对我说吗?"

"我没有。"江苇很快地说,身子往后靠,他开始一个劲儿地猛抽着香烟。

"那么,是雨柔有话要对我说了?"雨秋问,扫了雨柔一眼。

雨柔微微一震,端着茶杯的手颤动了一下。在雨秋那对澄澈而深刻的眼光下,她觉得自己是无所遁形的。忽然间,她变得怯场了,来时的勇气,已在这炉火、这冬夜的气氛、这房间的温暖中融解了。她注视着手中的茶杯,那茶正冒着氤氲的热气,她轻咳了一声,嗫嚅地说:"我……也没什么,只是……想见见您。"

"哦!"雨秋沉吟地,她抬起眼睛来,直视着雨柔,她的脸色温和而亲切。"雨柔,你任何话都可以对我讲,"她坦率地,"关于什么?你爸爸?"

雨柔又一震,她抬起睫毛来了。

"没有秘密可以瞒过你,是不是,秦阿姨?"她问。

雨秋勉强地微笑了一下。

"你脸上根本没有秘密,"她说,"你是带着满怀心事而来的。是什么,雨柔?"

雨柔迎着她的目光,她们彼此深深注视着。

"秦阿姨,我觉得你是一个好奇怪的女人,你洒脱,你自信,你独立,你勇敢,你敢爱敢恨、敢做敢当,你什么都不怕、什么都不在乎,像一只好大的鸟,海阔天空,任你遨游。你的世界,像是大得无边无际的。"

雨秋倾听着,她微笑了。

"是吗?"她问,"连我自己都不知道呢!当你们来以前,我正在想,我的世界似乎只有一盆炉火。"

雨柔摇摇头。

"你的炉火里一定也有另一番境界。"

雨秋深思地望着她。

"很好,雨柔,你比我想象中更会说话。最起码,你这篇开场白,很让我动心,下面呢?你的主题是什么?"

"秦阿姨,我好羡慕你有这么大的世界,这么大的胸襟。但是,有的女人,一生就局促在柴米油盐里,整个世界脱离不开丈夫和儿女,她单纯得近乎幼稚,却像个爬藤植物般环绕着丈夫生存。秦阿姨,你看过这种女人吗?"

雨秋垂下了眼睛,她注视着炉火,用火钳拨弄着那些燃烧的炭,她弄得炉火爆出一串火花。她静静地说:"为什么找我谈?雨柔?为什么不直接找你父亲?你要知道,在感情生活里,女人往往是处于被动,假若你不希望我和你父亲来往,你应该说服你父亲,让他远远地离开我。"

雨柔默然片刻。

"如果我能说动爸爸,我就不会来找你,是吗?"

雨秋抬起眼睛,她的眼光变得十分锐利,她紧紧地盯着雨柔,笑容与温柔都从她的唇边隐没了。

"雨柔,你知道你对我提出的是一个很荒谬的要求吗?你知道你在强人所难吗?"

"我知道。"雨柔很快地说,"不但荒谬,而且大胆,不但大胆,而且不合情理。我——"她低声说,"不勉强你,不要求你,只告诉你一个事实,妈妈如果失去了爸爸,她会死掉,她会自杀,因为她是一棵寄生草。而你,秦阿姨,你有那么广阔的天地,你不会那样在乎爸爸的,是不是?"

雨秋瞪着雨柔。

"或许,"她轻声地说,"你把你爸爸的力量估计得太渺小了。"

雨柔惊跳了一下。

"是吗,秦阿姨?"她问。

"不过,你放心,"雨秋很快地甩了一下头,"我既不会死掉,也不会自杀,我是一个生命力很强的女人!一个像我这样在风浪中打过滚的女人,要死掉可不容易!"她把火钳重重地插入炭灰里,"但是,雨柔,当我从这个战场里撤退的时候,你的父亲会怎样?"

"爸爸吗?"雨柔咬咬嘴唇,"我想,他是个大男人,应该也不会死掉,也不会自杀吧!"

"很好,很好。"雨秋站起身来,绕着屋子走了一圈,又绕着屋子再走了一圈,"你已经都想得很周到了,难为你这么小小年纪,能有这样周密的思想,你父亲应该以你为荣。"她停在江苇面前:"江苇,你也该觉得骄傲,你的未婚妻是个天才!"

江苇注视着雨秋,他的眼光是深刻的,半晌,他骤然激动地开了口:"秦阿姨,"他说,"你不要听雨柔的,没有人能勉强你做任何事,如果贺伯母因为贺伯伯变心而自杀,那也不是你的过失,你并没有要贺伯母自杀!花朵之吸引蝴蝶,是蝴蝶要飞过去,又不是花要蝴蝶过去!这件事里面,你根本负不起一点责任……""江苇!"雨柔喊,脸色变白了,"你是什么意思?你安心要让我下不了台?"

"你本不该叫我来的!"江苇恼怒地说,"我早说过,我无法帮你说话!因为我们在基本上的看法就不同!"

"江苇,"雨柔瞪大眼睛,"你能不能不说话?"

"对不起,"江苇也瞪大眼睛,"我不是哑巴!"

雨秋把长发往脑后一掠,仰了仰头,她拦在雨柔和江苇的中间。她的眼光深邃而怪异,唇边浮起了一个莫测高深的微笑。

"好了!你们两个!"她说,"如果你们要吵架,请不要

227

在我家里吵，如果你们的意见不统一，也不要在我面前来讨论！尤其，我不想成为你们争论的核心！""秦阿姨！"雨柔跳了起来，又气又急，眼泪就涌了上来，在眼眶里打转，"我没办法再多说什么了，江苇把我的情绪完全搅乱了。我来这儿，只有一个目的……"眼泪滑下了她的面颊，她抽噎了起来，"我只求你，求你，求你！求你可怜我妈妈，她懦弱而无知，她……她……她不像你，秦阿姨……"

雨秋望着雨柔。

"你的来意，我已经完全了解，雨柔。怕只怕——会变成'抽刀断水水更流'！"她用手揉了揉额角，"不要再说了，我忽然觉得很累，你们愿不愿意离开了？"

"秦阿姨！"雨柔急促地喊了一声。

雨秋走到那架电子琴前面，打开琴盖，她坐了下来，用弹钢琴的手法随便地弹弄着音键，背对着雨柔和江苇，她头也不回地说："雨柔，你和江苇以后一定要统一你们的看法和思想，现在，你们还年轻，你们可以并肩前进。有一天，你们的年纪都大了，那时候，希望你们还是手携着手，肩并着肩，不要让中间有丝毫的空隙，否则，那空隙就会变成一条无法弥补的壕沟。"

"秦阿姨！"雨柔再叫，声音是哀婉的。

"我练过一段时间的钢琴，"雨秋自顾自地说，"可惜都荒废了，晓妍的琴弹得很好，希望不会荒废。"她弹出一串优美的音符："听过这支歌吗？我很喜欢的一支曲子。"她弹着。再说了一句："你们走的时候，帮我把房门关好。"然后，她随意地抚弄着琴键,眼光迷迷糊糊的,她脑中随着音符,浮起了一些模糊的句子:"有谁能够知道?为何相逢不早?人生际遇难知,有梦也应草草!说什么愿为连理枝,谈什么愿成比翼鸟,原就是浮萍相聚,可怜那姻缘易老!问世间情为何物?笑世人神魂颠倒,看古今多少佳话,都早被浪花冲了!……"

她停止了弹琴,仍然沉思着,半晌,她骤然回过头来:"你们还没有走吗?"她问。

江苇凝视着她,然后他拉住雨柔的手腕。

"我们走吧!"他凄然地说。

雨柔心中酸涩,她望着雨秋,还想说什么,但是,江苇死命地拉住她,把她带出门去了。

雨秋望着房门合拢,然后,她在炉火前坐了下来,弯腰拨着炉火。风震撼着窗棂,她倾听着窗外的雨声,雨大了。又是雨季!又是个濡湿的、凄冷的冬天!一个炉火也烘不干、烤不暖的冬天。

第十章

　　时间流了过去，转瞬间，春天又来了。

　　这段时间，对俊之而言，是漫长而难耐的，生活像是一副无可奈何的担子，沉重地压在他的肩上。"离婚"之议，在儿女的强烈反对下，在婉琳的泪眼凝注下，在传统的观念束缚下，被暂时搁置下来了。雨秋随着春天的来临，越变越活泼、越变越外向、越变越年轻、越变越难以捉摸。她常常终日流连在外，乐而忘返，即使连晓妍，也不知道她行踪何在。

　　俊之似乎很难见到她了，偶然见到，她一阵嘻嘻哈哈，就飘然而去，他根本无法和她说任何知心的言语。他开始觉得，她和他之间，在一天比一天疏远、一天比一天陌生。而这疏远与陌生，是那么逐渐地、无形地、莫名其妙地来临了。

　　四月，阳光温暖而和煦，冬季的寒冷已成过去，雨季也早已消失。这天，俊之一早就开了车来找雨秋。再也不能容忍她那份飘忽、再也不甘愿她从他手中溜去。他一见面就对她说:"我准备了野餐,我们去郊外走走!"

"好呀!"雨秋欣然附议,"我叫晓妍和子健一块儿去,人多热闹点儿!"

"不!"俊之阻止了她,"不要任何人,只有我和你,我想跟你谈一谈。"

她愣了愣。

"也好,"她笑着说,"我也有事和你商量,也不换衣服了,我们走吧!"拿起手提袋,她翩然出门,把房门重重地合拢。

他望着她,一件黑色的麻纱衬衫,一条红色的喇叭裤,长发披泻,随风摇曳。就那么简简单单的装束,她就是有种超然脱俗的韵味。他心中低叹着,天知道,他多想拥有她!如果命运能把她判给他,他宁愿以他所有其他的东西来换取。因为,幸福是围绕着她的;她的笑容、她的凝视、她的豪放、她的潇洒、她的高谈阔论,或她的低言细语、她的轻颦浅笑,或她的放怀高歌……啊,幸福是围绕着她的!她举手,幸福在她手中;她投足,幸福在她脚下;她微笑,幸福在她的笑容里;她凝眸,幸福在她的眼波中。人,怎能放走这么大的幸福!他要她!他每一个细胞、每一根纤维、每一分思想、每一缕感情,都在呼唤着她的名字:雨秋,雨秋,那全世界幸福的总和!

上了车,他转头望她。

"到什么地方去?"

"海边好吗?"她说,"我好久没有见到浪花。"

他心中怦然一动,没说话,他发动了车子。

车子沿着北部海岸,向前进行着,郊外的空气,带着原野及青草的气息,春天在车窗外闪耀。雨秋把窗玻璃摇了下来,她的长发在春风中飞舞,她笑着用手压住头发,笑着把头侧向他,她的发丝拂着他的面颊。

他看了她一眼。

"你今天心情很好。"他说。

"我近来心情一直很好,你不觉得吗?"她问。

"是吗?"他看了她一眼,"为什么?"

"事业、爱情两得意,人生还能多求什么?"她问,语气有一点儿特别。他看看她,无法看出她表情中有什么特殊的意味。但是,不知怎的,他却觉得她这句话中颇有点令人刺心的地方。他不自禁地想起牛排馆中那一夜,她醉酒的那一夜,他轻叹一声,忽然觉得心头好沉重。

"怎么了?"她笑着问,"干吗叹气?"

他伸过一只手来,握住她的手。

"我觉得对你很抱歉。"他坦白地说,"不要以为我没把我们的事放在心上……"

"请你!"她立即说,"别煞风景好吗?你根本没有任何地方需要对我道歉。我们在一起,都很开心,谁也不欠谁什么,谈什么抱歉不抱歉呢!"

他蹙起眉头,注视了她一眼。他宁愿她恨他、怨他、骂他,而不要这样满不在乎。她看着车窗外面,好像全副精神都被窗外的风景所吸引了。忽然间,她大喊:"停车,停车!"

他猛然刹住车子,不知道发生了什么大事,她打开车门,翩然下车,他这才注意到,路边的野草中,开了一丛黄色的小雏菊。她喜悦地弯下身子,采了好大的一束。然后,她上了车,把一朵雏菊插在鬓边的长发里,她转头看他,对他嫣然微笑。

"我美吗?"她心无城府地问。

他低叹了一声。

"你明知道的!"他说,"在我眼光中,全世界的美,都集中于你一身!"

她微微一震,立刻笑了起来。

"这种话,应该写到小说里去,讲出来,就太肉麻,也太不真实了!"

他瞪了她一眼,想说什么,却按捺了下去。他沉默了,忽然感到她离他好远,她那样心不在焉,潇洒自如,又那样莫测高深,他的心脏开始隐隐作痛。而她,握着那一把雏菊,她拨弄着那花瓣,嘴里轻轻地哼着歌曲。

车子停在海边,这不是海的季节,海风仍强,吹在身上凉飕飕的,整个沙滩和岩石边,都寂无一人。

他们下了车,往沙滩上走去,他挽着她,沙滩上留下了两排清楚的足迹。浪花在翻卷、在汹涌、在前推后继。她走向岩石,爬上了一大块石头,她坐了下来,手里仍然握着花束,她的眼光投向了那广漠的大海。海风掀起了她的长发,鼓动了她的衣衫,她出神地看着那海浪,那云天、那海水反射的粼光,似乎陷进了一份虚渺的沉思里。

他在她身边坐了下来。阳光很好,但是,风在轻吼、海在低啸、浪花在翻翻滚滚。

"想什么?"他柔声问,用手抚弄她那随风飞舞的发丝。感到她的心神飘忽。她默然片刻。

"我在想,下个月的现在,我在什么地方。"终于,她平平静静地说,看着海面。

"什么?"他惊跳,"当然在台湾,还能在哪里?"

她转过头来了,她的眼光从海浪上收了回来,定定地看着他。眼底深处,是一抹诚挚的温柔。

"不,俊之,我下月初就走了。"

"走了?"他愕然地瞪大眼睛,"你走到哪里去?"

"海的那一边。"她说,很平静,很安详,"我早已想去了,手续到最近才办好。"

他凝视她,咬住牙。

"不要开这种玩笑,"他低声说,紧盯着她,"什么玩笑都可以开,但是,不要开这种玩笑。"

"你知道我没开玩笑,是不是?"她的眼光澄澈而清朗,"我又何必和你开玩笑呢?我告诉你,世界好大,而我是一只大鸟,海阔天空,任我遨游。我是一只大鸟,现在,鸟要飞了。"

"不不,"他拼命摇头,心脏一下子收缩成了一团,血液似乎完全凝固了,"你哪儿也不去!雨秋,我知道你心里在想什么,自从那晚在牛排馆之后,你就没有快乐过。你以为我和你逢场作戏,你心里不开心,你就来这一套!不不,雨秋,"他急促起来,"我答应你,我会尽快解决我的问题,但是,你不会离开。你要给我一段时间,给我一个机会……"

"俊之!"她蹙起眉头,打断了他,"你在说什么?你完全误会了!我对你从没有任何要求,不是吗?我并没有要你解决什么问题,我和你之间,一点麻烦也没有,一点纠葛也没有,不是吗?"

他瞪着她,死命地瞪着她。

"雨秋!"他哑声喊,"你怎么了?"

"我很好呀!"雨秋大睁着一对明亮的眸子,"很开心、很快乐、很自由、很新奇……因为我要到另一个天地里,去找寻更多的灵感。"

他怔怔地望着她。

"你的意思是说,你将到海外去旅行一段时间?去一个月?还是两个月?好,"他点点头,"你能不能等?"

"等?等什么?"

"我马上办手续,陪你一起去。"

她凝视他,然后,她掉转头来,望着手里的花朵。

"你不能陪我去,俊之。"

"我能的!"他急切地说,"我可以把云涛的业务交给张经理,我可以尽快安排好一切……"

"可是,"她静静地说,"李凡不会愿意你陪我去!"

"李凡?"他大大一震,"李凡是个什么鬼?"

"他不是鬼,他是个很好的人,"雨秋摘下一朵小花,开始把花瓣一瓣瓣地扯下来,风吹过来,那些花瓣迎风飞舞,一会儿就飘得无影无踪,"你忘了吗?他是个华侨,当我开画展的时候,他曾经一口气买了我五张画!"

"哦,"俊之的心沉进了地底,他挣扎着说,"我记得了,那个土财主!"

"他不是土财主,他有思想、有深度、有见解、有眼光,他是个很有吸引力的男人!"

"哦!"他盯着她,"我不知道,他最近又来过台湾吗?"

"是的,来了两星期,又回去了。"

怪不得!怪不得她一天到晚不见人影,怪不得她神秘莫测,怪不得她满面春风,怪不得!怪不得!他的手抵着岩石,那岩石的棱角深深地陷进他的肌肉里。

"这么说来,"他吸进一口冷风,"你并不是去旅行?而是要去投奔一个男人?他的旅馆和金钱,毕竟打动了你,是不是?"

他望着她。

"你要这样说,我也没办法,"她继续撕着花瓣,"我确实是去投奔他,你知道不是为了金钱,而是为了他的人,我喜欢他!"

他狠狠地望着她。

"你同时间能够喜欢几个男人?"他大声问。

"俊之?"她的脸色发白了,"你要跟我算账吗?还是要跟我吵架?我和你交往以来,并没有对你保证过什么,是不是?我既不是你的妻子,又不是你的小老婆,你要我怎么样?只爱你一个?永不变心?假若我是那样的女人,我当初怎么会离婚?你去问问杜峰,你打听打听看,秦雨秋是怎样的女人！我们好过一阵，谁也没欠谁什么，现在好聚好散，不是皆大欢喜？"

他重重地喘着气，眼睛发直，面色惨淡。

"雨秋！这是你说的？"他问。

"是我说的！"

"每句都是真心话？"

"当然。"她扬扬眉毛。

他注视着她，不信任地注视着她，他眼里充满了愤怒、懊丧、悲切，和深切的哀痛。半晌，他只是瞪着她而不说话，然后，他闭了闭眼睛，重重地一甩头，忽然抓住了她的手腕，他开始急促地、恳求地、满怀希望地说："我知道了，雨秋，整个故事都是你编出来的！你在生我的气，是不是？这么久，我没有给你一个安排，你心里生气，嘴里又不愿意讲，你就编出这么一个荒谬的故事来骗我！雨秋！你以为我会相信，不不，我不会信的！雨秋，我知道有一个李凡，我也知道他会追求你，但是，你不会这么快就变心。雨秋，你不去美国，你要留下来，我保证，我明天就离婚，明天就离！你真要去美国，我们一起去，我们去度蜜月，不只去美国，我们还可以去欧洲，你画画，我帮你背画架！"

他的眼睛明亮，闪烁着心灵深处的渴望："好不好？雨秋，我们一起去！"他握紧她的手腕，摇撼着她，"我们一起去！回来之后，我帮你再开一个画展，一个更大的、更成功的画展！"

她迎视着他的目光，风吹着她的眼睛，她不得不半垂着睫毛,那眼珠就显得迷迷糊糊起来。

"我抱歉……"她低低地说。

"不是你抱歉,"他很快地打断她,"是我抱歉,我对不起你,我让你受了委屈,你那么要强好胜,你不会讲。但是,我知道,你受了好多好多委屈。雨秋,我弥补,我一定弥补,我要用我有生之年,来弥补你为我受的委屈,只求你一件事,不要离开我!雨秋,不要离开我!"

"如果我真受了什么委屈,"她轻声地说,"你这一篇话,已足以说服我,让我留下来。但是,很不幸,俊之,你必须接受一个事实,我这种女人,天生无法安定,天生不能只属于一个男人。我太活跃、太不稳定、太好奇、太容易见异思迁,我是个坏女人。俊之,我是个坏女人。"

"不是!不是!你不是!"他疯狂地摇头,"你只是在生我的气!"

她盯着他,骤然间,她冒火了。

"我一点也没有生你的气!"她恼怒地大喊,无法控制地大喊,挣开了他的手,"你为什么不肯面对现实?像你这样的大男人,怎么如此娘娘腔?"她的眼眶涨红了:"你一定要我清清楚楚地告诉你,我不爱你了,是不是?你难道不懂吗!我另外有了男朋友!我爱上了别人!"她喊得那样响,声音压过了海涛,压过了风声,"我要走!不是因为你没有离婚,而是因为另外有一个大的力量在吸引我,我非去不可!我爱上了他!你懂了吗?"

俊之的眼睛直直地望着她,他呆了,怔了,血色离开了他的嘴唇，他呆呆地坐着，一动也不动。她注视他，他一直不动，就像一块他们身边的岩石。她泄了气，不自禁地软弱了下来，她苦恼地蹙蹙眉，轻唤了一声："俊之？"

他依然不动，似乎充耳不闻。她摸摸他的手，担忧地叫："俊之？"

他仍然不动。她在他耳边大吼："俊之！"

他惊醒了，回过神来。

"哦，雨秋？"他做梦似的说，"你刚刚在说什么？"

"不要装听不见！"她又生气了，"我已经对你说得很清楚了，我不想一再重复！"

"是的，你说得很清楚了，"他喃喃地自语，"你爱上了李凡，一个百万富翁！你要到美国去嫁给他，至于我和你的那一段，已经是过眼云烟，你在寂寞时碰到我，用我来填充你的寂寞，如今时过境迁。如果我是一个男子汉，应该洒脱地甩甩头，表示满不在乎。"他瞪着她，眼光倏然间变得又锐利、又冷酷，"是吗？雨秋？"

"随你怎么说，"雨秋垂下眼睛，"我不想为自己说任何话。反正，事实上，我有了另外一个男人，再怎么自我掩饰，都是没有用的事，我一生，就没办法做到用情专一。总之，我希望我们好聚好散，谁也别怨谁。"

"放心，"他冷冷地说，"我不会怨你！要怨，也只能怨我自己！怨我的傻，怨我的执着，怨我的认真！"他站起身来，忽然放声大笑："哈哈！天下有我这种傻瓜，活到四十几岁，还会迷信爱情！很好，雨秋，你最起码做了一件好事，你教育了我！这些年来，我像个天真的孩子，当杜峰他们寻花问柳的时候，我嘲笑他们，因为我盲目地崇拜爱情！现在，我知道什么叫爱情了。"

雨秋也站起身来，她手里那一束花，不知何时，已经被她揉成了碎片纷纷。她凝视他，忍不住神情恻然。

"俊之，请你不要太难过，无论如何，你有个好太太，有两个优秀的儿女，这，应该足以安慰你了……"

他顿时一把抓住了她，他的眼光惊觉而凌厉。

"好了，雨秋。"他哑声说，"不演戏了！告诉我，是谁去找过你？我太太？子健？还是雨柔？是谁要你这样做？告诉我！别再对我演戏！"

她战栗了一下，他没有忽略她这一下战栗，立即，他一把拥住了她，把她紧紧地抱在他怀里，俯下头，他捉住了她的嘴唇。顿时间，他深深地、强烈地吻住了她，他的唇碾过了她的，带着战栗的、需索的、渴求的深情。她挣扎着，却挣不开他那强而有力的胳膊，于是，她屈服了。她一任他吻、一任他拥抱、一任他的唇滑过她的面颊和颈项。他抬起头来，他的眼睛狂野而热烈。

"你居然敢说你已经不再爱我了？"他问。

"我还是要说，我不再爱你了。"她说，望着他。

"你的心灵在否认你的话，你的心灵在说，你仍然爱着我！"

"你听错了。要不然，你就是在欺骗你自己。"

他捏紧她的胳膊，捏得她好痛好痛。

"你真的不再爱我?真的要去美国?真的爱上了别人?都是真的?"

"都是真的。"

他用力握紧她,她痛得从齿缝里吸气。

"对我发誓你说的是真的!"

"如果我说的是假话,我会掉在海里淹死!"

"发更毒的誓!"他命令,"用晓妍来发誓!"

她挣开了他,愤怒地大嚷:"贺俊之,你少胡闹了!行不行?为什么你一定要强迫一个不爱你的女人承认爱你?对你有什么好处?我告诉你!"她发狂般地大叫,"我不爱你!不爱你!不爱你!不爱你!你只是我的一块浮木,你只是一个小浪花,而我生命里有无数的浪花,你这个浪花,早就被新的浪花所取代了,你懂吗?你看那大海,浪花一直在汹涌,有没有停下来的时候?我们的故事已经结束了!结束了!结束了!你知不知道什么叫结束?"

他举起手来,想打她,他的脸色惨白,眼睛发红,终于,他的手垂了下来。

"我不打你,"他喘着气说,"打你也唤不回爱情。很好……"

他凝视着那广漠无边的大海,真的,浪花正翻翻滚滚,扑打着岩石,旧的去了,新的再来,卷过去,卷过去,卷过去……

前赴后继,无休无止。"很好,"他咬紧牙关,"我们的故事,开始于浪花,结束于浪花,最起码,还很富有文艺气息。"他冷笑:"浪花,我以为是一段惊心动魄的爱情,原来只是一个小浪花!"

"世界上多少惊心动魄的爱情,也只是一个小浪花而已。"雨秋残忍地说,"何须伤感?如果我是你,我就一笑置之。"

他瞪着她,像在看一个陌生人。

"秦雨秋,你是个刽子手!"他说,"希望我以后的生命里,再也没有浪花,这个小浪花,已经差点淹死了我。事实上,"他沉思片刻,冷笑的意味更深了,"这浪花已经淹死了我——淹死了我整个的爱情生命!"

"在遇见我以前,你何尝有爱情生命?"她漠然地说,语气冷得像北极的寒冰,"浪花原就是我带给你的,我再带走,如此而已。"

他瞪了她好久好久,挣扎在自己那份强烈的愤怒与痛楚里。紧闭着嘴,他的脸僵硬得像一块石头。

"看样子,"终于,他说,"我们再谈下去也没有用了,是吗?你就这样子把我从你生命里完完全全抹杀了,是吗?很好,我是男子汉,我该提得起,放得下!"他咬牙:"算我白认识了你一场!走吧!我们还站在这儿吹冷风干什么?"

她一语不发,只是掉头向车子走去。

于是,他们踏上了归途。

车子里,他们两个都变得非常沉默。他疯狂地开着快车,一路超速。她默默地倚在座位里,一直没有再开口。到了家门前,他送她上了楼,她掏出钥匙。

"我想,"他闷声说,"你并不想请我进去!"

"是的。"她静静地接了口,"最好,就这样分手。我下月初走,坐船,我不喜欢飞机。"她顿了顿:"在这段时间里,不见面对我们两个都好些。"她打开了房门,很快地再扫了他一眼,"就此再见吧!俊之。"

　　他愕然片刻。真的结束了吗?就这样结束了吗?他摇摇头,不大相信。不不,不能结束!不甘结束!不愿结束!可是,雨秋的神情那样冷漠、那样陌生、那样坚决。她不再是他的雨秋了!不再是他梦中的女郎!不再是那个满身诗情画意、满心柔情似水的女人!他曾爱过的那个秦雨秋已经像烟一样地飘散了,像云一样地飞去了,像风一样地消失了。不不,那个秦雨秋已经死掉了,死掉了,死掉了!他望着面前这个有长发的陌生女人,只注意到她发际沾着一片小黄花瓣,他下意识地伸手摘下来。小黄花!秦雨秋的小黄花!莫道不销魂,帘卷西风,人比黄花瘦!他失神地冷笑了一下,毅然地转过身子,走下了楼梯。

　　雨秋目送他的身影消失在楼梯的转角处,她咬紧嘴唇,立即飞快地闪进房里,砰的一声关上了房门。把头仰靠在门上,她伫立片刻,才踉跄地冲进客厅里。

　　晓妍被惊动了,她从沙发上跳了起来。

　　"姨妈,你怎么了?"她惊愕地喊,"你病了!你的脸像一张白纸!"

　　"我很好。"雨秋哑声说,在沙发上软软地躺了下来,"我只是累了,好累好累。"她伸手抓住晓妍的手,她的手冷得像冰,把晓妍的身子拉下来,她抚摸她的短发,眼光飘忽地落在她脸上。她的声音深沉幽邃,像来自深谷的回音:"晓妍,你该回你父母身边去了,去跳那条沟。不管有多难跳,那是你该做的工作。晓妍,姨妈不能再留你了。"放开晓妍,她阖上了眼睛,"我好累好累,我想睡觉了。别吵我,让我睡一睡。"

翻身向里面,她把脸埋在靠垫里,一句话也不再说了。

五月初,晓妍终于回到了父母的家里。

事先,雨秋已经打了电话给她的姐姐,当雨晨接到电话的时候,连声音都颤抖了,她似乎不大敢相信这件事是真的。

五年来,她也曾好几次努力,想把这女儿接回家里。但是,晓妍连电话都不肯听,强迫她听,她就在电话里叫着喊:"妈,你就当我已经死了!"

而这次,雨秋却在电话中说:"晓妍想回家了,她问,你们还欢不欢迎她回去?"

雨晨握着电话的手直发抖,她的声音也直发抖:"真的吗?她真愿意回来吗?你不是骗我吗?欢不欢迎?啊,雨秋,"她啜泣起来,"我已经等了她五年了!她肯回来,我就谢天谢地了!我那么爱她,怎么会不欢迎?她是我亲生的女儿呵!""大姐,"雨秋的声音冷静而清晰,"她这次愿意回家,要归功于一个男孩子,他名叫贺子健。这孩子优秀、能干、聪明而热情。你必须有个心理准备,你不只是接女儿回家,同时,你要接受晓妍的男朋友。这次,她是认真地恋爱了,不再是儿戏,不再是开玩笑。晓妍,她已经长大了。不是孩子了。"

"我懂,我懂,我都懂!"雨晨一迭连声地说,"你放心,雨秋,我再也不会像以前那样对待她了,我会试着去了解她,去爱她,去和她做朋友。这些年来,你不知道我多痛苦,我反省又反省,想了又想,说真的,我以前是太过分了,但是,我爱她,我真的爱她呀!我不知道是什么阻碍了我们,我不知道……"

"我想,"雨秋说,"你和她两个人,都要合力去搭那条桥,总有一天,你们会把桥搭成功的!"

"什么桥?"雨晨不解地问。

"应该叫什么桥?叫爱之桥吧!"雨秋深沉地说,"你们之间隔着一条河,晓妍想回家去搭桥,她很认真,我希望——大姐,你一定要合力搭这座桥。因为我要走了,她是我唯一所牵挂的,如果你让这座桥坍塌掉,那么,再也没有一个姨妈可以挺身而出,来帮助她找回自己了。"

"雨秋,"雨晨的声音里带着哽塞,带着真诚的感激,"谢谢你照顾她这么多年。"

"别骂我带坏了她,就好了。"雨秋苦涩地笑笑,"不过,晓妍跟着我,从来没出过一点儿岔,可见得,管孩子并不一定要严厉才收效。可能,了解、欣赏、同情与爱心,比什么都重要。大姐,"她沉吟片刻,"晓妍,还给你了,好好爱她,她一直是个好孩子。"

雨晨忍不住哭了起来。

"不只她是个好孩子,"她哭着说,"雨秋,你也是个好姨妈!"

"有你这句话,也就够了。"雨秋低叹着说,"看样子,时间磨炼了我们,也教育了我们。这些年来,你不会想到,孩子们成熟得多么快,今天的年轻人,都足以教育我们了!"

挂断了电话,她沉思了很久。家,已经变得很零乱了,因为她即将离去,所有的东西都装箱打包,整个客厅就显得空空落落的。晓妍当晚就回了家,陪她去的,不是雨秋,而是子健。

那晚,晓妍踏着初夏的晚风,踟蹰在家门口,一直不敢伸手按门铃。子健伴着她,在街灯下来来往往地行走着,最后,子健把晓妍拉过来,用胳膊圈着她,他定定地望着她的眼睛,温柔而坚定地说:"晓妍,门里面不会有魔鬼,我向你保证,五年来,你一直想面对属于你的真实,现在,你该拿出勇气来了,你从什么地方逃跑的,你回到什么地方去!晓妍,按铃吧!别怕,按铃吧!"

晓妍凝视着子健的眼睛,终于伸手按了门铃。

是雨晨自己来开的门,当门一打开,她眼前出现了晓妍那张年轻、动人、青春而美丽的脸庞时,她愣住了。晓妍的眼里有着瑟缩、有着担忧、有着恐惧,还有着淡淡的哀愁,和浓浓的怯意。可是,等到母亲的脸一出现,她就只看到雨晨鬓边的白发,和眼角的皱纹,然后,她看到母亲眼里突然涌上的泪水,她立即忘了恐惧、忘了担忧、忘了怯场、忘了瑟缩。张开手臂,她大喊了一声:"妈!"

就一下子投入了雨晨的怀里,雨晨紧紧紧紧地抱着她,抱得那么紧,好像生怕她还会从她怀中消失,好像怕她抱着的只是一个幻象,一个错觉。眼泪像雨水般从她脸上奔流而下,久久久久,她无法发出声音,然后,她才用手战栗地摸索着女儿的头发、颈项和肩膀,似乎想证实一下这女儿还是完完整整的。接着,她哆哆嗦嗦地开了口:"晓妍,你……你……还生妈妈的气吗?你……你……你知道,妈等你……等得好苦!"

"妈妈呀!"晓妍热烈地喊了一声,"我回来,因为,我知道我错了!妈妈,你原谅我吗?允许我回来吗?"

"哦,哦,哦!"雨晨泣不成声了。她把女儿紧压在她胸口,然后,她疯狂般地亲吻着女儿的面颊和头发,她的泪和晓妍的泪混在一起。半响,她才看到那站在一边的,带着一脸感动的情绪,深深地注视着她们的子健。她对那漂亮的男孩伸出手去:"谢谢你,子健,"她说,"谢谢你把我女儿带回家来。现在,让我们都进去吧,好吗?"

他们走了进去,子健反身关上了大门,他打量着这栋简单的,一楼一底的二层砖造洋房,考虑着,这门内是不是无沟无壑,无深谷,无海洋,然后,他想起雨秋的话:"事在人为,只怕不做,不是吗?"

不是吗?不是吗?不是吗?雨秋爱用的句子。他跟着那母女二人,跨进了屋内。

同一时间,雨秋只是在家中,整理着她的行装。"此去经年,应是良辰美景虚设",她模糊地想着,苦涩地折叠着每一件衣服,收拾着满房间的摆饰,和画纸画布,"便纵有千种风情,更与何人说?"她摘下了墙上的画,面对着那张自画像,她忽然崩溃地坐进沙发里，浑身一点力气都没有了。哦，秦雨秋，秦雨秋，她叫着自己的名字，你一生叛变，为什么到最后，却要向传统低头？

她凝视着自己的自画像，翻转画框，她提起笔来，在后面龙飞凤舞地写了几行字，再翻过来，她注视着那绿色的女郎，半含忧郁半含愁，这就是自己的写照。李凡，李凡，在海的彼岸，有个人名叫李凡，她默默地出起神来。

门铃忽然响了，打破了一屋子的寂静，她一惊，会是晓妍回来了吗？那斗鸡般不能兼容的母女，是不是一见面又翻了脸？她慌忙跑到大门口，一下子打开了房门。

门外，贺俊之正挺立着。

她怔了怔，血色立刻离开了嘴唇，他看来萧索而憔悴，落魄而苍凉。

"我还能不能进来坐一坐？"他很礼貌地问。

她的心一阵抽搐，打开门，她无言地让向一边。他跨进门来，走进了客厅，他四面张望着。

"你是真的要走了。"他说。

她把沙发上许多乱七八糟的东西移开，腾出了空位，她生涩地说："坐吧！我去倒茶！"

她走进厨房，一阵头晕猛烈地袭击着她，她在墙上靠了一靠，让那阵晕眩度过去。然后，她找到茶杯、茶叶、热水瓶。冲开水的时候，她把一瓶滚开水都倾倒在手上，那灼热的痛楚使她慌忙地摔下了水壶，"哐啷"一声，水壶碎了，茶杯也碎了。俊之直冲了进来，他一把握住了她烫伤了的手，那皮肤已迅速地红肿了起来。他凝视那伤痕,骤然间,他把她紧拥进自己的怀里,他战栗地喊:"雨秋,雨秋!留下来!还来得及!请不要走!请你不要走!"

眼泪迅速地冲进了她的眼眶。不不!她心里在呐喊着:不要这样!已经挣扎到这一步,不能再全军覆没,可是,呐喊归呐喊,挣扎归挣扎,眼泪却依然不受控制地奔流了下来。手上的痛楚在扩大,一直扩大到心灵深处。于是,那眩晕的感觉就又回来了,恍惚中,屋子在旋转,地板在旋转,她自己的人也在旋转。她软软地靠进俊之的胳膊里,感到他胳膊那强而有力的支持,她昏昏沉沉地说:"你不该来的,你何苦要来。"

似乎,这是一句很笨拙的话,因为,他一把抱起了她,把她抱回客厅,放在沙发上,他跪在沙发面前,一语不发,就用嘴唇紧紧地吻住了她。她无法挣扎,也无力挣扎,更无心挣扎。因为,她的心已疯狂地跳动,她的头脑已完全陷入昏乱,只觉得自己整个人轻飘飘的,已经飘到了云层深处。那儿,云层软绵绵地包围住了她,风轻柔柔地吹拂着她。她没有意识了,没有思想了,只是躺在云里,一任那轻风把她吹向天堂。

终于,他的头抬了起来,他的眼睛那样明亮,那样燃烧着疯狂的热情。她在泪雾中凝视着他,想哭,想笑,不能哭,也不能笑——都会泄露太多的东西。可是,难道自己真没有泄露什么吗?不不,已经泄露得太多太多了。真实,是你自己永远无法逃避的东西。

他用手温柔地拂开她面颊上的发丝。他低语:"你可以搬一个家,我们去买一栋小巧精致的花园洋房,你喜欢花,可以种满花,长茎的黄色小花!东西既然都收好了,不必再拿出来,我会尽快去买房子,完全按你喜欢的方法来布置。"

她伸出手,抚摸他的面颊,黯然微笑着说:"你想干什么?金屋藏娇?"

"不。"他摇头,深深地望着她,简单地说,"娶你!"

她迎视着他的目光,她的手,继续温柔地抚摸着他的面颊。她知道,现在要做任何掩饰都已经晚了,她的眼睛和心灵已说了太多太多的言语。

"俊之,"她轻轻摇头,"我不要和你结婚,也不要你金屋藏娇。"

他凝视她。

"你要的,"他说,"因为你要我。"

她咬住了嘴唇,他用手指轻柔地抚弄她的唇角。

"不要咬嘴唇,"他说,"你每次和自己挣扎的时候,你会把嘴唇咬得出血。"

"哦,俊之!"她把头转向沙发里面,"请你饶了我吧!饶了我吧!"

他把她的头扳转过来。

"雨秋,"他低低地喊,"不要讨饶!只请你——救救我吧!好不好?"

哦!她深抽了一口气,闭上眼睛,她用手环绕住了他的脖子,把他的头拉向了自己,立刻,他们的嘴唇胶着在一起了！怎样痛楚的柔情，怎样酸涩的需索，怎样甜蜜的疯狂！天塌下来吧！地球毁灭吧！来一个大地震，让地壳裂开，把他们活埋进去，那时候，就没有人来和她讲"对"与"错"、"是"与"非"，以及"传统"和"道德"、"畸恋"和"反叛"种种问题了。

她放开了他。没有地震、没有海啸、没有山崩地裂，世界还是存在着、人类还是存在着、问题也还是存在着。她轻叹了一声："俊之，你要我怎么办？我一生没有这么软弱过。"

"交给我来办。好不好？"他问。

她沉思片刻，她想起晓妍和子健，雨柔和江苇，那两对天不怕地不怕的年轻人！那两对充满了机智、热情与正义感的年轻人！她猛地打了个冷战，脑筋清醒了，翻身而起，她坐在沙发上，望着俊之。

"俊之，你知道，一切已经不能挽回了！"

"世界上没有不能挽回的事！"他说。

"太晚了！都太晚了！"她说。

"不不！"他抓着她的手，"追求一份感情生活，永不太晚。雨秋，我真傻！那天在海滩上，我完全像个傻瓜！我居然会相信你，我真愚不可及！还好，还不太晚，你还没有走！雨秋，我们再开始，给我机会！雨秋，不晚，真的不晚，我们再开始……"

"晚了！"她拼命摇头，"我必须走！他在海的那边等我，我不能失言！"

"你能！"他迫切地喊，"雨秋，你为什么要做违背本性的事！你根本不爱他，不是吗？"

"违背本性，却不违背传统道德，"她幽幽地说，"我生在这个时代，必须违背一样，不能两样兼顾！我选择了前者，就是这么回事！"

"雨秋，这是你的个性吗？"

"我的个性在转变，"她低语，"随着时间，我的个性在转变，我必须屈服在传统底下，我没办法，或者，若干年后，晓妍他们那一代，会比我勇敢……我实在不是一个很勇敢的女人，敢于对传统反叛的人，不只需要勇敢，还需要一颗很硬的心。我缺少那颗心，俊之。"

"我不懂你的话！"俊之苍白着脸说，"你完全前后矛盾。"

"你懂的，"她冷静地说，"因为你也缺少那颗心，你无法真正舍弃你的妻子儿女，对不对？"她的眼睛灼灼逼人地望着他："如果你太太因此而死，你会愧疚终身，她将永远站在我和你之间，不让我们安宁。俊之，我爱你，因为你和我一样矛盾，一样热情，一样不顾一切地追求一份爱情生活，却也和我一样，缺少了一颗很硬的心。俊之，别勉强我，"她摇头，语重而心长，"别破坏我心中对你的印象。现在，我离开你，是我的躯壳，如果你破坏了那个好印象，我离开你的时候，就是彻彻底底的了。"

他凝视她，在这一瞬间，他懂了！他终于懂了！他完全了解了她的意思。太晚了！是的，太晚了！无论如何，他抛不掉已经属于他的那一切：婚姻、子女、家庭、妻子。他永远抛不掉！因为他没有那颗铁石心肠！他瞪视着她，两人相对凝视，搜索着彼此的灵魂，然后，骤然间，他们又紧紧地、紧紧地拥抱在一起了。

夜，静静地流逝，他们不忍分离，好久好久，夜深了。她说："你回去吧！""你什么时候走？"他低问。

"最好你不要知道。"

"那个人，"他咬紧牙关，"很爱你吗？"

"是的。"

"很了解你吗？"

"不是的。"她坦率地说，"爱不一定要了解，不了解的爱反而单纯。我爱花，却从不了解花。"她一眼看到桌上那张画像，她拿起来，递给他："一件礼物。"她说，"我只是这样一张画，现代的、西方的技巧，古典的、中国的思想。当我在这张西画上题古人的诗词时，我觉得滑稽，却也觉得合适。你懂了吗？我，就是这样的。又西方，又东方。又现代，又古典。又反叛，又传统——一个集矛盾于大成的人物。你喜欢她，你就必须接受属于她的所有的矛盾。"

他深思地、心碎地、痛楚地望着她，然后，他接过那张画，默默地望着那画中的女郎，半含忧郁半含愁，半带潇洒半带柔情。莫道不销魂，帘卷西风，人比黄花瘦！他看了好久好久，然后，他无意间翻过来，看到那背面，写着两行字："花自飘零水自流，一种相思，两处闲愁，此情无计可消除，才下眉头，却上心头！"

他抬起眼睛来，深深地望着她，四目相瞩，心碎神伤。她悄然地移了过去，把头慢慢地倚进了他的怀里。

三天后，雨秋离开了台湾。

船，是在基隆启航，她没有告诉任何人，她的船期；也没告诉任何人，她的目的地。可是，当船要启航之前，晓妍和子健，雨柔和江苇，却都赶来了。两对出色的年轻人，一阵热情的拥抱和呼喊，她望着他们，心中酸楚，而热泪盈眶。

雨柔手里拿着一幅大大的油画，她送到雨秋面前来，含泪说："爸爸要我把这个送给你！"

她惊讶地接过那幅画，愣了。那是她那张《浪花》，在云涛挂出来一个星期以后，俊之就通知她卖掉了。她愕然片刻，喃喃地说："我以为——这幅画是卖掉了的。"

"是卖掉了。"雨柔说，"买的人是爸爸，这幅画始终挂在爸爸私有的小天地里——他的书房中。现在，这幅画的位置，换了一幅绿色的水彩人像。爸爸要我把它给你，他说，他生命里，再也没有浪花了。"

雨秋望着雨柔。

"他生命里，不再需要这幅《浪花》了，"她含泪说，唇边带着一个软弱的微笑，"他有你们，不是吗？你们就是他的浪花。"

"他还有一张绿色的水彩人像。"雨柔说。

雨秋深思地望着他们。这一代的年轻人，将是一串大的浪花。他们太聪明、太敏感、太有思想和勇气。晓妍走过去，悄悄地扯了雨秋的衣服一下。

"姨妈，我有几句话要问你。"

"好的。"雨秋把她揽向一边。

晓妍抬起睫毛来,深切地凝视着她。

"姨妈,"她低声问,"真有一个李凡吗?"

她震动了一下。

"什么意思?"她问。

"没有李凡,是不是?"晓妍紧盯着她,"你并不是真正去投奔一个男人,你永不会投进一个没有爱情的男人的怀里。所以,你只是从贺伯伯身边逃开,走向一个不可知的未来而已。"

雨秋抚弄着晓妍的短发。

"晓妍,"她微笑地说,"你长大了,你真的长大了,以后,再也不会哭着找姨妈了。"她揽紧了她:"回家,过得惯吗?"

"我在造桥,"她说,"我想,有一天,我们每个人都会成为很好的造桥工程师。"

雨秋笑了。

江苇大踏步地跨了过来。

"秦阿姨,你们讲够了没有?"

雨秋回过头来。

"秦阿姨,"江苇说,"我一直想对你说一句话,一句我生平不肯对任何人说的话:我佩服你!秦阿姨!"

雨秋眼中,泪光闪烁。

子健也往前跨了一步:"再说什么似乎很多余,"他说,望着雨秋,"可是,依然不能不说。姨妈,我和雨柔,我们对你衷心感激。你不知道这份感激有多深!"

是吗?她望着这一群孩子们,泪珠一直在眼眶中打转。

船上,已几度催旅客上船了,她对他们挥挥手。"是"与"非","对"与"错",现在都不太重要了,她只说了一句:"好自为之!你们!"

然后,拿着那幅《浪花》,她上了船。

船慢慢地离港了,慢慢地驶出了码头,她一直不愿回到船舱里去,站在甲板上,她眺望着港口变小变远,变得无影无踪。几只海鸥,绕着船飞来飞去。她想起晓妍问的话,真有一个李凡吗?然后,她想起苏轼的词里有"惊起却回头,有恨无人省,拣尽寒枝不肯栖,寂寞沙洲冷"的句子,是的,拣尽寒枝不肯栖!此去何方?她望着那些海鸟,此去何方?

海浪在船下汹涌,她看着那些浪花,滔滔滚滚、汹汹涌涌,浪花此起彼伏,无休无止。她看到手里那幅画了,从此,生命里再也没有浪花了。举起那幅画来,她把它投进了海浪里。那幅画在浪花中载沉载浮,越漂越远,只一会儿,《浪花》就被卷入了浪花里。

她又想起那支歌了:"问世间情为何物?笑世人神魂颠倒,看古今多少佳话,都早被浪花冲了。"

浪花一直在汹涌着,汹涌着,汹涌着。

——全文完——

一九七四年三月十日夜初稿脱稿
一九七四年四月五日晚修正完毕

（京权）图字：01-2024-1751

图书在版编目（CIP）数据

浪花 / 琼瑶著 . -- 北京：作家出版社，2024.10
（琼瑶作品大合集）
ISBN 978-7-5212-2815-1

Ⅰ.①浪…　Ⅱ.①琼…　Ⅲ.①言情小说-中国-当代　Ⅳ.①I247.5

中国国家版本馆CIP数据核字（2024）第089057号

版权所有 © 琼瑶

本书版权经由可人娱乐国际有限公司授权作家出版社出版简体中文版
非经书面同意，不得以任何形式任意重制、转载。

浪　花

作　　者：	琼　瑶
责任编辑：	刘潇潇　单文怡
装帧设计：	棱角视觉　纸方程·于文妍
出版发行：	作家出版社有限公司
社　　址：	北京农展馆南里10号　　邮　编：100125
电话传真：	86-10-65067186（发行中心）
	86-10-65004079（总编室）
E-mail：	zuojia@zuojia.net.cn
http://	www.zuojiachubanshe.com
印　　刷：	北京盛通印刷股份有限公司
成品尺寸：	142×210
字　　数：	160千
印　　张：	8
版　　次：	2024年10月第1版
印　　次：	2024年10月第1次印刷
ISBN	978-7-5212-2815-1
定　　价：	39.00元

作家版图书，版权所有，侵权必究。
作家版图书，印装错误可随时退换。

品琼瑶经典
忆匆匆那年

琼瑶作品大合集

1963	《窗外》	1981	《燃烧吧！火鸟》
1964	《幸运草》	1982	《昨夜之灯》
1964	《六个梦》	1982	《匆匆，太匆匆》
1964	《烟雨蒙蒙》	1984	《失火的天堂》
1964	《菟丝花》	1985	《冰儿》
1964	《几度夕阳红》	1989	《我的故事》
1965	《潮声》	1990	《雪珂》
1965	《船》	1991	《望夫崖》
1966	《紫贝壳》	1992	《青青河边草》
1966	《寒烟翠》	1993	《梅花烙》
1967	《月满西楼》	1993	《鬼丈夫》
1967	《翦翦风》	1993	《水云间》
1969	《彩云飞》	1994	《新月格格》
1969	《庭院深深》	1994	《烟锁重楼》
1970	《星河》	1997	《还珠格格第一部1阴错阳差》
1971	《水灵》	1997	《还珠格格第一部2水深火热》
1971	《白狐》	1997	《还珠格格第一部3真相大白》
1972	《海鸥飞处》	1997	《苍天有泪1无语问苍天》
1973	《心有千千结》	1997	《苍天有泪2爱恨千千万》
1974	《一帘幽梦》	1997	《苍天有泪3人间有天堂》
1974	《浪花》	1999	《还珠格格第二部1风云再起》
1974	《碧云天》	1999	《还珠格格第二部2生死相许》
1975	《女朋友》	1999	《还珠格格第二部3悲喜重重》
1975	《在水一方》	1999	《还珠格格第二部4浪迹天涯》
1976	《秋歌》	1999	《还珠格格第二部5红尘作伴》
1976	《人在天涯》	2003	《还珠格格第三部天上人间1》
1976	《我是一片云》	2003	《还珠格格第三部天上人间2》
1977	《月朦胧鸟朦胧》	2003	《还珠格格第三部天上人间3》
1977	《雁儿在林梢》	2017	《雪花飘落之前——我生命中最后的一课》
1978	《一颗红豆》	2019	《握三下，我爱你——翩然起舞的岁月》
1979	《彩霞满天》	2020	《梅花英雄梦之乱世痴情》
1979	《金盏花》	2020	《梅花英雄梦之英雄有泪》
1980	《梦的衣裳》	2020	《梅花英雄梦之可歌可泣》
1980	《聚散两依依》	2020	《梅花英雄梦之飞雪之盟》
1981	《却上心头》	2020	《梅花英雄梦之生死传奇》
1981	《问斜阳》		